漫時光

滿級綠茶穿成小可憐 中

春刀寒 著

高寶書版集團

目錄
CONTENTS

第十三章　新Boss梅妃

小漂亮溫柔惹人愛，林非鹿心安理得地享受完他的照顧，換了兩盆水後，泥娃娃終於變回瓷娃娃。

此時天冬提著挖好的春筍回來了，宋驚瀾便吩咐：「拿籃子分一些給五公主。」說完轉身對林非鹿道：「這筍清脆可口，公主若是喜歡，下次讓宮女過來拿。」

內務府總是剋扣翠竹居的吃食，他住在這片竹林旁，每年春天倒是可以嚐到新鮮的竹筍。

林非鹿高高興興應了，落日還未傾斜，她也不著急回去，跟著宋驚瀾進屋時，發現屋內又冷冰冰的，沒有碳爐取暖。

她頓時問：「殿下的銀碳用完了嗎？」

宋驚瀾正用熱水泡花茶給她，聞言溫聲道：「沒有，只是雪化了，天氣開春，已經不大冷了，打算將剩下的留著明年用。」

聽得林非鹿心裡怪不是滋味。

小漂亮多像冬天存糧的松鼠啊！這就是缺乏安全感的表現啊同學們！

她接過熱茶杯捧在手上，眼眸被茶霧薰得濕漉漉的：「銀碳放到明年受了潮就不能用啦，明年冬天我再送新的給殿下。」她小大人似的拍胸，一副「我罩你」的語氣：「不是還有我嘛！」

宋驚瀾溫朗一笑，抬手替她拂去頭頂的碎竹葉：「嗯，聽公主的，一會兒我就讓天冬把碳爐點上。」

林非鹿美滋滋點頭，又同他說了去行宮度假遇到的趣事，比如在山上撿到一隻小狐狸。

宋驚瀾不嫌她話多，她說話時他便看著她的眼睛，神情溫柔又認真。

林非鹿突然想起以前看過的一句話，如果有人在你說話時看著你的眼睛認真傾聽，那他一定是個很溫柔的人。

她以前最受不了這樣溫柔的男孩子，渣都不渣這樣的，因為捨不得迫害。

於是宋驚瀾發現小女孩雪白的耳根悄悄爬上緋紅，自己止了話頭，告別之後提著春筍噠噠跑走了。

天冬在一旁好奇地問：「殿下，五公主是害羞了嗎？我看到她耳朵紅了。」

宋驚瀾掃了他一眼，眼神並不冷厲，但天冬還是腦袋一縮，乖乖閉嘴了。

隨著大地回春，冬日的氣息越來越薄弱，終於在某個陽光燦爛的日子澈底失去蹤跡。春日的陽光雖還帶著些涼意，但宮中眾人都換下了冬衣。

林非鹿也脫下她的可愛無敵戰袍——紅色斗篷，換上了蕭嵐做的漂亮小裙子。如今明玥宮不缺錦緞，蕭嵐換著樣式做裙子給她，女人永遠不嫌自己的衣服多！女孩子也一樣！

她的生日在春末，過完這個春天，她就六歲了。往年生日都是蕭嵐幾個人幫她過，煮碗麵就算是慶祝了。但今年肯定不能再像往年那樣隨意。

彭滿在林帝身邊伺候多年，是個心思玲瓏的人，最會揣摩聖意，開春之後便在林帝耳邊提了一嘴，說五公主的生辰快到了。

林帝回想之前那五年自己對小五的不聞不問視而不見，內心泛起一絲絲愧疚，當即大手一揮吩咐下去，今年五公主的生辰宴必須大肆操辦！要辦得響亮！辦得盛大！

宮中許多人沒見過朕乖巧可愛的小五，天下百姓連他有個五公主都不知道。趁著這次的生辰宴，讓小五亮亮相，也算為她正名。

於是宮中提前兩月便開始為五公主的生辰宴做準備。皇宮眾人得了這個訊號，都知道五公主如今是當寵了，再不可同日而語。

但令人奇怪的是，林帝的寵愛只給五公主一人，半點都不分給生她的嵐貴人。而五公主也甚是奇特，能得陛下寵愛必然聰明伶俐，卻從不為自己母妃說上半句話邀寵。

宮中心思各異，有的遺憾、有的旁觀、有的幸災樂禍，但對當事人沒有任何影響。

蕭嵐就不用說了，本來就不愛出門交際，現在出門散步也不擔心會受到刁難，生活一如既往的平靜。而林非鹿在前不久得了林帝入太學讀書的旨意，正高高興興準備上學呢。

大型ＮＰＣ聚集地，她來了！

上學這種事，一回生二回熟，她從幼稚園念到研究所，如今又要在不同的時代體驗一回，還是很有新鮮感的。

其他人都會配書童或者伴讀，林非鹿不要，只讓蕭嵐幫她縫了個小書包，裝上內務府送來的筆墨紙硯，等太學第一天開學，帶著松雨先去長明殿叫林景淵起床，然後再跟他一起去上課。

林景淵打著哈欠，邁著沉重的步伐，忍著內心不想上學的痛苦，看著旁邊蹦蹦跳跳的五妹，鬱悶道：「也不知道去上學有什麼好開心的，唉，妳都不知道妳失去了什麼。」

林非鹿揹著小書包笑咪咪的：「上學就是很開心啊，可以讀書寫字，答疑解惑，還可以認識很多新朋友！」

林景淵瞬間清醒：「哪有什麼新朋友，都是一群與我不相上下的紈褲！妳去了離他們遠一些，跟我坐！」

林非鹿：「……」

你對自己的認知倒是很準確。

到了太學，周圍這些錦衣華服的少年少女們果然一臉痛苦，開學還真是古往今來逃不掉的災難。

下人不能入殿，走上臺階之後松雨便去偏殿候著了，林景淵牽著林非鹿的小手，背脊挺得直直的，把周圍悄然打量的目光全都瞪回去：「看什麼看！」

比起大皇子和太子，眾人其實更怵這位頑劣蠻橫的四皇子，趕緊收回目光。

林非鹿覺得他要是生在現代，那必然是個校霸。

宮內宮外消息互通，其實大家早已知道五公主得了聖寵，被陛下賜了入太學讀書的資格。他們年前就見過這位常陪在四皇子身邊的小公主，瞧她總是乖巧笑著，對她的印象還是挺好的。

只是跟四皇子在一起時，就像惡霸和民女一樣，令人心痛。

在太學讀書的人都是皇親國戚，還有一些格外受林帝重視的朝臣的子女，但殿內的座位卻並不按照身分地位來排。

靠後的座位極為搶手，除了那幾個好學的，沒人願意坐在前排，比如林景淵和奚行疆的座位就在倒數第二排，林傾和林廷的則在第一排。

此時銅鐘還沒敲響，上課時間沒到，殿內鬧哄哄的，像極了寒假開學後的班級。

林景淵一進去便把隔壁桌奚行疆的東西全部搬到了另一邊的空位，然後把林非鹿按在奚行疆原本的座位上，「妳就坐這！」

林非鹿環視一圈，自己大概是太學內年齡最小個頭最矮的一個，古時的課桌不比現在，都是低矮的案几，人則跪坐在蒲團上，她往那一坐，小小的一團，案桌都快比她高了，什麼都看不見。

林景淵還怪得意的：「這樣多好啊，妳吃東西還是睡覺，太傅都看不見。」

林非鹿：「……」

這個校霸加學渣！

林傾恰好從外面進來，聽到這話毫不客氣斥責道：「胡鬧！五妹一心向學，哪像你這般不上進！」

他知道五妹好學又熟讀古文，俯身把林非鹿從蒲團上抱起來站好，又拎過她的小書包，「到前面來。」

林景淵嘴噘得能掛水桶了，又不敢跟三哥叫板，目光幽怨地看著林傾把林非鹿拉到了前面。

眾人一看五公主身邊的人換成了太子殿下，這下不怕了，紛紛上前請安行禮。

林非鹿歪著腦袋看他們，任誰來問都甜甜一笑。

在太學讀書的公主只有長公主林念知和四公主林琢玉，長公主刁蠻，四公主木訥，以前那位三公主更是不討喜，如今這位乖巧可愛的五公主簡直令人意外又倍生好感。

不過一小會兒時間，林非鹿就認識了不少人，什麼丞相家的二公子、皇叔家的堂兄、姑姑家的表姐，古時的家族成員構成太複雜了，她覺得自己需要畫一個樹狀圖來梳理這些人物關係。

雖然太學的官員早知五公主要來上課，但想著不過五歲大的小女孩，來這也不是真的求學，便把她的位子安排在靠後的地方，跟另外兩位公主在一起。

就像轉學生來了新班級前面沒空位一樣，太學前排暫時也沒有林非鹿的位子。

林傾看了一圈，出門吩咐官員重新幫五公主排位，再進來的時候，就看見林非鹿抱著自己的小書包，乖乖坐在第一排最旁邊的位子上。

那個位子四周的案桌都隔得遠遠的，像被單獨孤立出來，從來只有一個人坐。

林傾微一皺眉，走過去道：「五妹，我已吩咐了他們重新安排座位，過來吧。」

林非鹿搖搖頭，小聲說：「不用麻煩啦，我覺得這裡挺好的，又近又寬敞。」她眨眨眼，七分乖巧三分天真：「太子哥哥，我可以坐這裡嗎？」

林傾雖然知她聰明，但也知道她年紀小，國與國之間的恩怨對於五歲大的小女孩而言還是為時過早了。他身為大林太子，當然也說不出這是宋國質子的位子妳不要跟他坐一起這種話。

便只能委婉道：「這位子有人坐的，妳與他不熟，要與他坐在一起嗎？」

林非鹿開心地點點頭：「要的！正好可以認識新朋友！」

正說著話，身後有人走近，回頭一看，是那位宋國質子來了。

他仍是那副不急不緩逢人便笑的溫雅模樣，走到身邊略一行禮，對於自己位子旁邊突然坐了個人也不驚訝，溫聲道：「太子殿下、五公主。」

林非鹿仰著小腦袋看他，眼睛彎彎的：「是你呀！」

林傾想起之前太學考核作詩時五妹幫他搭檔過，不意外他們認識，當著宋驚瀾的面再說什麼落了大林氣度就不好了，只好囑咐林非鹿幾句坐回去了。

宋驚瀾目送他離開，一撩衣擺跪坐下來，開始整理案桌。

林非鹿歪著腦袋看他，用小氣音偷偷說：「殿下，以後我們就是同桌啦！」

宋驚瀾第一次聽說「同桌」這個詞。

他自入太學以來，一直都是一個人坐，沒人願意接近他，也無人真心與他交好，就連太傅對他都不甚關注。不過他對此也並不在意，畢竟身在敵國，能平安活著便足矣，並不奢求什麼。

透過紀涼他早已得知小姑娘要來太學讀書的事，只是沒想到進來後會看到她坐在自己身邊。

以這位五公主的聰明才智，她不會不知道自己的質子身分意味著什麼，這跟她一個人偷偷來翠竹居不一樣，大庭廣眾之下的接近，終歸是不明智的。

但她還是坐在這裡，一臉高興地跟他說，他們以後就是同桌了。

同，桌。

一個新奇又親密的詞語。

宋驚瀾朝她笑了笑：「嗯。」

林非鹿故意說：「殿下你課業好嗎？如果太傅抽我回答問題我答不上來你會幫我嗎？我上課偷偷睡覺你會幫我把風嗎？我功課沒做完你會幫我做嗎？考試的時候你能借我抄抄答案嗎？」

他挑了下眉：「這是身為同桌必須要做的事嗎？」

林非鹿重重點頭：「當然了！這就是同桌存在的意義啊！」

宋驚瀾笑起來：「好，我記住了，我會的。」

林非鹿快溺死在小哥哥的溫柔裡了。

她當年上學要是有這麼個同桌，大概就早戀了吧，唉。

太學殿中的案桌前漸漸坐滿了人，隨著殿外一聲銅鐘響，今日的課程便開始了。林非鹿回頭打量了幾眼，前排學子正襟危坐，姿勢端正，後排有些座位空著，最後一排林景淵趴在案桌上像是睡著了，他身邊的奚行疆還沒來。

多麼熟悉又親切的課堂啊。

今日教學的太傅官至一品，位分雖高，但其實並無實權，不過學術名聲很好，皇帝見了也會敬重三分。

他往新來的五公主的方向望了一眼，見她居然跟宋國質子坐在一起，心中驚訝了一番。不過什麼也沒說，便開始今日的講學。

古時上課自然沒有物理、化學、生物、公民、歷史、地理，不過是古文講解，傳授儒家仁義之道。

林非鹿認真地聽了一會兒，算是明白林景淵為什麼那麼不喜歡上學了。太無聊太枯燥了，太傅講書的聲音又慢又沉，之乎者也，簡直是催眠利器。林非鹿書都翻到第十頁了，他上面還在講第一頁。

睏一個字，她只說一次。

然後宋驚瀾發現剛才還興致勃勃聽講的小姑娘突然腦袋一歪趴在案桌上，小身子呈一個奇怪的姿勢扭著，書還搭在腦門上。

書頁恰好蓋在她眼睛的位置，露出長又濃密的睫毛，她的小臉堆成一團，連小嘴巴都有點翹。

他忍住笑意，輕輕把書拿下來，擱在一旁放好，然後稍微前傾身子，左手拿書時，白色的寬袖剛好垂落下來，擋住她睡覺的小腦袋。

上課上到一半，奚行疆才姍姍來遲，進來一看，發現自己的書都被扔到了一旁的空位上，登時大怒：「誰亂動我的東西？」

周圍的人瑟瑟發抖，紛紛看向還在睡覺的林景淵。

奚行疆恨不得踹他一腳，太傅在前面嚴肅道：「世子今日又來遲，還不速速坐好！」

奚行疆撇著嘴把書搬回來，重重往林景淵身邊一坐。

林景淵被他的動靜搞醒，憤怒地抬頭瞪了他一眼。兩人互瞪了半天，最後還是奚行疆覺得不能與比自己小的人計較，先開口轉移話題道：「不是說小鹿來太學了？坐哪呢？」

林景淵不耐煩：「你這麼關心我妹妹做什麼？她坐哪裡關你何事？」

奚行疆嗤了一聲，不跟這個妹控計較，往前邊張望一番，突地愣了下，拐拐又趴下去的林景淵：「小鹿怎麼跟宋驚瀾坐在一起？」

林景淵蹭一下坐直身子，待看見前面那兩個身影，簡直委屈死了，「什麼嘛，讓小鹿跟他坐都不跟我坐！三哥怎麼可以這樣！」

前面上課打瞌睡的林非鹿因為奚行疆剛才的動靜醒了。

宋驚瀾看到小姑娘把小腦袋抬起來後，先偷偷用手指摸了下嘴角，發現沒有流口水，明顯鬆了口氣。

他忍俊不禁，將一直抬著的手放下來，林非鹿重新坐好，低聲問：「殿下，我剛才沒被發現吧？」

宋驚瀾也低聲回答：「沒有。」

她心滿意足，打了個哈欠，用小氣音小聲嘟囔：「這個太傅講課好無聊啊，一點都不幽默風趣。」

宋驚瀾說：「羅太傅年紀大，德高望重，講課會厚重一些。另外兩位太傅年輕時曾周遊天下，閱歷多，講課會引經據典，到時妳便不會覺得無聊了。」

林非鹿這才有了些精神。

太學上課中途也會下課，只不過是一個時辰鳴鐘休息一次，能休息一炷香的時間。

這時候不存在拖堂，一鳴鐘，太傅連沒讀完的句子都不讀了，略一行禮直接離開。殿中頓時熱鬧起來，林非鹿還百無聊賴地趴在桌子上翻書，林景淵就火急火燎地衝到前面來。

他來了也不說話，往林非鹿身邊一坐，用幽怨的目光看著她。

林非鹿：「……」

奚行疆也跟了過來，在旁邊吊兒郎當地嘲諷：「小豆丁，妳四皇兄心裡委屈呢，還不快安慰他兩句。」

林景淵瞪著他狠狠地說：「換位子！你坐這，小鹿跟我去後面坐！」

奚行疆毫不留情地拒絕：「不行，那我怎麼睡覺？」

林景淵痛心疾首：「太學是拿來給你睡覺的地方嗎？」

奚行疆：「……你也有臉說這句話。」

林非鹿每次看到這兩人，就感覺是在看兩個小屁孩掐架，其中一個還是她哥，怪丟臉的。她偷偷瞄了宋驚瀾一眼，發現他就像沒看見一樣，依舊若無其事做著自己的事，十分淡然。

兩人還在掐，旁邊突然插進來一道十分高調的聲音：「聽說五妹入太學了，怎麼坐在這裡？」

林非鹿抬頭看去，看見後面不知何時走來一個身高體壯的少年，眉眼與林帝有幾分相像，但比起另外幾個哥哥的相貌要平凡不少，可眉眼間的傲氣卻不比任何人少。

她聽到林景淵喊了一聲「二哥」，便知這是二皇子林濟文了。

林濟文是四妃之一淑妃的兒子，之前她一直有所耳聞，這位二皇子天生蠻力，十分擅武，年前因為練武的時候自視過高非要舉一塊巨石，結果砸到自己的腳，傷得不輕養了幾個月沒出門，是以她一直沒機會遇到。

此刻一見，果然與傳言一致，生得一副蠻相。

她從蒲團上站起來，規規矩矩行了禮：「小五見過二皇兄。」

林濟文這段時間雖然在殿中養傷，對宮中發生的事情倒是一件不落。知道以往愛奉承他的三妹被罰去皇陵守陵，知道以前名不見經傳的五公主得了父皇的寵愛，跟他幾個兄弟的關係都不錯。

今日來太學前，他的母妃淑妃還專程交代他，最近五公主在父皇面前風頭正盛，又與其他幾位皇子交好，他也要多跟這位五公主親近。

是以一下課，他就過來了。

一來便聽見林景淵跟奚行疆因為座位的事爭吵，林濟文一向看不起孱弱的宋國送來的孱弱質子，平日連同他說一句話都覺得有失身分，此刻見林非鹿跟他坐在一起，想也不想便道：「五妹貴為我大林公主，怎可與此人同坐一處？簡直有辱皇家臉面，我這就讓他們重新安排。」

林非鹿：？

這是個什麼沒頭腦的玩意？

知道你看不起人，但是你看不起人還當著別人的面侮辱人家，是不是有點過分了？跟宮中那些為了爭寵什麼下作手段都使得出來的妃嬪有什麼差別？

林傾貴為太子，方才就算不想自己坐在這裡，都只是委婉相勸，你算個什麼東西敢這樣當著我的面踐踏我的小漂亮？

林非鹿的眼神頓時沉了下來。

但她還是笑著，唇角彎彎的，看著林濟文問：「原來在二皇兄眼中，我大林朝的皇家臉面就這麼容易被辱呀？二皇兄未免太輕看我們的皇家臉面了吧？」

林濟文直覺她這話不對，像是在針對自己，但他頭腦簡單四肢發達，又自視甚高，一時半會兒愣是沒想通這句話該如何反駁，不過他還是下意識道：「我的意思是……」

不等他說完，林非鹿就繼續道：「那照你這麼說，坐一下就辱了皇家臉面，那你看他一眼辱不辱？你跟他聽同一個太傅講課辱不辱？你跟他吃同一口井的水呼吸同一片藍天下的空氣看的是同一個月亮辱不辱？這一來二去的，二皇兄還剩幾分臉面給人家辱啊？」

林濟文：？

林景淵：？？？

奚行疆：？？？？

小姑娘奶聲奶氣的，凶起人來也奶凶奶凶的，但幾個人都被她驚人的邏輯和伶俐的口齒驚呆了。

偏偏她說這番話時，還是甜甜笑著的，眼神真摯又單純，林濟文竟一時之間分辨不出她是在嘲諷自己還是真的在對此發問。

反倒是林景淵看著平日在自己面前乖巧軟糯的小鹿在別人面前張牙舞爪的模樣，露出了「我果然才是小鹿妹妹最愛的哥哥」的得意表情。

小鹿妹妹的乖巧都給了我一個人！

獨享溫柔！不愧是我！

奚行疆早知小豆丁伶牙俐齒，在她皇兄面前乖到不行，當著自己的面就一滴都沒有，現在終於又出現一個跟自己相同待遇的人，非常樂見其成，簡直恨不得她能再嗆幾句，最好嗆得林濟文懷疑人生，好叫他嚐嚐自己經歷過的滋味。

旁邊兩個人看戲意圖太明顯，本就鬱悶的林濟文更鬱悶了，以他有限的智商，實在不知如何反駁這段話。

他一向撿軟柿子捏，看了垂眸不語的宋驚瀾一眼，頗有些惱羞成怒的意味：「不過一個弱國質子而已，宋國終有一日會臣服我大林，屆時他便是階下囚亡國種！別說太學，天牢都沒他的位子！」

他此話一出，連林景淵都變了臉色，跟奚行疆同時出聲道：「二哥慎言！」

「二殿下慎言！」

宋國如今雖然孱弱，但它的立國時間遠比大林久遠。又因地處南方，一向被天下文人視作正統。想當初大林高祖建國時還被視作亂臣賊子，只不過一代又一代，大林逐漸強大，與宋國分淮河而治，才漸漸扭轉了局面和名聲。

如今天下重文重名，尊儒守禮，林帝更是一心想以仁君之名名垂青史，所以哪怕他十分垂涎宋國的富饒，也從不展露出侵略者的意圖，把自己的仁義形象維護得特別好。

林濟文當著宋國皇子的面把話說得這麼明顯，簡直是在打道貌岸然的林帝和尊儒奉佛的大林朝的臉。

林景淵平日就算再頑劣也知有些話說不得，太學這麼多人，這話若是傳出去，傳到林帝耳中，大不了一頓責罰，若是傳到民間，傳得人盡皆知，那才是真的損了皇家臉面。

他跟林濟文不大親近，此刻也顧不上了，拉著他的胳膊連推帶拽：「二哥你回去吧，我覺得五妹坐這挺好的，你別干擾五妹讀書！」

林濟文此時也知道自己說錯了話，梗著脖子紅著臉，拂袖而去。

林非鹿冷漠地看著他的背影，餘光察覺奚行疆打量的視線，轉頭朝他莞爾一笑，又朝林濟文的背影做了個鬼臉。

作為綠茶婊中的戰鬥婊，嘴炮一流，掐架滿級，文能嘴撕白蓮，武能手撕渣男，賣得了萌打得了架那可不是自誇的。

奚行疆挑眼一笑，對她比了個加油打氣的動作。

這裡發生的小矛盾並沒有引起其他人的注意，林非鹿理了理裙擺，重新坐回蒲團上，看見宋驚瀾正執筆在書上寫注解，神態自若姿勢優雅，好像對剛才那些話一點都不在意。

大概是因為聽過很多很多了吧。

她心中嘆息，稍稍往他身邊靠了靠，撐著小下巴安慰他：「殿下，那些話不要放在心上。」

他筆尖一頓，偏頭看過來，對上她含著憐惜的目光，眼神有些淡，像不解似的，低聲問，「公主為何替我出頭？」

林非鹿眨了眨眼，一板一眼地解釋：「剛才上課的時候太傅才講過，己欲立而先立人，己欲達而先達人，本就是二皇兄不對。」

宋驚瀾看著她無辜的眼神，又低頭看了看書，然後說：「這句話在書裡的第七頁。」林非鹿一愣，就見他輕笑了下：「太傅方才才講到第二頁。」

林非鹿：「……」她捏著小拳頭撐住下巴，幽幽嘆了口氣，借坡下驢道：「唉，都怪我太冰雪聰明。」

宋驚瀾忍不住笑起來。

太學的課程一上午就結束了，上午是文課，下午是武課。皇宮的禁軍平日都在圍場練兵，高門貴族也會將嫡子送入軍中歷練，皇子們平日除了練習騎射，就是在圍場跟著武將習武。

不過公主是不參加武課的，畢竟這個時代舞槍弄劍的女孩子實在少，奚貴妃算其中異類。儘管林非鹿現在跟著她習武，林帝也不准自己萌萌的小五跑去刀劍無眼的鐵血練兵場受罪。

用過午膳，林非鹿自覺地去奚貴妃的錦雲宮報到了。

經過一個月的練習，她現在終於可以在梅花樁上站半個時辰不摔下來，不過奚貴妃還是嫌她站的姿勢不端正，腿不夠直，腰杆不夠挺。

大多時候她在屋內喝茶，讓宮女監督，偶爾自己也會親自來盯著，手裡拿著一條鞭子，若無其事地往地上一甩，「啪」一聲脆響，驚起漫天灰塵。

林非鹿：「……」

一時間竟不知她更像大學時軍訓的教官，還是《還珠格格》裡棋社的黑心婆子。

她今日在太學聽了林濟文那番話，對於以前不大關注的兩國之間的關係也有了些好奇。

奚貴妃自小在邊關長大，聽說還帶兵打過仗，林非鹿規規矩矩站在梅花樁上，眼神卻往下瞟，好奇地問：「娘娘，妳跟宋國士兵打過仗嗎？」

奚貴妃正在翻一本兵書，聞言沒有抬頭，不鹹不淡回答：「打過。」

林非鹿又問：「那他們厲害嗎？」她在樁子上站得筆直，小腦袋卻晃一晃的，自顧自奶聲奶氣說著：「我今天在太學聽他們說，宋國十分孱弱，宋國的士兵也弱不禁風，娘娘是不是可以一個打十個？」

很少有人問起她以前在邊關的生活，宮女們不願提及她受傷的傷心事，其他人又有所忌憚，林非鹿還是這些年宮中第一個提及此事的人。

不過……

奚貴妃把書一闔，冷聲教訓道：「戰場最忌輕敵，宋國孱弱是當今國君荒淫政事所致，他們曾經稱霸中原，高祖敗於淮野，雍國折損三萬精兵於淮河岸。當過狼的人，不會真的變成狗。」

她冷颼颼掃了木樁上的小豆丁一眼：「妳這樣的，本宮倒是可以一個打十個。」

林非鹿：「……」

我太難了。

後半截林非鹿老老實實閉嘴不找罵了，從梅花樁上跳下來的時候，不知道是不是錯覺，感覺身子比以前輕了不少。

奚貴妃雖然嗆她毫不留情，但對她也是真的喜愛。她站樁的時候便命宮女熬雪參燕窩粥給她，還配了錦雲宮小廚房近來研製的糖心桃花酥。

這酥點有點像她以前在現代吃的蛋黃酥，只不過裡面的蛋黃是桃花餡，她一邊吃一邊不忘跟奚貴妃說：「娘娘，下次可以讓妳的私廚試試把裡面的餡換成蛋黃，加上蜂蜜和牛奶。」

旁邊宮女笑道：「聽著就好吃，公主的心思真巧。」

奚貴妃面色淡淡的，卻叫人吩咐下去。

吃飽喝足，盤子裡還剩兩個桃花酥，林非鹿想了想，從懷裡掏出乾淨的手帕，把剩下的桃花酥包了起來，跟奚貴妃告別之後蹦蹦跳跳跑走了。

後面傳來奚貴妃冷颼颼的聲音：「不僅要吃，還要往外拿。」

林非鹿：「……」

沒猜錯的話，娘娘今天應該是生理期來了。

惹不起，溜了溜了。

走到三岔路的時候，不遠處的翠竹林在夕陽映照下泛出淺淺的光暈，林非鹿摸摸懷裡鼓鼓的桃花酥，一蹦一跳地跑過去敲翠竹居的門。

平日天冬應門是很及時的，但今日不知為何，她敲了三次裡頭才傳來急匆匆的腳步聲。吱呀一聲，竹門從裡面拉開，天冬的臉色不太好，看見門外是她才勉強露出一個笑，朝她行禮：「五公主。」

林非鹿下意識朝裡面看，問了句：「怎麼了？」

天冬咬了下唇，聲音低沉又氣憤：「殿下受傷了。」

林非鹿一愣。

上午不是還好好的嗎？

她往裡走了兩步，聞到院子裡濃重的藥味，是天冬在煎藥。主屋的房門半掩著，她走過去，天冬在身後急急道：「公主，殿下剛才在上藥……」

走到門口時，宋驚瀾已經從屋內走了出來。

他披了件白色的外衣，總是用玉簪束著的頭髮散下來，掩著蒼白的病容。

林非鹿一眼就看見他臉上的傷，在顴骨的位置，紅腫得十分嚴重，布滿了瘀青，若是再往上一點，傷的就是眼睛了。

她聽到自己心臟咚咚兩聲響，氣得快要跳出喉嚨。

但嗓音還是平靜的，看著他問：「誰幹的？」

宋驚瀾笑了下，伸手摸摸她的頭，像在安撫：「擂臺比武，技不如人而已，不礙事。」

林非鹿問：「是不是林濟文？」

宋驚瀾正要說話，突地用拳頭掩嘴咳嗽起來，他一咳，容色更加蒼白，天冬趕緊跑過來扶他，咬牙切齒對林非鹿說：「我們殿下身上全是傷，請了太醫來看，說傷到了肺腑，剛才還咳血了！」

林非鹿的表情很平靜，把懷裡鼓鼓的桃花酥拿出來，拉過宋驚瀾的手，放在他手上，然後轉身就走。

宋驚瀾忍住咳嗽，聲音有些啞：「五公主要去哪裡？」

林非鹿面無表情地說：「我去把林濟文的頭砍下來給殿下賠罪。」

身後一聲輕笑。

宋驚瀾把手裡用小帕子包著的糕點放進袖口，然後走過來拉住她纖弱的手腕。

其實他並未用力，但林非鹿還是乖乖被他拉進了房間。

屋內有一股金瘡藥的味道。

他回過頭，看到身後的小姑娘明明很生氣但強裝淡定的模樣，不由得好笑。

林非鹿說：「你還笑？」

宋驚瀾笑意更盛，伸手揉了揉她被風吹亂的瀏海。

他笑著說：「雖然知道公主剛才那句話是在開玩笑，但我還是很高興。」

很高興在這樣的地方，還有這麼一個人維護我。

林帝這樣注重名聲的人，是不會讓大林朝傳出輕視虐待宋國質子的傳言的。相反，他要讓所有人知道，這位宋國質子在大林皇宮的生活十分優越，跟大林皇子們的待遇別無二樣。

所以賜他入太學讀書、賜他入圍場習武，平日有什麼大型國宴，都會邀他一起出席，讓全天下人稱讚大林是一個對質子都會以禮相待的仁義之邦。

面子功夫做得很到位，但只有當事人知道這下面包藏了怎樣的禍心。

宋驚瀾年幼入宮，群狼環伺，早已習慣藏巧於拙。無論在太學還是圍場，他都是最不顯眼的那一個。

林濟文今日在太學受了林非鹿的嘲諷，自然怪罪到他身上，在圍場練武的時候，指名道姓要與他上擂臺較量。

這是平日練習的一個環節，宋驚瀾無法拒絕，大庭廣眾之下，更不可能顯露跟隨紀涼所學的功夫，只能防守。林濟文生得一身蠻力，擺明了要給他一個教訓，招招都是死手。

最後要不是奚行疆飛身上擂臺阻止，恐怕今日不會善了。

好在他並不如表面看起來那麼孱弱，傷得不算嚴重，方才咳血也只是將堵在胸肺的瘀血順了出來。天冬一向大驚小怪，連累小姑娘也擔心了。

她生氣的時候，軟乎乎的小臉有些鼓，咬著牙一樣，總是水靈的眼睛像藏著刀片，又凶又奶氣，有種別樣的可愛。

她跟宮內所有人不一樣。

天真之下不掩心機，乖巧之中又含頑劣。

那些矛盾又複雜的特點在她身上完美融合，最終成了獨一無二的小姑娘。

宋驚瀾將放在袖口裡鼓鼓的小帕子拿了出來，打開之後，包在裡面的兩個桃花酥已經有些碎了，但聞起來十分香甜。他笑著問：「這是什麼？」

林非鹿還是那副沒什麼表情的樣子，小臉微微繃著：「糖心桃花酥，新品，拿過來給殿下嚐嚐。」

宋驚瀾了然點頭，拿起一個咬了一口，吃完之後，食指揩了下嘴角的碎屑，笑吟吟的：「很好吃。」

不管什麼時候，他總是這樣笑著的。

林非鹿心中的憤怒，突然在這笑容裡化成了鬱悶和無奈。

能怎麼辦呢？這就是他在這裡活下去的方式。

哪怕知道他其實不是真的開心，哪怕知道他或許並不喜歡笑，但生在這樣的時代，哪個人沒有自己的無可奈何。她不也還在努力打副本嗎？

林非鹿看著他把剩下的桃花酥吃完，突然開口問：「殿下，你在宋國排第七嗎？你有六個哥哥？」

宋驚瀾正端著茶杯，指腹滑過茶盞，微微摩擦了一下：「是。我父皇後宮妃嬪眾多，在我之後還有八個弟弟。」

「那為什麼是你？」林非鹿問：「因為你跟我一樣，母妃都不受寵嗎？」

來到這裡後從來沒有人問過他，為什麼是你。

大家都默認，他是被拋棄的那一個。

少年漂亮又蒼白的臉上露出一個很奇怪的笑容：「不，我母親位至妃位，母家勢力龐大，曾出過兩位皇后。」

林非鹿有些不可思議：「那你……」

他垂眸看著手中茶盞微微蕩漾的水紋，挑唇笑了下：「之所以是我，是因為抓鬮抓到了我的名字。」

他若無其事的說，「父皇身邊的美人提議，用抓鬮的方式選擇送往大林的皇子，我比較倒楣，被抓中了。」

林非鹿臉上露出感到荒謬的神色。

雖然早聽說宋國的皇帝荒淫無道，但她實在沒想到能荒謬到這個地步。

她想起剛才在錦雲宮奚貴妃說起曾經的宋國，士兵驍勇善戰，將領精通排兵布陣，大敗大林高祖於淮野，三千人馬斬雍國三萬精兵於淮河。

這樣輝煌的國家如今交到這樣一個昏庸的國君手裡，恐怕離亡國也不遠了。

林非鹿覺得小漂亮實在是有點慘。

不過現在說什麼安慰的話也沒用，畢竟人都來這了。她不再繼續這個話題，又看著他臉上的傷問：「剛才替殿下問診的太醫是誰？」

宋驚瀾說了一個名字，林非鹿聽都沒聽過，又看了看屋內的金瘡藥，瓶口居然長了一圈霉點，不知是放了多久的過期藥。

看來太醫院敷衍的態度跟對當初的自己一樣。

她努力打了這麼久的副本，當然有所收穫，現在說話做事比當初有底氣多了，裝弱小裝可憐已經不是現階段唯一適用的技能，也該適時強硬一下。

囑咐小漂亮幾句好好養傷，離開翠竹居後，便直奔太醫院而去。

太醫院是一個跟後宮妃嬪不分家的地方，各宮妃嬪都有自己最為信任的太醫，互為一體。林非鹿暫時沒這方面的人脈，平時幫她看病的都是嫻妃交代的陳太醫。

這地方比其他宮殿清靜，當差的各司其職，太醫們不得傳召，便在自己的小房間裡研讀醫書。

她一直走到院子裡才碰見人，連忙朝她行禮道：「五公主怎麼過來了？可是需要傳召太醫？」

林非鹿點點頭，奶聲奶氣地說：「我要找最擅長治療跌打損傷的太醫。」

官員便問：「公主可是受了傷？」

孰料小女孩氣鼓鼓道：「難道我沒有受傷就不可以找這樣的太醫嗎？」

小萌娃生氣也是可愛的，官員便笑道：「自然可以，公主稍等，下官這就為公主傳召。」

說罷便進去了，沒多會兒有個年輕太醫揹著藥箱走出來，林非鹿看了他兩眼，覺得有點眼熟。想了想，這不是當初幫自己治療風寒的那個太醫嗎？

難怪那時候嫻妃、大皇子、長公主接連派了太醫過來重新給她看病，原來太醫院果然很敷衍啊，居然派了個擅長治傷的太醫來幫自己治風寒。

年輕太醫朝她行禮：「見過五公主，可是嵐貴人受了傷？」

林非鹿小大人似的：「你跟我來吧。」

說罷便轉身往前走去。

年輕太醫跟在她身後，走到路口時，小女孩突然偏頭問他：「大哥哥，你叫什麼名字呀？」

年輕太醫一副受到驚嚇的表情，「下官孟扶疾，當不起公主這樣的稱呼。」

林非鹿莞爾一笑，風吹過瀏海，碎髮下一雙眼眸亮晶晶的，「大哥哥你的名字真別緻，救死扶傷，治療頑疾，你一定是個很好很好的大夫！」

孟扶疾道：「公主謬讚，下官不敢當。」

他抬眸看了看，發現這條路並不是前往明玥宮的路，正要開口詢問，又聽小女孩道：「大哥哥，我以前在醫書上看過一段話。」

孟扶疾下意識道：「什麼話？」

就聽她說：「凡為醫者，無論至於何處，遇男或女，貴人及奴婢，余之唯一目的，為病家謀幸福，並檢點吾身，不為種種墮落害人之敗行，尤不為誘姦之事。凡餘所見所聞，無論有無業務之牽連，余以為不應洩露者，願守口如瓶。倘餘嚴守上述誓詞，願神僅僅使餘之生命及醫術，得無上光榮，苟違此誓，天地鬼神共殛之。」

孟扶疾聽聞此話，頓時心神一震。

孟家世代行醫，至他這一輩終於有幸進入太醫院。孟父常將醫者父母心掛在嘴邊，對於他進宮其實並不贊成。

孟父說，君王身邊不缺醫術高超的大夫，倒是天下蒼生多疾病，更需要他們，所以當初才會為他取名為扶疾。

可年輕人總是希望自己能一展宏圖的，進宮之後父親對自己有些失望，父子倆的關係也不如從前親近。

孟扶疾年紀輕輕，自然比不上宮中資歷深厚的太醫，並不得重用，有時候也會懷疑自己選的這條路是不是真的錯了。

此刻突聽林非鹿一番話，方覺那正是身為醫者該有的本心，跟父親當初教導自己的理念不謀而合。

不知是哪位前輩，竟能有如此令人敬仰的觀念和覺悟。

孟扶疾忙問：「不知公主看的是哪本醫書？可否借下官一閱？」

林非鹿乖巧道：「我回去了找一找，若是能找到，便贈予大哥哥。」她眨了眨眼，歪著頭天真地問：「不過大哥哥，你們醫者，都像這本書中所說，會遵循這樣的誓言嗎？」

孟扶疾面對小女孩真誠又崇拜的眼神有些汗顏，不過還是誠實回答道：「下官比不上這位醫德高尚的前輩，但下官會將其視作榜樣，嚴律克己。」

小女孩漂亮的眼睛水汪汪的，左右看了一下，發現四周無人，悄悄朝他招了招手，小聲說：「大哥哥，你趴下來，我偷偷告訴你。」

孟扶疾對於她的萌態有些忍俊不禁，依言俯下身去。

小女孩踮腳趴在他耳邊，用軟乎乎的小氣音悄悄說：「大哥哥，我剛才看見宋國的那位質子受了傷，他好可憐，可是之前的太醫沒有好好幫他治傷，你可以幫幫他嗎？」

她說完，兩隻小手合在一起，軟乎乎地說：「拜託拜託。」

孟扶疾剛被她那一番醫者誓言給震動心神，本就在重新思考人生，此時又見她年齡雖小，心地卻如此善良，頓時當仁不讓道：「自然！醫者仁心，理應如此！」

小公主水汪汪的眼睛看著她，「大哥哥，你果然是個很好很好的大夫！」

孟扶疾被她誇得有些不好意思了。

他不知五公主跟這位質子關係親近，走到竹林邊時便道：「公主，下官進去為他醫治便是，妳身分不便，先回去吧。公主大可放心，下官必不負所托。」

林非鹿開心地點頭，蹦蹦跳跳走了。

孟扶疾這才理了理衣冠，敲響了翠竹居的門。

第二日林非鹿去太學上課，宋驚瀾請假沒來，不知要在屋內養多久的傷，後頭林濟文居然還在大聲吹噓昨日自己幾拳將宋國質子打趴的英勇事蹟。

林景淵抱著書蹭到前面來，往林非鹿身旁一坐，看到她悶悶不樂的樣子，戳戳她的小揪揪：「小鹿，妳怎麼啦？」

林非鹿兩隻手疊在案桌上，下巴擱在上面趴著，氣呼呼地說：「我不喜歡他！」

林景淵往後看了一眼：「妳說二哥？他就是這樣的人，咱們不理他就是了。」

林非鹿噘著嘴，聲音悶悶的：「我們不應該仗勢欺人，這是不對的，我們應該做一個好孩子。」

林景淵想起自己以前欺負宋驚瀾的行為有點心虛，連連點頭：「嗯嗯嗯，要做好孩子！」

小鹿妹妹真是又乖巧又善良又聽話啊，在這仗勢欺人的皇宮仿若一股清流！這麼善良的妹妹，一定是神仙賜給他的小仙女吧！

為了逗妹妹開心，厭學的林景淵愣是在第一排坐了一上午，陪著林非鹿聽課，太傅驚訝得連連往這邊看，心道四皇子這是轉性了？來，抽他起來回答問題試試看。

結果林景淵特別誠懇地跟他說：「我雖然人坐在這，但我的心還是最後一排，太傅您就當看不見我吧。」

太傅：「……」

轉性個屁！

上午課程結束，林非鹿收拾好自己的小書包，跟哥哥姐姐們禮貌道別。

林念知不知道最近是不是傲嬌屬性更嚴重了，林非鹿好幾次跟她打招呼她都假裝沒看見，這次聽到她說「皇長姐再見」，居然很彆扭地別過頭去，匆匆揮了下手就跑了。

倒是她沒怎麼接觸過的四皇姐林琢玉有些內向地回應了她的招呼。

林濟文還在跟平日愛奉承的他的那幾個貴族子弟吹噓自己多厲害，看到林非鹿揹著小書包走過來，很是高傲地抬著腦袋，就等她揮著手跟自己說「二皇兄再見」。

他剛剛都看見了！

結果小姑娘昂首挺胸，目不斜視從他身邊走了過去，一個眼神都沒給他。

林濟文有些惱怒，對著她的背影揮了下拳頭，被林廷逮個正著。

林廷雖然沒他高，也沒他壯，但他身為皇長子，母妃又是在宮中勢力十分龐大的阮貴妃，林濟文在他面前還是很規矩的。

林廷一派溫馴的模樣，卻告誡他：「五妹年幼，你不可欺負她。」

林濟文心想，她欺負我的時候你怎麼不說。很是不情不願地點了下頭。

離開太學，林非鹿回明玥宮去。她現在的生活十分規律，上午去太學上課，下午去奚貴妃那裡練武，傍晚自由行動，有種三點一線的上班打卡感。

正跟松雨說說笑笑走進宮裡，突然聽見裡面鬧哄哄的，還夾著林瞻遠的哭聲，林非鹿心裡直覺不妙，加快腳步跑進去，剛到院子裡就看見端著一盆熱水的雲悠。

看見她回來，雲悠哭過的眼眶又是一紅，喊了聲：「公主。」

林非鹿問：「怎麼了？哥哥怎麼了？」

雲悠哽咽道：「六殿下無事，是娘娘……」

林非鹿跟著她匆匆走進屋去，發現屋內還有位太醫在問診，蕭嵐臉色慘白躺在床上，昏迷不醒，裸露在外的手臂和臉上還有幾個很顯眼的紅色腫塊。

太醫正說道：「貴人身上的蜂毒下官已經為她清理了，只是貴人落了水，寒氣入體又受驚過重，還需要長久調理。這是下官開的藥方，快去抓藥來吧。」

青煙道過謝拿了藥方便往外走，看見林非鹿回來了，眼眶一紅正要說話，林非鹿便道：「先去拿藥吧。」

青煙點點頭出門去了，林瞻遠趴在床邊哭到不行，林非鹿走過去安撫了半天，讓松雨把他帶出去，才問雲悠：「發生什麼事了？」

雲悠抹抹眼淚，將事情道來。

原來今日上午，蕭嵐接到梅妃的邀約，邀請她一起去御花園踏青賞花。蕭嵐雖然知道來者不善，但對方是妃她是貴人，宮中位分森嚴，她不能拒絕，只能赴約。

梅妃自從從行宮回來後就沒被林帝翻過牌子，宮中一度傳言她失了寵。但畢竟位分尚在，平日形象良好，對待身邊的妃嬪們也不錯，倒是沒人落井下石。

這次踏青賞花，她還邀了好幾個妃嬪。多年未見，梅妃早已不比當年，見著她卻還是拉著她的手親切地喊「姐姐」。

蕭嵐一想到當年下藥之人多半是她，心中一陣惡寒，整個過程不敢放鬆警惕，神經一直緊繃著，不想還是遭了道。

經過一片花林時，不知是哪裡來的一群蜜蜂飛了出來，密密麻麻往她身上撲來。這群蜜蜂誰都不蟄，單追著她一個人咬，蕭嵐驚慌失措四下奔逃，蜜蜂緊追不捨，最後是她跳入了湖中，溺在水裡，才終於逃過一劫。

雖是春日，湖水依舊冰涼，她受了驚，又在水中溺了太久，被救上來時便已經昏迷不醒了。

林非鹿聽雲悠一邊哭一邊說完，氣得太陽穴突突地跳。

太醫此時已經離開，她沉聲問雲悠：「賞花的時候，可有什麼異樣？為何蜜蜂只追著我母妃？」

雲悠啜泣道：「當時不知，現在回想是有些奇怪，奴婢陪著娘娘去的時候，聞到其他人身上都有一股艾草薰過的味道。當時奴婢還以為是因為春季到來，用艾草薰衣驅蚊，現在想來，大概是因為蜜蜂不喜艾草味。」

林非鹿冷靜聽完，想了想，又問：「母妃去賞花穿的那件衣服在哪裡？」

雲悠道：「奴婢替娘娘換了下來，就在外頭盆子裡，還沒來得及洗。」

林非鹿讓她帶路，走過去之後拿起濕透的衣裙聞了聞，哪怕被湖水泡過，也難掩衣服上一股花粉香味。

雲悠也聞了聞，大驚道：「這香味很陌生，不是娘娘常用的香！」

林非鹿已然知曉，看來是梅妃趁蕭嵐不備，往她身上撒了吸引蜜蜂的花粉，才引得蜜蜂只追她一人。若是蕭嵐不跳入水中，便會被蟄到毀容。

這女人，實在是太毒了。

雲悠氣憤道：「公主！我們去找皇后娘娘求個公道！」

林非鹿反問她：「妳有證據是梅妃幹的嗎？妳親眼看到她往母妃身上撒花粉了嗎？」

雲悠一時語塞。

林非鹿淡聲道：「今日同她一起賞花的，應該都是她親信之人，她既然做了萬全的準備，便不會留下把柄。」

雲悠邊哭邊道：「都怪奴婢愚笨，沒有保護好娘娘。」

林非鹿嘆了聲氣，「別哭了，去照顧母妃吧，人沒事就好。」

雲悠抹抹眼淚，不由得有些發狠：「公主，那件事就這麼算了嗎？」

林非鹿笑了一聲：「算了？」她把濕透的衣裙扔進盆裡，指了指手上的水，若無其事說：「不整死她，這事不算完。」

雲悠：！！！

突覺公主兩米八！

第十四章　綠茶反被綠茶誤

青煙很快抓了藥回來，跟雲悠一起熬藥。

林瞻遠不哭了，但眼睛紅得像他懷裡的小兔子，蹲在床邊看看蕭嵐，又看看林非鹿，哽咽著問：「妹妹，娘親死了嗎？」

林非鹿拉著他的手探進被窩，握住蕭嵐的手，「死人是沒有溫度的，你摸一摸，娘的手是不是很暖和？」

林瞻遠紅著眼摸了半天，笑出來：「暖和！」

林非鹿也笑起來：「所以娘沒有死，只是睡著了，很快就會醒的。」

林瞻遠豎起一根手指在唇邊噓了兩聲，悄悄道：「那我們不要吵到娘親睡覺，妹妹我們出去玩吧。」

林非鹿點點頭，牽著他的手離開了房間。

林瞻遠現在有小兔子和長耳陪，日子比以前快樂了很多，性格也比她剛來時看著開朗活潑了些。他只是被今早蕭嵐濕淋淋救回來的場面嚇到，才大哭不止。

現在知道娘親沒事，又開開心心在院子裡玩了起來。

林非鹿坐在門檻上看著他，唇角不自覺帶了些弧度。日光漸漸傾斜，昏迷的蕭嵐終於轉醒，林非鹿聽到裡頭雲悠的喊聲，起身走了進去。

蕭嵐看起來仍十分虛弱，她這一趟受驚不小，恐怕會重病一場。青煙餵她喝完藥，又扶著她躺下去。她看著坐在床邊的女兒，嗓音有些啞：「又讓鹿兒擔心了。」

林非鹿搖搖頭：「母妃好好養病。」

蕭嵐伸手想摸臉上刺疼的地方，被林非鹿伸手按住了，「母妃，剛敷了藥，別碰。」

蕭嵐啞聲問：「我的臉……」

她抿唇笑笑：「問題不大，放心吧，會好起來的。」

蕭嵐閉了閉眼，只覺心中一口惡氣堵得她心悶，過了好一會兒才平復下情緒，嗓音微有些顫抖：「梅妃是想害我毀容，這一計未成，她恐怕不會善罷甘休。」

林非鹿握著她的手，聲音很平靜：「就等著她呢。」

蕭嵐手指收緊，定定看著女兒，最後啞聲交代一句：「萬事小心。」

林非鹿笑著點頭。

出了這樣的事，她短時間內是不可能再離開明玥宮了。林帝的恩寵都是給她的，蕭嵐只要一日不被寵幸，就永遠會有人上門欺辱。

林非鹿覺得自己現在有點像明玥宮的鎮宅物，有她在，才能保全宮人的平安。

到了下午該去錦雲宮打卡的時候，奚貴妃睡完午覺起來沒看見小豆丁，冷淡地問身邊的宮女：「那丫頭今日偷懶了？」

宮女道：「娘娘，奴婢剛才聽說今日上午五公主的生母嵐貴人在御花園撞了蜂包，被蜂子追著跳進了湖裡，救起來的時候人都快不行了。」

奚貴妃扶茶盞的手一頓，眉頭鎖起來，「跟誰一起？」

宮女回道：「聽說是梅妃娘娘發給各宮賞花的邀帖，去了好些人呢。」她壓低聲音道：「說來也奇怪，當時那麼多人在，蜂子偏不螫旁人，單追嵐貴人一個，這中間恐怕有些蹊蹺。」

奚檀進宮以來是沒搞過宮鬥的，誰跟她宮鬥，她就讓誰睡墳頭。不過見得多了，也知道宮中妃嬪沒幾個是乾淨的，小五最近風頭正盛，難免有人眼紅。

奚檀吩咐道：「妳送一些補身子的補品過去，哥哥送進來的那些本宮用不著，都一併送過去吧。」

宮女領命而去，拿了東西還沒走出殿門，就遇到被林非鹿派來捎話的松雨。奚檀聽完，淡淡頷首，讓松雨把東西拿著，又淡聲道：「回去告訴小五，有什麼事別怕，本宮為她撐著。」

松雨領命而去。

奚檀這裡知道了，其他宮裡自然也都知道了，嫻妃那裡不說，其他懷揣著討好五公主心思的人紛紛向明玥宮這邊送東西。

就連梅妃宮中都派了人過來，說我們娘娘今早也受了驚嚇，如今臥床不起，但心裡惦記嵐貴人，十分愧疚，不能親自過來探望，只能送些補品，希望蕭嵐早日痊癒。

林非鹿笑吟吟讓宮女收下，人一走雲悠就氣憤得要拿去扔了。

林非鹿制止她：「扔了幹什麼？留著吃，好東西不能浪費。」

雲悠狠狠道：「貓哭耗子假慈悲，說不定這些東西裡下了毒！」

林非鹿讓她們把東西都收起來：「她的人親自送來的，出了什麼事她摘不掉，梅妃這麼愛惜名聲的人，不會做這種事的。」

梅妃如此愛惜名聲，在人前塑造溫柔良善的形象，蜜蜂襲人這件事自然也不會讓自己沾上半分。

沒過多久，關注這件事的人都在議論，蜜蜂之所以只追著嵐貴人一個人螫，是因為嵐貴人聽說前往賞花的妃嬪眾多，可能會偶遇陛下，為了出風頭，所以在身上抹了許多香粉。

結果陛下沒遇到，遇到了蜜蜂，不僅丟了臉，還差點丟了命。

這件事成為了宮人飯後茶餘的笑料，青煙幾人聽聞後，又是大氣一場，林非鹿倒不是很在意。

嘴長在別人身上，又有梅妃故意散播，信則信，不信反駁也沒用。閒言碎語而已，能傷到的只有在乎的人。

等林帝知道這件事的時候，林非鹿已經兩天沒去太學了，彭滿沒亂說宮中傳言，只是告訴他五公主母妃落水病重，五公主最近正在榻前照顧。

說罷，又小心翼翼問了句：「陛下，要擺駕明玥宮嗎？」

說實話，林帝現在還沒做好見到蕭嵐和她那個傻兒子的心理準備。

他低頭批著摺子，沒說話，彭滿便明白陛下的意思了，未再多言。過了沒多會兒，林帝突然抬頭問：「明玥宮裡有幾個人伺候？」

彭滿一時間也不知道，趕緊找人來拿名冊來翻，查閱之後回稟道：「如今明玥宮裡只嵐貴人身邊兩名宮女，五公主身邊一名婢女，還有一位年事已高的嬤嬤。」

林帝皺眉道：「這麼些人，怎麼伺候得過來？小五才多大，還要她侍母床前。」他想了想，吩咐道：「告訴內務府，按照貴人的位分，重撥一批宮人過去伺候，不可有任何差池。」

按照正常的貴人位分來說，蕭嵐身邊該有兩名貼身婢女，一位掌事宮女，兩個使喚丫鬟，兩個太監。

之前蕭嵐失寵，身邊宮人趨炎附勢，走的走散的走。現在林帝下了旨，內務府自然不敢怠慢，立刻清點如今沒有當差的宮人，選好之後送到了明玥宮中。

林帝跨不過心裡那道坎，不願意去明玥宮，東西倒是不少，一樣接一樣地往宮中賞。除了綾羅綢緞，其他都是補品。這補品可不是給五公主的，明眼人都知道是賞給蕭嵐的。

再加上調過去的宮人，一時之間嫉妒連連，都在說蕭嵐因禍得福。

聽聞此事的梅妃在自己宮中摔碎了三個茶盞，咬牙狠聲道：「因禍得福，也要看她有沒有命來享這個福！」

隨她一起進宮的陪嫁丫鬟惜香是梅妃最信任的人，一邊喚人來收拾屋子，一邊低聲安慰道：「娘娘何必為這種不入眼的人生氣。」她輕輕按著梅妃的額角，低笑著說：「我們的人已經安排進去了，她們的一舉一動今後都掌握在娘娘手中，何愁不能將之玩弄於鼓掌。」

梅妃睜開眼，勾唇笑了一下。

宮內突然多了這麼多人，青煙和雲悠一時間有些不適應。蕭嵐如今還病著，反倒是林非鹿有條不紊地把這些人都安排好了。

宮人們在來之前就聽聞五公主乖巧伶俐，很得聖寵，卻沒想到在這宮裡居然是一個五歲大的小女孩做主。聽她用清脆的童音告誡他們要忠心護主，趕緊應是。

揮退宮人後，林非鹿把青煙和雲悠叫進屋去，低聲道：「貼身的事情暫時不要交給他們，先警惕一些。」

青煙一驚：「公主是擔心這中間有人包藏禍心嗎？」

「誰知道呢。」林非鹿回憶一下自己看過的宮鬥劇，甜甜一笑：「小心一點總沒錯。」

孰料當天晚上，睡夢中的林非鹿又聽見了小石頭砸窗戶的聲音。

她愣了一下，披著外衣爬起來，輕手輕腳走到窗邊，等了等，趁著石頭響起的瞬間，猛地拉開窗。

春夜的寒氣透進來，屋外銀月如紗，圍牆外的草簇微微搖晃，她抿著嘴忍住笑，壓低小氣音朝外說：「殿下，我看見你了。」

等了一會兒沒動靜，她忍不住笑起來，小手扒著窗戶探出身子：「殿下，別藏了，我好冷呀。」

院牆之外傳來一點動靜。

一陣風聲之後，一身黑衣的宋驚瀾踏著夜風飛落下來，隔著一扇窗站在她面前，臉上有無奈的笑。

見多了他穿白衣溫潤清雅的模樣，現在一身黑裝墨髮高束，有幾分平日難見的少年意氣。先小小的欣賞一下顏值，才撐著下巴笑咪咪道：「殿下半夜不睡覺在宮裡亂跑，也不怕被侍衛抓到。」

宋驚瀾微微低頭，碎髮掠在眼角：「侍衛抓不到，被妳抓到了。」

林非鹿一攤手：「這種事，想想也知道是誰幹的啦。」她雙手交叉握在一起抵著下巴，眨眨眼睛：「殿下又有什麼情報送給我？」

宋驚瀾看了她一會兒，好笑地搖了下頭，低聲說：「小心妳宮裡今日新來的那個眉心有顆痣的宮女。」

林非鹿早有警惕，聽到他提醒並不意外，不過她好奇道：「殿下是怎麼發現的？」

宋驚瀾想了想，試探著回答：「我看見了？」

林非鹿：「……說假話就不要用疑問的語氣了吧？」

少年垂眸笑起來，笑完抬手將大開的窗戶掩了回去，嗓音溫柔：「去睡覺吧，我回去了。」

林非鹿打了個哈欠，乖乖朝他揮手：「殿下晚安。」

「晚安？」他重複了一句，又笑起來：「嗯，晚安。」

他轉過身，腳尖一點，掠身上了牆垣，林非鹿看著他身影，突然喊：「殿下！」

少年站在牆上回過身，腳邊是匍匐的紫風鈴草。

看見小姑娘笑著說：「你這樣穿好帥呀！」

他飛下牆垣，回頭看時，沉寂的眸子映著夜色一點星光，溢出幽幽笑意。

翌日起床，林非鹿開始注意那個眉心有顆痣的宮女。她叫雨音，年齡跟青煙差不多大，一副低眉順眼的老實樣，做起事來兢兢業業勤勤懇懇，若不是宋驚瀾提醒，她大概一時半會兒很難發現異常。

雖然小漂亮沒說這人是誰安排的，但林非鹿用她聰明的腦袋瓜一想就知道，是梅妃沒跑了。

林非鹿沒把這件事告訴別人，擔心她們露出異樣，包括蕭嵐。

青煙和雲悠得了她的吩咐，本身就很警惕，雨音剛來明玥宮，正是需要獲取信任的時候，暫時不會輕舉妄動。

敵不動我不動，林非鹿不打算打草驚蛇，先觀察一段時間再說。

心懷鬼胎之人，就算裝得再好，再若無其事，在某些時刻反應和表現是跟正常人不一樣的。

林非鹿觀察一段時間就發現，雨音會對蕭嵐的生活起居格外關注。

青煙和雲悠不讓她們進屋伺候，貼身之事也從不經她們的手，另一個宮女就會去其他地方候著，但雨音不會，她還是會候在門外，一副隨時等候吩咐的忠厚模樣，但眼神會偷偷朝屋內瞟。

蕭嵐吃了什麼、做了什麼、說了什麼話，都是她的監視內容。

除此之外，沒有別的動作。

她每天不動聲色地監視蕭嵐，林非鹿每天不動聲色地監視她，覺得還怪有意思的。最近不怎麼出門本來覺得挺無聊的，現在倒是幫她的生活增添了不少樂趣。

入春多雨，春雨連綿，本來回暖的天氣又漸漸降了溫。好不容易停了一天雨，許久未見小鹿妹妹的林景淵就飛奔而至了。

他知道因為蕭嵐的事小鹿最近心情不大好，平日有什麼好玩的都讓康安往這邊送。

今日一過來就拉著她道：「聽說最近內務府新引進了許多奇花異草，我母妃前天去看過了，說很是奇妙有趣，我帶妳去賞賞花散散心吧！」

蕭嵐近來病體漸漸恢復，已經能下地走了，看著林非鹿柔聲笑道：「跟四殿下去看看吧。妳好久沒出去玩了，別悶出病來。」

林非鹿不好掃了林景淵的興致，點頭答應了。

林景淵便開心地拉著她去賞花。

皇宮看起來什麼都不缺，但其實按照現代人的生活理念，什麼都缺。

就拿花來說，賞來賞去其實也就常見的那些。稍微有沒見過的品種，便會被奉為奇花，引進宮來供林帝和各位娘娘欣賞。

內務府這次一共引進了四種奇花，都是以前從未見過的。林非鹿雖然對花沒什麼研究，但她看著花草棚裡那幾株葉子碩大根莖粗壯的大白花，露出匪夷所思的神情。

等等？這不是巨型豬草嗎？

以前外婆還在世時，她每年暑假都會回鄉下陪陪外婆，那個小鄉村裡隨處可見這種大白花，外婆說這叫大豬草，不能碰，碰了皮膚會爛。

她不信邪，摘了一株，汁水流了一手。到了第二天下午，手掌開始火辣辣地疼，漸漸紅腫過敏起了水泡。後來雖然治好了，但因為當時抓破了皮，手背還是留了疤痕，長大之後用醫美才消除的。

她上網查了查，得知這種植物學名叫巨型豬草，是一種劇毒植物，它的汁液中含有呋喃香豆素，一旦接觸到皮膚，就會導致日照性皮炎，兩日內接觸陽光就會產生灼燒感出現水泡。

當然根據每個人的體質不同，有的人接觸後會出現無痛的紅色疙瘩，之後可能會變成持續數年的紫色或棕色的疤痕，開始對陽光敏感。

如果這種汁液進入眼睛，還可能導致失明。

總而言之，劇毒！毒得要死！

偏偏繁殖能力特別強，生命力旺盛，鄉下路旁隨處可見。燒都燒不死，春風吹又生。

內務府還真是個人才啊，居然把這種劇毒植物當成奇花異草引進宮來，還打算種植？是想皇宮被這種侵略性植物攻占嗎？

不過想想也不奇怪，這大豬草長得挺具有迷惑性的，白花簇簇，當初歐洲等地也把它當成觀賞植物引進繁殖過呢。

林景淵見她一直盯著那幾株大白花看，不由問道：「小鹿妳喜歡這個花啊？」不等她回答便吩咐旁邊的宮人：「送幾株到明玥宮去！」

林非鹿正打算拒絕，誰要養這有毒的玩意啊！但腦子裡突然靈光一閃，想到什麼，便把話咽了回去，笑咪咪看著宮人把大白花裝盆，往明玥宮搬去。

大豬草長得還是很好看的，一搬到明玥宮，便把大家吸引過來，圍在一旁邊看邊稱奇。

林非鹿吩咐青煙：「日後要好生照看這幾株花，千萬不要磕著碰著，它的汁液可是很寶貴的。」

青煙好奇地問：「這花的汁液有什麼功效嗎？」

林非鹿卻沒再說，只是抿唇神祕地笑了一下。

青煙得了吩咐，將這幾盆花養在廊下，按照公主的要求，半點都不敢磕碰。傍晚時分，林非鹿便拿了一把剪刀，走到花盆前，剪了一段枝葉下來。

青煙驚了一下：「公主這是在做什麼？」

林非鹿朝她噓了一聲，把剪下來的枝葉放在搗臼裡，又抱著搗臼噠噠噠跑進了蕭嵐的房間。

屋子裡很快傳出搗臼的聲音，青煙好奇，眼線雨音就更好奇了，假裝掃廊簷，實則一直在注意屋內的動靜。

大約過去一炷香的時間，便聽見林非鹿在裡面喊：「青煙，打一盆熱水進來。」

青煙領命，很快將熱水端了進去，雨音不得吩咐不能進屋，只聽見青煙驚奇笑道：「娘娘臉上敷的是什麼？」

應該是被林非鹿止了聲音，屋內一時沒了動靜。

過了一會兒，青煙便端著水盆出來，雨音掃著地往那盆裡一看，見水面飄著許多青綠色的碎末。她朝廊下那幾株大白花看了看，又聯想到剛才聽到的話，便知道她們在做什麼了。

原來五公主搗碎奇花用來給嵐貴人敷臉？

這奇花她是第一次見，並不知道功效，難道對皮膚有什麼好處？

雨音將疑惑壓在心裡，繼續觀察。

之後她發現，五公主每天早晚兩次，都會剪一段大白花的花莖，搗碎之後給蕭嵐敷臉。

蕭嵐臉上之前被蜜蜂蟄了幾個紅印，雖然不至於毀容，但印子一直未消。過了一週之後，雨音發現蕭嵐臉上的紅印子消失不見了！

不僅紅印消失，皮膚比之前水嫩白皙了許多，像能掐出水來似的！

她不由得看了那幾株養在廊下，已經被五公主剪得只剩下孤零零一個花骨朵的大白花一眼。

難怪那天花搬回來時，五公主說汁液寶貴，沒想到覆在臉上竟然對皮膚有這樣的好處！

雨音自來到明玥宮便一直監視蕭嵐的生活起居，但蕭嵐實在是個非常無趣的人，不踏出院子半步，在房間也只是看書繡花陪兒子玩，她一點有用的情報都沒打探到，梅妃娘娘那邊已經有些許不滿了。

此時得這個消息，簡直開心到不行，用過午膳之後，隨便找了個藉口離開明玥宮，透過之前與梅妃那邊商量好的法子，將這件事轉告梅妃。

林非鹿從房間出來沒看到自己的監視對象，轉頭問青煙：「雨音呢？」

青煙回道：「她不小心丟了半副耳環，出去找了。」

林非鹿看著廊簷落雨，打了個哈欠：「這雨什麼時候停啊？」

青煙笑道：「奴婢昨天聽他們說，欽天監的人推算就是這兩天了。是該出出太陽了，被子都有點霉味了呢。」

她看了廊下被雨水打濕的大白花一眼，又笑著說：「這花被公主剪的只剩下花盞了，說來奇怪，奴婢總覺得這花的枝葉搗碎後有股胡瓜的味道。」

胡瓜就是黃瓜，為了避諱皇帝的皇字，所以叫做胡瓜。

林非鹿笑了下沒答話。

心想，本來就是黃瓜，能不像黃瓜味嗎？

她每天早早把黃瓜藏在蕭嵐房間，剪了大豬草拿進去後，其實搗的是黃瓜。蕭嵐臉上的紅印有些炎症，補補水消消炎就好了，黃瓜護膚補水一流，當然好使了。

只是都是青綠色的，搗碎之後看不出來，她沒跟青煙說實話，偷偷告訴了蕭嵐，青煙一直以為她真的在用大豬草敷臉呢。

蕭嵐底子本來就好，其實皮膚狀態更多的是取決於心情。

眼見著梅妃馬上就要遭殃了，她心情能不好嗎？

每天敷著黃瓜面膜，又有兒女在側，吃得好睡得好心情好，皮膚不變好才怪呢。

半個時辰之後，雨音回來了。林非鹿抱著長耳在廊下跟林瞻遠完，抬頭看她撐著傘小跑進來，笑著問：「雨音，妳的耳墜找到了嗎？」

雨音羞赧一笑：「找到了，多謝公主關心。」

林非鹿覺得宮中的演技派，其實還是挺多的。

雨音這頭安全回到明玥宮，梅妃那頭也收到了她傳遞的消息。

屋外小雨連綿，梅妃側坐在榻上，疑惑地看著惜香：「真有此事？本宮怎麼從未聽過？那小丫頭是如何知道的？」

惜香想了想道：「雨音可信，此事應該做不了假。奴婢之前聽聞五公主跟太醫院一位叫做孟扶疾的新晉太醫走得很近，聽聞那孟扶疾父輩都是鄉野郎中，見多識廣，興許是那孟扶疾告訴她的，也未可知。」

梅妃若有所思地點點頭，思忖半晌，吩咐道：「命人去內務府取幾盆這花來。」

惜香領命而去，大白花很快被搬到梅妃宮中。

這白花樣子的確奇妙，花蕊是由無數朵小白花組成的，團團簇簇擠在枝頭，煞是好看。梅妃觀賞了一會兒，吩咐身邊的宮女：「妳取一截枝葉，搗碎了敷臉試試藥性。」

宮女領命，按照吩咐將搗碎的青綠色碎液敷在臉上。敷完之後用水洗去，便回來覆命：「娘娘，奴婢臉上並無任何不適。」

梅妃湊近打量她半天，喃喃道：「也沒見變嫩。」

惜香在一旁笑道：「哪有這麼快呢，雨音不是說，蕭嵐早晚一次足足用了七日才見成效嗎？娘娘若是不放心，明日再喚她來看看。」

雖然雨音可信，明玥宮那頭也絕無可能知道宮裡有她的眼線，但以梅妃多年宮鬥的警惕心，還是沒有立即使用。

等到第二日下午，才又喚婢女來看。

大豬草的毒性要跟陽光結合才能發作，但最近春雨不斷，半點陽光的影子都見不著，宮女臉上自然沒有任何不適。

從溫泉行宮回來後，林帝就再也沒翻過她的牌子，雖然時不時派人賞東西來，但人卻一次也沒踏進過她的宮殿。後日便是梅妃的生辰，按照往年的習慣，林帝是會過來陪她用午膳的。

梅妃因為失寵最近有些憔悴，肌膚也不如以前白皙，見試藥的宮女無礙，自然不再遲疑，當晚便讓惜香搗碎了大白花，厚厚的敷了整整一臉。

雨音可是說了，林非鹿捨不得用，每次只取小小一截。

那她多用一些，起效應該會快一些，等後日陛下來時，務必讓他被自己的美貌驚豔！

如此一日，等到她生辰這天，梅妃早早就起來打扮了。

洗漱前還是照常用大白花敷一次臉，惜香一邊替她梳妝一邊笑道：「今日是娘娘的生辰，連天氣都放晴了呢，一會兒等陛下過來吃過午膳，娘娘還可陪陛下去御花園逛逛。」

梅妃臉上忍不住溢出笑意。

林帝雖然還沒忘記腳臭那一幕，但時隔已久，畢竟是他十分寵愛的梅妃，自然不可能一直晾著。這麼久過去，愛妃的腳臭肯定已經治好了，今日是她的生辰，說什麼都該過去看看她了。

於是早朝一結束，林帝就來梅妃的銀霜殿。

梅妃早已做好準備，一身青色紗衣盈盈嬌弱，妝容清純動人，一見著林帝，眼裡並無半分被他冷落許久的埋怨，只有對他無盡的思念與嬌羞。

林帝心情大好，陪她用過午膳，賞了不少東西，吃完飯，梅妃便提議道：「陛下，今日天光大好，臣妾陪你去賞賞花吧？」

林帝哪有不願的？當即拉過愛妃柔軟的小手，帶著她出門。

今日天光的確很好，天空湛藍萬里無雲，陽光沒有一絲遮擋地灑下來，落在皮膚上，有股暖暖的感覺。

兩人一路賞花說笑，梅妃還戲起了蝶，那身段之妖嬈，笑聲之動聽，林帝已經完全忘記她的腳臭了。

戲著戲著，林帝突然發現，咦，愛妃白皙的臉上怎麼突然冒了好多紅疙瘩？

他一開始以為自己看錯了，等梅妃戲完蝶停下來，他走近一看，驚得瞳孔都放大了。

梅妃早上還白皙嬌嫩的臉上突然長滿了密密麻麻的紅疙瘩，深深淺淺大大小小，密集恐懼症見了都要落荒而逃。林帝只看了一眼，當場就要反胃了。

這簡直比當初的腳臭還要讓人難以忍受！

梅妃看著林帝的表情，心裡一個咯噔，但她並不知道發生了什麼事，遲疑著問：「陛下，怎麼了？」

直到旁邊的惜香驚慌失措地喊出來：「娘娘！妳的臉！」

梅妃滯了一下，反應過來，手指顫抖摸了摸自己的臉。她一點痛感都沒有，卻能摸到臉上密密麻麻的疙瘩，慘叫了一聲，差點當場暈了過去。

林帝立即吩咐宮人將她帶回銀霜殿，又讓人傳太醫，自己則腳步匆匆回了養心殿，半眼都不想再看見那張會讓他做噩夢的臉了。

太醫很快去了銀霜殿，問診之後，詢問她最近的吃食和外用，梅妃回來照了鏡子後整個人崩潰了，大哭不止，還是惜香突然想起什麼，領著太醫去看那株大白花。

太醫並不識這花，取了一截後放進藥箱，說要回去研究。這症狀前所未聞，太醫只能暫時為梅妃開一些藥方便告退了。

接下來兩日，梅妃臥床不起，吃藥敷藥，可臉上的紅疙瘩卻絲毫不見消退。

太醫院的大夫們集體研究那株大白花，也沒研究出什麼名堂來，最後只得出此花有毒的結論。

回稟林帝後，林帝驚呆了，不可思議道：「她是瘋了嗎為什麼要用來路不明的東西敷臉？」

太醫：「……」

梅妃得知這花居然有毒後，整個人又崩潰了一次。宮中藏不住祕密，梅妃用毒花敷臉導致毀容的事很快就傳開，大家聽聞後都跟林帝同一個反應，她是瘋了嗎？

梅妃的確快瘋了。她在房內足足關了十日，太醫每天進出，她臉上的紅疙瘩終於漸漸消退，卻留下了可怖的紫色疤痕。

抹幾層粉都蓋不住的醜陋和恐怖。

十日之後，梅妃命人把雨音帶到銀霜殿。

雨音聽說這件事後，就一直惶惶不安，可宮中不比其他地方，她想跑也跑不了。

偏偏她什麼都不能說，什麼都不能問，明玥宮的人都是一副什麼都沒發生的樣子，對她的態度也跟之前沒有差別。

雨音便一直心存僥倖，想著五公主心善，自己求一求她，總歸是能活命的。沒想到還沒來得及求，就被梅妃的人綁到了銀霜殿。

青煙把院子裡的大白花都還到了內務府，交由他們一併處理。回來的時候，林非鹿在廊下餵兔子，她走過去低聲道：「公主，雨音被帶到那邊已經有一個時辰了。」

雨音的事，是梅妃毀容之後林非鹿告訴她們的。

青煙和雲悠一方面感到後怕，一方面對小公主的敬意又上了幾層。

林非鹿餵完兔子，拍拍手，吩咐她：「妳去請父皇，我現在過去。」

青煙欲言又止，最後只擔憂道：「公主千萬小心。」

林非鹿點點頭，從明玥宮離開後，一路直奔銀霜殿。

到的時候，殿門緊閉，她重重拍了拍門，等了一會兒便有人來開門，門一開，宮人還沒來得及開口，她便一側身從縫隙間鑽了進去，一邊往裡跑一邊大喊：「梅妃娘娘！把我的宮女還給我！」

院中的地板上有血被清理過後的痕跡，雨音不見蹤影。

聽到喊聲，宮人們急急走了出來，林非鹿站在院中，氣憤地看著他們：「雨音呢？把雨音還給我！」

其中一人道：「五公主所說之人並不在我們宮中，許是找錯了吧？」

林非鹿大聲道：「不可能！我親眼看見她被你們的人帶走了！快把她交出來！」

她在外面大吵大鬧，裡頭梅妃再也坐不住，用白紗覆面，在惜香的攙扶下走了出來。

哪怕用面紗遮著，她的額頭和鼻梁也難掩紫色疤痕。事到如今，她哪能不明白是著了這個小賤人的道，眼見她還敢跑來自己宮裡撒潑，真是恨不得親手將她掐死。

但她尚存的理智告知自己不能這麼做，咬著牙冷聲道：「五公主這是在做什麼？當本宮的銀霜殿是什麼地方，隨妳胡鬧？」

林非鹿可憐兮兮地看著她：「梅妃娘娘，妳為什麼要抓走雨音？她是父皇賞給我的宮女，妳把她還給我吧。」

梅妃狠聲道：「本宮不知道妳說的是誰，她也不在本宮這裡！」

林非鹿淚眼汪汪的，哽咽著說：「我都看見了，是他們把她帶走的。」

她伸手指著旁邊兩名太監。

那兩名太監渾身一抖，心虛地低下頭去。

梅妃冷聲道：「妳看錯了。本宮需要靜養，五公主還請回去吧。」

林非鹿一副要哭的樣子，梅妃越看越氣憤，真想把這麼小就這麼會裝的小賤人的臉皮撕下來。她轉過身深吸兩口氣，惡聲道：「惜香，送客！」

惜香剛往前走了兩步，站在院中的林非鹿突然朝前跑過來，跑到梅妃腳邊一把抱住她的腿，不依不饒道：「還給我！把雨音還給我！妳為什麼要抓走我的宮女！妳這個壞女人！」

梅妃被氣得七竅生煙理智全失，想也不想，一腳蹬了過去。

其實也不算蹬，她只是甩了下腿，想把她甩開。

沒想到小女孩慘叫一聲倒在地上，蜷著身子哭了起來。

梅妃還沒反應過來，就聽院口一聲怒斥：「放肆！」

梅妃抬頭一看，看見疾步逼近的林帝，雙腿一軟，頓時跪了下來。周圍宮人全部瑟瑟發抖地跪下，林帝直衝倒在地上的林非鹿而去，將她抱起來時發現她滿頭大汗，臉色蒼白，一副又怕又難受的模樣。

林帝又氣又心疼，轉頭看了跪在一旁的梅妃一眼，看見她臉上可怖的疤痕，一個哆嗦收回視線。

小五在他懷裡一邊哭一邊顫聲說：「父皇，你讓梅妃娘娘把雨音還給我好不好？」

青煙去請林帝的時候已經把事情說明，梅妃的人帶走了明玥宮的宮女，這宮女跟五公主關係好，五公主上門去討要了。

此時聽她這麼說，當即便問：「人在哪？還不交出來！」

梅妃身子一抖，抵死不認：「臣妾不認識公主所說之人，也沒見過她！」

小孩子的話當然比大人更具真實性。

林帝抱著小團子站起身，冷聲吩咐跟來的侍衛：「給朕搜！活要見人，死要見屍！」

梅妃聽聞此話，身子一軟，當即癱了下去。

林帝冷冷掃了她一眼，抱著小五大步走出銀霜殿。

他直接將人帶到了養心殿，又傳了太醫來替林非鹿看診，好在小五只是受了驚嚇，並無大礙。林帝等她喝了藥睡著之後，便走到外間，聽彭滿小心翼翼回道：「陛下，在銀霜殿旁不遠處的井裡找到那位宮女的屍體，是死後投井，背腿被打爛，應是杖刑而死。」

林帝雖然早有預料，但聽此回報，還是惡寒了一下。

梅妃在他心中一向溫婉良善，柔弱嬌羞，對待下人連一句重話都不會說，沒想到居然會做出如此心狠手辣之事。

那宮女不知如何得罪了她，竟然落得如此下場。

想到一會兒小五醒來聽聞此事必然大哭，林帝心頭好不煩躁，又問：「梅妃如何解釋？」

彭滿道：「梅妃娘娘大喊冤枉，說此事與她無關，讓陛下明察。」

林帝氣得把硯臺砸了下去：「還需朕如何明察？院子裡清理過血跡的痕跡當朕是瞎子看不見嗎！」

可她抵死不認，只有小五一人看見，真要降罪，又缺少證據。何況梅妃的父親如今正在江南幫他治理水患，若真按照殺刑來降罪，恐怕寒了老臣的心。

林帝終究還是一個以國事為重的皇帝，過了氣頭，便平復下來，淡聲吩咐道：「傳旨下去，梅妃德不配位，即日起褫去妃位，降為嬪位，禁足三月，好好反省！」

彭滿領旨而去。

旨意一下，整個後宮震驚了。

梅妃得寵多年不衰，前不久雖然有失聖寵，但生辰這日陛下還賞了許多東西，陪著一起吃飯逛御花園，雖然半途出事毀了容，但這麼慘，按理說應該慰問吧？怎麼沒有慰問，反而被降了位分呢？

就因為變醜了，就把位分降了？

陛下未免也太無情了吧！

直到翌日，才漸漸有消息出來，說梅妃是因為打死了五公主宮中的一位宮女，又傷了前去討要的五公主，才因此獲罪。

原來陛下還是憐惜她的，這事要是擱在別人身上，就不是降一個位分能善了的了。

後宮眾人心思各異，卻都明白了一個事實。

梅妃根本不是什麼溫婉良善之輩，這後宮中人，誰都不比誰乾淨。

梅妃變梅嬪，有人喜有人憂。

不過大家都明白了一個道理，就是五公主惹不得。

梅嬪到現在還是抵死不認宮女的死跟她有關，更不可能承認這宮女是她派去明玥宮的眼線。宮裡便猜測，大概是這宮女因為什麼得罪了梅嬪才落得如此下場。

其實宮裡死一兩個下人並不是什麼稀罕事，只不過都是暗中操作，沒有鬧到明面上來。那宮女命好，還有五公主為她討公道。不過陛下能狠得下心，也跟梅嬪毀容有關。

現在那張布滿紫色疤痕的臉他看一眼都要做噩夢，這可跟腳臭不一樣。太醫說了，那些疤痕恐怕會長期留在梅嬪的臉上，沒有治癒的可能。

雖然林帝曾經很愛梅嬪的身嬌體軟，但他本質上還是外貌協會，後宮又不缺美人，何必委屈自己。

位分一降，之前梅嬪身邊親近的那些妃嬪紛紛明哲保身遠離了她。最熱門的銀霜殿就這麼冷落下來，林帝還是留了情面，沒有讓她搬出去。

梅嬪在床上不吃不喝躺了三天，淚都流乾了。

她知道，自己這次澈底栽了。

美貌是後宮女人最大的利器，現在這把利器沒了，無論她再怎麼努力，都無法挽回陛下的心。

好啊，好一個蕭嵐。

以其人之道，還其人之身，自己讓她差點毀容，她便以牙還牙讓自己毀容。

以前還當她愚笨，是自己太輕敵了。

梅嬪思及此，悔恨交加，滿心怨恨，又搥床痛哭起來。這段時間以來，銀霜殿內的宮人能走的全走了，讓她嚐盡了蕭嵐當初嚐過的人情冷暖，只有惜香還留在她身邊。

沒多會兒，惜香便進來喚她：「娘娘，惠妃娘娘過來了。」

出事以後，這還是第一個來探望她的人。

此時天色已暗，惠妃穿著斗篷一副隱密打扮腳步匆匆的模樣，似乎不想被人知道她來了這裡。

梅嬪披頭散髮從床上坐起來，臉上掛著淚，惠妃一進屋看到她的模樣心口一震，雖早知她毀了容，卻還是被這副「尊容」嚇得不輕。

梅嬪嗓音沙啞喊了聲：「姐姐。」

惠妃壓住心中驚嚇，走過去坐在床邊握住她的手：「妹妹病著，該好好養著才是，怎麼又哭成這樣？」

梅嬪啞聲道：「我現在這模樣，還能怎麼養呢，恐怕姐姐見了都覺得怕吧。」

惠妃安慰道：「雖然如此，但妳母族還在，妳父親劉大人如今在江南治理水患，既得民心又得聖心，好生將養，總比任由自己墮落得強。」

梅嬪苦笑道：「若不是父親，陛下恐怕就不會只降我的位分了。」

惠妃嘆了聲氣：「我平日裡總跟妳說，行事不可冒進，要萬分小心，妳怎麼就……唉。」

說著梅嬪的眼淚又掉了下來，邊哭邊咬牙道：「姐姐不記得當年陛下是如何寵幸蕭嵐那個賤人的嗎？陛下愛她貌美，喜她才情，連她沉悶無趣的性子都能忍受！我自行宮回來，陛下便再未翻過牌子，對五公主的寵愛卻日益越深，我若不早做準備，蕭嵐復寵指日可待，我們當年所做的一切就全都白費了！」

當年她和蕭嵐入宮時，惠妃已經是妃位了。若沒有惠妃暗中相助，她也不能神不知鬼不覺地對蕭嵐下藥，害她早產失寵。

兩人這些年綁在同一條船上，惠妃有長公主，梅嬪有美貌，兩人各持所需互幫互助，才能在這百花鬥豔的後宮屹立不倒。

如今梅嬪一倒，惠妃便如斷臂，就是再要避嫌，也不得不來銀霜殿走一趟。

若梅嬪狗急跳牆，又鬧出什麼事來，死了倒乾淨，若是沒死，還把以前兩人種種抖出來，連她都會被拖下水。

惠妃不得不耐著性子安慰她：「妹妹別忘了，陛下厭惡她的根源是什麼。是蕭嵐自身嗎？」她輕聲道：「不，是那個傻子啊。只要有那個傻子在的一日，陛下心中的芥蒂就永遠不會消失，蕭嵐就算復寵，也絕無可能到達當年那個地步。那個傻子會長大，他越大，癡傻就會越明顯，以陛下的性子，是無論如何也無法忍受的。」

梅嬪黯淡無神的眼中漸漸溢出猶如蛇吐信子般的惡毒，一把抓住惠妃的手：「姐姐！我知今後都復寵無望了，我這張臉……可蕭嵐不能過得比我好！我就是死，也要拉著她一起下地獄！還有那個五公主，年紀如此小心思便如此之深，萬萬留不得！」

惠妃早知此女狠毒，此時聽她說出這樣的話，心中仍是一涼。

拉著她一起下地獄……

她若是瘋起來，豈不是也要拉著自己下地獄？

惠妃不動聲色將自己的手抽回來，柔聲寬慰道：「妳放心便是，有我在，不會讓她好過。妳如今最重要的是養好身子，切記，此時此刻更要慎重，千萬不可冒失行事了。」

梅嬪在惠妃的保證中重新找到支撐的信念，重重點了點頭：「我一定謹記姐姐的話！」

惠妃笑道：「那我便放心了。時辰不早，我先回去了，改日再來看妳。」

梅妃點點頭，又灑淚說了幾句姐妹知心話，便目送惠妃離去。

等惜香將惠妃送到殿外再折身回來時，就看見坐在床上的娘娘臉上已無淚意，眼神冷冰冰地盯著門口。

惜香嚇了一跳，遲疑著走過來小聲問：「娘娘，妳在看什麼呢？」

過了好一會兒，才聽見梅嬪啞聲說：「惠妃這是要斷臂自保了。」惜香一驚，便看她冰冷又怨毒的視線緩緩移了過來，一字一句說：「惜香，只能靠我們自己了。」

惠妃在婢女的陪伴下腳步匆匆回了瑤華宮，踏進殿門，惠妃才鬆了口氣，婢女也低聲道：「這一路沒遇上人，娘娘不必擔心。」

去看梅嬪這一趟，可是冒著風險的，若是傳到陛下耳中，必然不喜。

惠妃點點頭，剛走進院子，便看見女兒站在門口看著她。

夜色已經很深，惠妃奇怪道：「都這個時辰，妳不就寢還在這裡站著做什麼？」

林念知翻年之後個子又往上躥了一些，出落得越發像個大姑娘，但形態舉止時而還是像個沒長大的孩子，總跟她鬧脾氣。此刻一副咬牙不高興的模樣，等她走近才悶悶開口：「母妃去哪裡了？」

惠妃走進房中取下斗篷，「出去透了透氣。」

林念知跟進來：「騙人！分明就是去找梅嬪了！」

惠妃神情一凝，回頭斥她：「胡說什麼！還不回房去！」

林念兩三步走過來，不依不饒：「母妃為何要同那個蛇蠍心腸的女人來往？她不是好人，還攛掇母妃跟她幹一些令人不齒的壞事！現在她落得這般田地都是自作自受，母妃早該與她劃清界限！」

惠妃難掩怒色：「妳這是在胡說什麼！」

林念知袖下的手指緊緊捏在一起，咬牙道：「我都聽見了！上次去行宮的路上，五妹在驛站遇刺，就是梅嬪和母妃妳謀劃的！每每想到此事，我都無顏面對五妹！」

惠妃大驚大怒之下，抬手一巴掌搧在她臉上：「妳給我閉嘴！」

林念知長這麼大，金枝玉葉萬千寵愛，哪裡挨過打，此時捂著臉震驚地看著眼前的母妃，彷彿不認識她一般，嘴唇咬出了血，哭著跑了出去。

惠妃氣得胸口起伏不止，沉聲吩咐：「把她給我看好了！沒我的吩咐，不准她踏出房門一步！」

宮人大氣不敢出，小聲應是。

解決完梅嬪之後，蕭嵐的病也漸漸痊癒，而且因為心情大好的原因，氣色比病之前還要好，連總是沉壓壓的氣質都消減不少，多出一些明麗的生氣來。

但對於林非鹿來說，梅嬪只是降了位分毀了容，人還在宮中，母族勢力又不弱，這次被她這麼擺了一道，結下的可算是死仇，像個定時炸彈一樣，不澈底解決便不能放下戒備。

不過她如今在宮中倒臺，想要興風作浪恐怕很難，林非鹿不必每日關在明玥宮裡當鎮宮之寶，又恢復上課。

接連去太學上了幾天課，都沒看見林念知。

從行宮回來之後這位皇長姐就開始跟自己鬧彆扭，打招呼視而不見，見著自己就溜，林非鹿思來想去也不知道自己哪裡得罪了她。本來打算好好哄一哄，結果幾天都沒見到人。

打聽了一下，說是生病請了假。林非鹿想了想，回去讓蕭嵐做了一個香包，又去太醫院找孟扶疾配了一副藥，有安神助眠之用，打碎裝入香包之後，送去了瑤華宮。

雖然往日她來瑤華宮總被惠妃刁難，但殿門還是能進的。結果這次不知為何，宮人一臉為難地把她攔在了殿外，說是太醫交代長公主需要靜養，不見人。

林非鹿只好把東西交給宮人讓她轉交。

她人一走，宮人立刻將香包呈到惠妃面前。惠妃看都沒看一眼，冷聲交代：「扔了。」

林非鹿還不知道自己現在已經澈底上了瑤華宮的黑名單，蹦蹦跳跳回到明玥宮時，蕭嵐正跟林瞻遠坐在院子裡編兔子。

蕭嵐手巧，不僅針線活好，手工也厲害。春日草葉茂盛，雲悠採了不少回來，蕭嵐便用這些花花草草枝葉編小動物。

自那日天晴之後，春雨沒再落下過，陽光日趨溫暖，此時像一層柔軟的輕紗落下來，將院子裡幾個人籠罩。

林瞻遠懷裡抱著小兔子，腳邊趴著長耳，乖乖坐在小凳子上，認真地看著蕭嵐編兔子。地上已經放了十幾個大大小小的青綠色草兔子，還可愛地擺成了一個愛心的形狀。這當然是林非鹿教的，見她一回來，林瞻遠便開心道：「妹妹！綠兔子！」

林非鹿進去洗了個手，然後抬著小凳子也坐到蕭嵐身邊，下巴擱在她柔軟的腿上：「母妃，妳編個小老虎給我吧！」

蕭嵐失笑：「娘不會這個。」見女兒期待的眼神，還是拿起一捆青草，「那娘試試吧。」

林瞻遠在旁邊興奮拍手：「小腦斧！小腦斧！」

林非鹿戳他臉頰：「哥哥，你高興什麼？今天的九九乘法表背了嗎？」

林瞻遠頓時苦下臉來。

林非鹿說：「快背！背不完，這些綠兔子就全是我的了！」

林瞻遠一聽這話，眼淚都快出來了，可憐兮兮地吸吸鼻子，小背影坐得筆直，委委屈屈開始背：「一一得一，一二得二，一三得三……」

林帝邁著遲疑又緩慢的腳步走到明玥宮門口時，林瞻遠才背到五六三十。

彭滿正要通報，他揮手止住，站在門口凝神朝內看去。

金色又柔軟的陽光暖暖地落滿了院子，將那個笑意盈盈的美貌女子輕輕籠罩。她手裡拿著青草，神情有些疑惑，眉眼卻溫柔，白皙手指穿梭期間，挽了一個結後又抽出來，小老虎已經初見雛形。

小五坐在她身邊，小腦袋趴在她腿上，而另一邊，俊俏漂亮的小男孩眼睛有些紅，一副要哭不哭的模樣。他看看旁邊的妹妹，又看看懷裡的兔子，繼續打起精神背：「五七三十五，五八四十，五九……」

他一卡住，就偷偷看妹妹的反應。

林非鹿對他比了下小拳頭：「哥哥是最聰明的！你可以！」

林瞻遠用胖乎乎的小手揉了下眼睛，吸吸鼻子，努力想了半天，才繼續背：「五九……五九四十五！」

蕭嵐忍不住笑起來，手裡的小老虎終於成型，手指撚著老虎蹭了蹭林非鹿的鼻尖：「妳要的小老虎。」

這樣溫暖的一幕，讓林帝來時的腳步，突然沒有那麼沉重了。

第十五章　太后駕到

蕭嵐這一對兒女，完美繼承了她的美貌。

女兒粉雕玉琢，兒子俊俏可愛，一左一右依偎身旁，不可謂不養眼。林帝對於這個六皇子的印象只停留在他三歲，顯露癡傻時的模樣。

五年過去，小孩已經長高了許多，他想像中歪著腦袋流口水憨憨傻笑的畫面並沒有出現。籠在光暈之中的小男孩眼神十分純真，笑起來的時候和他妹妹一樣，唇邊有個小小的梨窩。他或許不像正常孩子那麼機靈聰慧，但也沒有自己想像中那麼讓人討厭。

而且還會背九九乘法表！

林帝就那麼默默站在門口，聽他磕磕絆絆地背完了九九乘法表，然後邀功似的對小五說：「我背完了！」

林非鹿伸出一隻手摸他的腦袋：「哥哥真棒，那這些小兔子都是你的啦。」

林瞻遠開心拍手，起身跑過去撿草兔子時，突然發現不遠處的門口站了個陌生人。他一向怕陌生人，立刻原地掉了個頭，緊張兮兮地跑回蕭嵐身後，躲在她背後，小心翼翼探出半個小腦袋往門口打量。

跟小五當初見著自己被嚇到時的神情一模一樣。

不愧是兄妹。

蕭嵐這才發現門口有人，她抬眼看去，神情滯了一下，但很快反應過來，立刻起身行禮：「妾身拜見陛下，不知陛下駕到，有失遠迎。」

林非鹿已經喊著「父皇」開心地跑過去了。

林帝笑起來，等她跑近時俯身把她抱起來，然後朝院中走去，走到蕭嵐身邊，聞到她身上淡淡的清香，跟自己從太子那裡要來的香囊的味道有異曲同工之妙。

林帝一手抱著女兒，一手虛扶：「起來吧。」

蕭嵐又行了禮才起來，林瞻遠還扯著她的衣角躲在她身後。蕭嵐抿了下唇，柔聲說：「遠兒，跟你父皇行禮。」

林瞻遠偷偷看了這個陌生男人一眼，又看向他懷裡的妹妹。

林非鹿無聲朝他做了個口型：爹爹。

林瞻遠一下子明白了，這是妹妹經常跟自己玩的遊戲！

只要她不出聲說出這兩個字時，自己就要按照她教的動作行禮，還要說……

林帝就見著之前害怕的小男孩慢慢從蕭嵐身後走了出來，乖乖朝他行了禮，稚聲道：「兒臣拜見父皇。」

林帝略驚訝地一挑眉。

不僅會背九九乘法表，還會行禮，看起來不瘋不傻，還挺乖巧。

當你對一件事抱了最壞的結果，最後卻發現並沒有自己想像的那麼糟糕時，便非常容易滿足。

他的語氣還算溫和：「起來吧。」

不過皇帝當久了，身上有股不怒自威的氣勢，林瞻遠對每個人身上的氣息十分敏感，起來後又有些害怕地躲了回去。

林帝看看蕭嵐，又看看這個好奇打量自己的兒子，回想當年種種，內心一時感慨萬千。

林非鹿摟著他的脖子甜甜問：「父皇，你怎麼過來啦？是太想我了所以專程來看我嗎？」

林帝笑呵呵說：「是啊，想朕的小五了，小五有沒有想父皇啊？」

林非鹿眨眨眼睛：「想了。可想啦！」她又小聲問：「那父皇帶上次說過的御膳房的燒雞給我了嗎？」

林帝哈哈大笑，用自己的鬍鬚扎她軟乎乎的臉：「妳這丫頭，整天就惦記那口吃的。朕看妳想的根本不是朕，而是朕的御膳房。」

小團子被看破，立刻不好意思地埋在他肩窩撒嬌。

林帝吸夠了軟軟的小團子，把她放下來後又看了看滿地的青草花葉，問蕭嵐：「這是在做什麼？」

蕭嵐微垂著眸，唇角彎著溫柔的弧度，聲音十分柔軟動聽：「用這些花草編一些小動物給孩子們玩。」

林帝俯身拿了一隻草兔子看了看，悵然似的說：「朕記得妳手巧。」他拿起自己掛在腰間的那個香囊，「這香囊朕初見便覺得眼熟，是妳繡的吧？」

蕭嵐抬眸看了一眼，眼眸流露一絲驚訝，點了點頭：「是。」

林帝笑著點頭：「朕戴著甚好。」

全然不提這是他從太子那搶來的。

蕭嵐溫婉地笑了下，林帝又問：「朕聽聞妳前不久落水受了涼，身子可大好些了？」

蕭嵐回道：「謝陛下關心，已經好了。」她頓了頓，抬眸看了看林帝，眼神極盡溫柔：「多虧陛下送來的補物，妾身才能恢復得這麼快。」

現在的蕭嵐，比當年的蕭嵐讓他覺得順眼懂事多了。

當年的蕭嵐，他就算賞再多東西，也從未得她一個溫柔的笑、一句真心的謝恩。林帝有時候覺得自己面前是一個沒有靈魂的木偶，空有一副美貌。

而如今，她漸漸鮮活起來，大概是當了母親，整個人身上有了溫暖的氣息。

又將小五教得這樣好，連這個傻兒子都出人意料的乖巧。再一看她不輸當年的美貌，林帝之前來時心中的三分好感七分遲疑已經變成了七分好感三分悔意。

他抬步朝房中走去：「進來說話吧，別站著。」

蕭嵐應是，領著兩個孩子跟著他進屋。

雖然明玥宮如今的生活品質已經比林非鹿剛來那會兒高了不少，可畢竟是十分偏遠又古舊的宮殿，雖然收拾得十分乾淨整潔，還有怡人花香，但林帝進去一眼就覺得這地方簡潔得過於簡陋了。

想到母子三人這些年就是在這樣的環境下生活，而且這個境地還是自己造成的，林帝心中生起了一絲絲愧疚。

蕭嵐走過去鋪好軟榻，服侍他坐下後，又吩咐候在一旁的青煙去泡熱茶來。

這茶跟其他茶不一樣，是以乾花為主，入口之後沒有茶味，只有一股淡淡的花香。林帝午時用膳吃得比較油膩，喝了一杯花茶剛好解了膩，忍不住點了點頭。

問道：「內務府今年似乎沒有供這種茶，是自己妳做的？」

蕭嵐點頭，將製作乾花茶的步驟簡略說了一遍，林帝一邊聽著一邊又喝了一盞，等她說完笑吟吟道：「不枉朕誇妳手巧。」

兩人聊得十分融洽，林非鹿和林瞻遠則在另一旁的小榻上吃點心嗑瓜子。

林瞻遠對這個陌生人很好奇，偷偷問妹妹：「娘親為什麼對他笑？」

林非鹿說：「因為娘親喜歡爹爹，看到爹爹當然會笑啦。」

林瞻遠嘶著嘴：「娘親喜歡我和妹妹！」

在他的小腦袋裡，沒有爹爹這個認知。

林非鹿教訓他：「沒有爹爹就沒有我和哥哥，所以也要喜歡爹爹哦。一家四口，整整齊齊才是最好的。」

林帝身為習武之人，耳力自然過人，聽到他這句話，抬眼掃過去，見小男孩白嫩俊俏的小臉氣呼呼的，被小五插著腰教訓一頓後，又委委屈屈地噘著嘴縮了回去。

他自來了明玥宮，除去剛才院中的行禮，一直下意識地避開有關這個傻兒子的一切，本來按照他今天的想法，他只是打算在外面看一看，不會進來的。

畢竟他還沒完全做好心理準備。

結果現在不僅人坐進來了，聽了林瞻遠說話，甚至還想跟他說幾句話。

蕭嵐察覺他視線，心中微微一凜，正準備說點什麼轉移話題，卻聽林帝沉聲道：「老六，你過來。」

蕭嵐抿了下唇，眸中不掩擔憂。

林瞻遠還傻乎乎在那嗑瓜子，林非鹿戳戳他：「哥哥，父皇在叫你。」

林瞻遠扭頭看了一眼，認認真真地解釋：「我不叫老六，我叫林瞻遠。」

林帝一聲笑：「倒是記得自己的名字。」

林瞻遠這次聽懂了，特別驕傲地說：「我還會寫呢！」

林帝挑了下眉：「哦？」他看了蕭嵐一眼，「妳教的？」

蕭嵐垂眸道：「是小鹿教的。」

林帝覺得挺有趣，便吩咐：「取筆墨紙硯來。」

青煙領命而去，很快將紙墨拿來鋪好，林帝從榻上走下來，走到案几旁，淡淡看著林瞻遠：「寫幾個字給朕看看。」

林瞻遠有點怕，微微斂著身子，林非鹿摸摸他的腦袋，小聲安撫：「哥哥別怕，寫字給父皇看。」

他一向聽妹妹的話，看了妹妹一眼，接受到她鼓勵的眼神，這才小心翼翼挪到了案几旁。

林非鹿這麼久以來的教學成果當然是有成效的。

林瞻遠的字跡雖然難掩稚嫩輕浮，但筆劃流暢，字峰已經初現端倪。林帝看了幾眼，甚至覺得這傻兒子的三個字，比老四的字還好。

那個不學無術的狗東西！比誰都不足！

林帝向來愛才，單從這幾個字，對自己這個傻兒子的印象便有了幾分改觀，看了看又問：「除了你的名字，還會寫其他字嗎？」

林瞻遠怕怕地看了他兩眼，感覺這個逼自己寫字的父皇跟妹妹真的好像哦。

他委委屈屈拿著筆，寫學過的其他字。

林帝看著紙上出現的字跡，神情逐漸凝了起來。

這傻兒子寫的是：太平盛世、玉宇一清。

蕭嵐方才說，他的字是小五教的。

林帝眉眼一凜，看向旁邊的林非鹿。

小團子站在他身後幾步遠的地方，正踮著腳往這邊看，對上他打量的視線，脖子縮了一下，有點心虛地垂下頭去。

林帝沉聲道：「小五，為何教妳哥哥寫這八個字？」

他豈能看不出這其中討好的意味。

小團子被他一句話嚇得一抖，囁囁不敢抬頭，整個人恨不得縮成一團，頭上的小揪揪好像害怕地蜷了起來。

林帝不由得有點後悔自己剛才的語氣過於嚴厲，他往前走了兩步，在小團子面前蹲下來，這才看見她小聲地哭了。

眼眶通紅睫毛濕潤，淚珠子從小臉一路滾落，看起來可憐極了。

林帝一顆老父親的心頓時就不行了，抬手擦擦她臉上的淚，放柔聲音道：「朕沒有凶妳，別哭了。」

她抿著唇一點點抬頭，鼻尖粉紅粉紅的，哽咽著說：「父皇，你不要討厭哥哥好不好？」

林帝一愣。

小團子怯怯地扯他的袖口，一邊哭一邊祈求著說：「他們都說哥哥是傻子，父皇最討厭傻子了。哥哥不傻的，哥哥會寫字，父皇可不可以不要討厭他？」

林帝聽這哭訴，哪還有不明白的？

小五是懷著什麼樣的心情教她哥哥寫下這八個字的？這五年來，自己的視而不見對他們造成了多少傷害？

連宮人都能毫不避諱地辱罵皇子是傻子，她還這麼小，聽到這些話，唯一能想出來的辦法就是教哥哥寫字，希望自己在看到這些字的時候，能稍微不那麼討厭他。

而自己剛才都做了什麼？

林崇玄啊林崇玄，你還是個人嗎！

如果說林帝之前只有一絲絲愧疚，那此時此刻，這一絲絲愧疚已經無限擴大，快把他的老父親心臟都裹起來了。

小團子還在抹眼淚，林瞻遠看到妹妹哭，又著急又難過，把筆一扔跑了過來。

他以為是這個看起來很嚴厲的伯伯把妹妹凶哭的，自己明明也很怕他，但還是張開雙臂擋在妹妹前面，鼓起勇氣看著他說：「不……不准欺負妹妹！」

他生得白淨俊俏，林帝所有的兒子中，誰都沒有這樣一雙清澈純粹的眼睛。

只是此刻眼眶紅紅的，像他腳邊的兔子，十分委屈傷心。

林帝的手指有些僵，看著兩小孩半晌，嘆著氣伸出手掌，分別落在這一對兒女頭上，安撫地摸了摸：「好了，兩個小哭包。」

蕭嵐也走了過來，欠身道：「陛下，是妾身有失教導。」

林帝轉頭看她，語氣難得鄭重：「不，妳把這兩個孩子教得很好。」

他一手牽起一個孩子，拉到軟榻旁，先把林非鹿抱上去，看了旁邊緊張兮兮的林瞻遠一眼，又俯身把他也抱上軟榻。掂了掂，笑起來：「還挺沉。」

小團子趴到他腿邊，仰著小腦袋看了他一會兒，小聲問：「父皇不討厭哥哥嗎？」

林帝乾咳了一下，掩飾心虛：「朕跟旁人不一樣，當然不會。」

小團子歡呼一聲，湊過來摟住他的脖子，在他臉上吧唧了一口：「父皇是這個世界上最好最好的人！」

林帝什麼時候跟子女這麼親近過，被女兒親愣了，但看見小團子開心的模樣，又笑開，心道，女兒不愧是貼心小棉襖！

他看了旁邊的蕭嵐一眼，她也被這一幕感動，眼尾染著一絲紅，唇角笑意溫柔，有種別樣的風情。

林帝拉過她的手，長嘆一聲氣：「這些年，是朕冷落妳了。」

蕭嵐微抿了下唇，眼裡淚光連連，看著他時卻不掩真心：「妾身沒有怪過陛下。」她垂眸一笑，「而且有這兩個孩子陪在身邊，妾身這些年其實過得很好。」

不怨不妒，落落大方，林帝心中很是滿意。

屋內的氣氛比之前融洽了很多。

林帝想起初見小五時，她在梅園裡堆的那四個雪人。此刻再看看圍繞自己身邊的兒女妻子，正是應了那句「一家四口整整齊齊」。

他子女無數，此刻卻彷彿頭一遭，像天底下的尋常男子一樣，生出了家的感覺。這種平淡又溫馨的氣氛，是他在其他任何妃嬪宮裡感受不到的。

皇帝總說自己是孤家寡人，孤寡之意，只有自己能體會。在這個位子坐久了，時而也會懷念溫情。

蕭嵐的溫柔，女兒的親暱，兒子的天真，恰好彌補了他缺失的情感。

林帝全然忘記今日來之前心中的抗拒與遲疑，沉浸在這難能可貴的溫情之中了。他許久沒教林非鹿下棋，此刻讓人擺了棋盤對弈兩局，驚訝的發現這小團子的棋藝進步了不少，棋路也有自己的風格了。

他想到什麼，問蕭嵐：「朕記得妳的棋藝不錯？」

蕭嵐道：「陛下謬讚，只不過略學過一些。」

林帝興致大增：「來，與朕殺一盤。」

林非鹿便把位子讓出來，乖巧坐在一旁圍觀兩人對弈。

蕭嵐不負才女之名，琴棋書畫樣樣精通。小五的棋路果然是跟她學的，柔軟中帶著一絲韌勁，眼見要能將她殺個片甲不留，下一步她卻能出其不意拉回一子。

後宮妃嬪中能與他對弈的人很少，以前還有梅妃，那棋藝也跟蕭嵐沒得比。

不過還是不如他，在他的猛攻之下蕭嵐的柔韌招架不住，最後敗北。林帝只覺這一局酣暢淋漓，興致不減道：「再來一局。」

蕭嵐看了窗外天色一眼，柔聲問：「陛下要留下來用晚膳嗎？」

林帝想也不想：「自然要。」

蕭嵐便道：「那妾身要去做準備了。」

林帝說：「讓御膳房送來便是，哪需要妳動手。」

蕭嵐垂眸羞赧地笑了一下：「陛下許久不來，妾身想親自下廚。」

林帝想了想，也不反對，剛點頭，林非鹿就手腳並用地爬了過來：「該我了該我了！父皇，該我和你下了！」

林帝哈哈大笑：「好，來！」

於是蕭嵐便去下廚，父女兩人下棋，林瞻遠在屋內跟兔子玩。

林帝不認識這兔子，看了兩眼笑道：「老大也養了一隻兔子，你們兄弟倆倒是有共同的愛好。」

林非鹿邊下棋邊說：「這就是大皇兄的兔子呀！」

林帝有點驚訝，不過只以為是林廷送給老六的，沒多問什麼。

傍晚時分，蕭嵐親自下廚做的飯菜端上桌。她這些年廚藝鍛煉得很好，跟御膳房的大魚大肉精緻菜品不同風格，有種家常小菜的溫馨感，而且能讓林非鹿這種挑食的人滿意，味道自然不差。

她早就透過女兒得知林帝不愛吃油膩的，這幾道菜做的清新可口，林帝吃慣了御膳房的膳食，驟然換了種口味，嚐過之後讚不絕口。

用完膳，天色便漸漸暗下來，又同他們說會兒話，林帝便心滿意足地走出明玥宮的殿門。

蕭嵐跟兩個孩子在門口恭送他離開，等林帝的背影消失在路口，青煙和雲悠難掩激動低聲道：「恭喜娘娘！」

今日這一趟，誰都明白，蕭嵐這是要復寵了。

她卻只是很淡地笑了一下，拉著兩個孩子的手朝屋內走去。

翌日，林帝在明玥宮待了一下午還用了晚膳的消息在後宮中傳開。五公主獲寵已久，陛下卻遲遲不願去明玥宮，大家都知道他是介意那個傻子，私下還議論說有那個傻子在的一日，陛下就一日不會踏進明玥宮。

沒想到林帝不僅身體力行打了她們的臉，沒過兩日，還翻了蕭嵐的牌子。

牌子一翻，復寵的訊號就很明顯了。

梅嬪聽聞此事後，又砸了一套茶杯。但她如今仍在禁足期，連殿門都走不出半步。宮內的宮人也走了不少，只留下兩三個服侍的，跑腿的人手都不夠。

前不久父親傳了信給她，說陛下的性格她當明白，如今正在氣頭上，任何動作都是多餘，讓她千萬稍安勿躁，先靜養身體。等他治理完水患從江南回來，有功傍身，再和家裡一起幫她想辦法。

所以再氣再急，她如今也做不了什麼，只能寄希望於惠妃了。

但惠妃為人謹慎，多年種種都是站在他人背後，從不自己出面。當年會對蕭嵐動手，也是因為蕭嵐聖寵在身又懷了身孕，若是誕下皇子勢必影響自己的地位。

如今蕭嵐不過是剛剛復寵，以惠妃的性格，不會那麼快有動作。

敵對勢力按兵不動，中立人士作壁上觀，只有跟蕭嵐交好的嫻妃一派紛紛上門祝賀。蕭嵐以前不愛人際交往，所以被陷害時也無人幫忙，如今倒比之前圓滑了很多。

前朝局勢向來跟後宮風雲息息相關。

就比如梅嬪倒臺後，她母家那一派在朝中的地位就消減了許多，林帝也因為一件小事貶了劉家一位子弟的官。以前跟劉家交好的朝官們現在都不大登門了。

蕭家當年因為蕭嵐得寵，也是受過一些好處的，只不過這些好處都隨著失寵消失。蕭家這些年早就放棄了蕭嵐，之前還送過蕭嵐一位表妹進宮，企圖重獲聖寵。

只可惜表妹不爭氣，進宮多年見過林帝的次數不超過三次，位至淑女，還不如蕭嵐的位分高。

蕭家把這也怪罪在蕭嵐身上，覺得林帝是因為她才遷怒蕭家女子，這些年別說照應，連書信都沒來過一封。

蕭嵐起初還日夜落淚，覺得父母薄情，如今兩個兒女常伴身邊，倒是想開了。

而今她復寵的消息一傳出，蕭家那邊立刻有了動靜。其實早在林非鹿隨林帝一起去行宮度假時，蕭家那邊就有些蠢蠢欲動了。

畢竟五公主可是他們蕭家的孫女。

只不過想到還有林瞻遠那個傻子在，陛下喜怒無常，五公主也不知能否長久獲寵，便暫時按捺住了。

直到如今，才算是澈底安心。

於是先是一封家書送進宮來。

曾經無數個落淚的夜晚，蕭嵐都在想，如果父親母親能安慰她一句就好了，能告訴她一句，妳還有我們就好了。哪怕只是騙她呢。

可是什麼也沒有，外人避她不及，家人也避她不及。

她曾托人送信給父母，卻只得到一句，就當蕭家沒養過妳這個女兒。妳自己失寵便算了，千萬不能再連累母家。

痛的久了，便也麻木了。

父母沒有給她的，她便悉數給到自己的孩子身上。

如今多年過去，突然又收到家裡的家書，看著紙上熟悉的字跡，那些飽含問候和關切的話語，蕭嵐並不如自己想像中那麼激動。

她很平靜地看完了信，折起來後，丟進林非鹿用來炙烤乾花的火盆裡。

蕭家沒有收到女兒回信，過了幾日，又送了一封信進來。如此幾次，始終沒有消息，蕭母憂心忡忡對蕭父道：「恐是嵐兒還在怨恨我們這些年對她不聞不問。」

蕭父不掩怒意：「身為子女，哪有記恨父母的道理！我看這不孝女是進宮太久，心也跟著硬了！」

蕭母想了想道：「下月便是小五的生辰，屆時我們進宮赴宴，見著嵐兒了再當面與她細說吧。這孩子從小心軟，她現在惱怒，等見到我們，總不至於還視而不見。」

春日的氣息由淺至濃，又由濃至淺。

春末葉綠的時候，林非鹿六歲的生辰終於到了。

林帝下令大肆操辦，宮內自然不敢怠慢，全然按照國宴的標準來辦，皇親國戚皆受了邀請，備了禮物。

不僅如此，林帝還親自去了一封信給遠在五臺山修佛的太后，信中言明正值小五生辰，妳老人家離宮也有一年有餘，是該回來看看了。

太后晚年禮佛，很多年前就搬到了五臺山常居。

作為上一屆的宮鬥冠軍，她看著兒子後宮這些明爭暗鬥很是心煩，人都老了，不想再參與這些，自從離宮之後，除非遇到什麼大事，一兩年才回來一次。

看著兒子這封言辭懇切的書信，太后不禁開始懷疑，是自己老了，記性不好使了嗎？

小五是誰啊？她上一次回宮的時候，沒聽說有這麼個人啊？

也不怪太后。

宮中皇子公主眾多，她完全不操心皇帝的子嗣問題，很少過問。又鮮少回宮，不知道一個不受寵的貴人生的公主也正常。

太后想了想，決定打包回宮，看看皇帝為了區區一個小公主就大肆操辦國宴的小五，到底是誰。

太后回宮，對於後宮而言又是一件大事。

雖然本屆太后並不插手後宮之事，又很少待在宮中，但畢竟是皇帝的母后，權利不比皇后小。有些妃嬪在皇帝面前沒有門路，都會去太后面前找存在感。

若是能得太后喜愛，就算沒有聖寵，在這深宮之中也算有份保障。

而且別看太后雖然不大管事，但若真有懸案冤案鬧到她面前，她還是會出面解決，手段十分厲害，令人敬畏。

但要說這宮中有幾個人是真心喜歡太后，那也不見得。

畢竟是上一屆的宮鬥冠軍，不是哪裡的良善之輩，當年手中沾了多少人命和鮮血，恐怕連她自己都記不清了。

太后晚年禮佛，也是人到老年，回憶當年種種，開始覺得後怕和愧疚了。特別是佛家講究因果報應，太后總擔心自己死後要下地獄。

林帝剛登基那會兒，她其實是有心留在後宮幫襯一把的。畢竟她瞭解這些女人能翻出什麼樣的大風大浪來。

但那時候她總是做夢，夢見當年死在自己手上的那些人，夜不能寐，令人恐慌。所以才一狠心直接搬到了大佛坐鎮的五臺山，不知道是真的有用還是心理原因，她果然不再做噩夢，於是漸漸便在五臺山住下來，潛心禮佛抵消罪孽。

她年輕時生得美豔，美貌十分張揚，現在人老了，皮膚鬆弛下來，五官看起來十分突出，尤顯得顴骨高聳，露出幾分刻薄尖銳之相，讓人一見便覺得害怕。

太后記得，自己當年還嚇哭過她的小孫孫。她一抱就哭，搞得妃嬪們都很惶恐。後來孫孫們逐漸長大，雖然不再哭鬧，但在她面前卻是畢恭畢敬十分敬畏，跟她不貼身不親近。

看來這是她的命，老年享不了兒孫福。

不過常伴青燈古佛這麼多年，太后也看開了，沒往心裡去。經歷過一番長途跋涉後，終於回到了闊別已久的皇宮。

林帝自然是帶著一眾妃嬪和皇子公主們迎接，太后從車輦上下來時，隨便掃了兩眼，發現她的小孫孫們都長高了不少。

只是老四和太子身邊站了她眼生的小女孩，個頭是所有孩子中最矮的，頭頂還綁著兩個揪揪，正抬著一雙靈動的眼睛偷偷朝她這邊打量。

其他孫孫們都低著頭垂著眸，一副恭敬模樣，只有她好像什麼也不怕，對上自己的視線時，像受驚的小動物一樣往後躲了躲，眼神中卻並無懼意，只有好奇。

太后心道，這難道就是皇帝信中所說的小五？

她沒來得及細看，眾人一一行禮。太后年老喜靜，又長途跋涉，等她受完禮之後，便腰痠背疼回到了頤清宮，下了口諭，沒什麼事不用來請安，以免人多心煩。

她今日剛回宮，身體勞累，眾人自然不敢去冒犯，有什麼事也等以後再說，接完之後便各自回去了。

林景淵陪著林非鹿回明玥宮，還隨手折了一枝花在手上亂舞，邊舞邊道：「小鹿，怎麼樣？皇祖母是不是很可怕？」

林非鹿說：「沒有呀。」

林景淵不服氣：「怎麼會沒有啊！我們這些小輩中沒有不怕她的，不信妳問大皇兄！」他喊走在前面的林廷，「大皇兄！你是不是也很害怕皇祖母？」

林廷回過身溫聲責備道：「不可胡說，皇祖母待我們極好，身為晚輩只會心存敬畏而已。」

林景淵攤了下手：「妳聽吧，大皇兄這就是害怕的委婉說法。」

林廷無奈地笑了一下，也沒反駁。

林非鹿伸手拂過路邊的花叢，軟綿綿說了句：「反正我不怕。」

林景淵愛憐地看著她，嘆著氣幽幽道：「不知者無畏啊。」

他的心思轉得快，很快就把這個話題拋之腦後，轉而興奮道：「小鹿，還有兩日就是妳的生辰了，妳猜我準備什麼禮物？」

林非鹿認真地想了想：「毛筆？硯臺？古書？鎏金墨？」

林景淵：「……原來這些可怕的東西對妳來說是禮物嗎？」

他想了想自己宮中那盞花了心思從宮外搞進來的九層流光走馬燈，覺得這次的禮物恐怕要讓小鹿妹妹失望了。

林非鹿一看到他懊惱的神情就知道他在想什麼，蹭過來拉他的手，彎著眼睛甜甜道：「景淵哥哥送什麼我都喜歡！」

林景淵一本滿足地挺直了腰杆。

太后雖有口諭，一般人不得前去打擾，但翌日一早，皇后和兩位貴妃還是帶著孩子去請安了。

奚貴妃還是那副冷冷清清的模樣，雖然沒有子嗣，又無爭寵心思，但奚家滿門將才，太后待她還是十分寬厚的。

林廷和林傾是太后最喜歡的孫孫，一個溫順一個儒雅，又都知禮好學，堪稱皇室子弟標杆。

兩人在下面行了禮，便垂首站到一旁，太后把人叫到跟前來拉著手打量時，也是一副垂眸謹慎的模樣。太后倒也不在意，囑咐幾句便叫他們退下了。

又詢問皇后和兩位貴妃近一年來後宮有無什麼大事。

要說大事，只有梅妃被降位分了。

皇后便簡略說了一遍。

皇帝有多寵愛梅妃，太后是知道的。她其實不太喜歡梅妃這樣的女子，以前在後宮，這種柔弱小白花她不知道搞死了多少個，所以看著梅妃就會想起以前那些糟糕事。

但架不住兒子喜歡，她一個老太太也不想討人嫌，也就沒多說什麼。

現在聽說梅妃居然失寵，驚訝了一番。她是瞭解自己兒子的尿性的，聽皇后說完事情經過後，很快從中抓到了重點——容貌盡毀。

嗯，明白了。

下午時分，三妃也領著孩子過來了。

曾經的四妃變三妃，太后看著覺得順眼了很多。林濟文和林景淵平日裡張牙舞爪囂張跋扈，到了皇祖母面前規矩得跟小貓似的，說話聲音都不敢大。

太后問候完兩個皇孫，又笑著看一旁的林念知：「一年多沒見，念知倒是比之前文靜了許多。只是臉色看起來不太好，是身子不大好嗎？」

林念知抬頭看了皇祖母一眼，很快低下頭：「謝皇祖母關懷，孫女只是最近休息得不太好，無礙的。」

太后凝神道：「休息不好可不是什麼小事，惠妃，妳這個當娘的也該多上點心，一會兒回宮叫太醫來看看，開些安神助眠的藥。」

惠妃恭敬應是。

以前四妃之中，太后是最喜歡惠妃的。一是因為她最先誕下子嗣，雖是個公主，但十分討人喜歡。二來太后很欣賞惠妃不爭不搶沉穩低調的性子，後宮中若是多一些她這樣的妃嬪，會安分很多。

等嫻妃和淑妃告退後，太后照常把惠妃留下來說會兒話。

惠妃一坐下來眼眶便有些紅，溫聲說：「您也該多回宮來，五臺山太過冷清，連個陪您說話的人都沒有。」

太后盤腿坐在軟榻上，腿上蓋了張毛毯，手裡捏著佛珠，笑吟吟道：「人老了，就愛清靜，住在宮裡，反而覺得鬧騰。」

兩人說了幾句話，太后便問：「皇帝還是不常去妳宮裡？」

惠妃垂眸笑了下：「陛下政事繁忙，這一年來後宮的次數不多。不過有念知在，陛下每月還是會來一次的。」

太后道：「這樣也不錯，念知雖是公主，但常言道女兒貼心，比起老四那鬧騰傢伙不知好了多少倍。妳入東宮早，陪在皇帝身邊也有些年歲了，今後也要好好協助才是。」

惠妃點頭應是。

她一向知道太后喜歡她什麼的，行事絕不逾舉，說話也只挑她喜歡的說。

太后突然問起：「妳見過五公主嗎？」

惠妃一愣，點了點頭：「見過。五公主與念知交好，常來我宮裡。」不等太后再問，她便笑吟吟道：「五公主總往瑤華宮送東西，什麼護手霜、香包之類的。念知收到妹妹的禮物心中喜歡，便也送她錦緞金玉，兩個孩子倒是姐妹情深。」

她這話說得很妙，太后卻聽出了另一層意思。

五公主送的都是些不值錢的小東西。

林念知回的卻都是珍貴之物。

難免有占便宜之嫌。

她在回宮的路上已經從身邊照料的宮人那裡打聽清楚，原來五公主就是當初生下癡傻皇子的嵐貴人的女兒。之前一直查無此人，可見這位五公主在宮中無論是地位還是生活都不盡人意。

那她討好林念知的舉動也就不奇怪了。

只是年紀小小，就有這樣的心機，太后聽來，難免不喜。又想到不過一年時間，便能從籍籍無名的公主一躍成為讓皇帝為其大肆操辦國宴的心頭好，眼神越發淡下去。

惠妃並沒有多說什麼，她行事向來警惕，見太后眼中溢出不喜，今日的目的就算達到了。一盞茶功夫之後，便告退離開。

今日接見了妃位以上的妃子，頤清宮就不再放人進來了，以免打擾太后休息。

用過晚膳，太后在宮人的攙扶下出門散步消食。

春末的皇宮花團錦簇，景致很是優美。在五臺山見慣了冷清景象，偶爾看看這人間富貴，也十分滿足。

經過海棠園時，卻聽見一陣爭執聲，那聲音細細碎碎的，聽起來有點像小姑娘的聲音。

太后慢悠悠地走過去，看到海棠花影後有個小小的身影，頭頂綁著兩個揪揪，有些眼熟。

只是此時這小身影正在抹眼淚，一邊打著嗝哭，一邊用小奶音斷斷續續地說：「妳有……有九十八天沒有理過我了嗚嗚嗚。」

太后不知道前面還有人，驚訝地換了個位置，才看到不遠處還站著一個人，看背影，像是林念知。

正打量著，果然傳來林念知悶悶的聲音：「我沒有不理妳。」

那小奶音抽泣著反駁她：「妳有！我跟妳揮手妳不理我！我喊妳妳也不理我！剛才看到我，妳還跑……」

她越說越難過，最後往地上一坐，捂著臉嗚嗚大哭起來。

林念知跺了兩下腳，不得不轉身走回來，走到小女孩面前時，蹲下身掏出懷裡的手絹幫她擦眼淚：「哎呀妳別哭了！別哭了……林非鹿！不准哭了！」

哭聲一下子停了。

小女孩委屈地抿著唇，仰著頭可憐兮兮地看著她。

林念知臉上神情複雜極了，捏著手絹把她的眼淚擦乾淨，又把她從地上拉起來，替她拍拍屁股的灰。

林非鹿扯她袖口：「姐姐……妳不生我的氣了嗎？」

林念知不耐煩道：「我沒有生妳的氣，我生我自己的氣！」

她像是聽不懂，歪著腦袋看她。

林念知氣急敗壞地看了她一會兒，最後氣餒地牽住她的手：「算了，我送妳回去吧。」轉而又教訓她：「妳跟著我跑這麼遠，也不怕被壞人抓起來！」

小女孩高興地牽住她的手，哭過的眼睛水汪汪的，卻不掩開心：「有皇長姐在，我才不怕！」

林念知：「哼！」

林非鹿：「嘿嘿。」

兩人漸漸走遠，太后站在海棠花影後，唇角不知何時彎了起來。

她回頭跟身邊服侍多年的宮人說：「這兩個孩子，倒是讓我想起當年的我和瑩姐姐。」

她語氣轉而低沉下去，「只可惜瑩姐姐被奸人所害，走得太早……」

她不願多說，轉過身來：「回去吧。」

第十六章　生日宴

服侍太后的婢女叫做柳枝，在她身邊有幾十年了，是從太后剛進宮時就陪在她身邊的貼身心腹。

兩人雖為主僕，這些年情分深厚，說話不用避諱太多。

柳枝攙著太后邊走邊道：「奴婢方才瞧著兩位公主的樣子，倒是跟惠妃娘娘之前所說的不大一樣。」

五公主萌態自然，對長公主的親密和依賴做不得假，兩個孩子的情緒都很真實。

何況林念知什麼性格太后太清楚了，她以前雖然跟三公主交好，卻總是頤指氣使的，對待小五看起來雖然一副不耐煩的樣子，實則耐心體貼得多。

林念知嬌身慣養，又是高高在上的金枝玉葉，若是真對誰有幾分真心，那必然是對方也交予了真心。

也不知是惠妃說者無心自己聽者有意，還是惠妃對這位五公主有意見。

太后鼻尖懶懶應了一聲，沒多說什麼。

回宮之後一夜無話，翌日用過早膳，外面的宮人便來通傳：「太后娘娘，五公主和六殿下前來請安。」

林非鹿會來太后並不意外，但聽她居然還把自己那個傻子哥哥帶上了，太后就有點意想不到了。

當年嵐貴人為皇家添了子嗣，雖是早產，孩子看起來孱弱了些，但生得白白淨淨，她抱過兩次，小孩子不哭不鬧，心中還是很喜歡的。

後來她回了五臺山，修行兩年再回宮時，就聽聞六皇子癡傻的消息。

宮中都說是蕭嵐命裡不祥惹了神怒，才報應在子女身上。太后初聽跟皇帝一樣，心中不喜，自此未再見過六皇子。但前日回宮的路上，她倒是看破了這一層。

若真是這樣，那蕭嵐後面生的這位五公主，也該跟前一個一樣癡傻。

可偏偏這樣聰慧機靈，連皇帝都能放下芥蒂，可見什麼神怒都是無稽之談。

她還是老樣子坐在軟榻上，吃著一盅參蓮粥，餘光瞟見綁著兩個小揪揪的小女孩牽著一個白淨俊秀的男孩走了進來。

走到榻邊，兩人跪下行禮，林非鹿嗓音脆生生的：「小五給皇祖母請安，皇祖母萬福金安。」

另一個也怯生生跟著說：「小六給皇祖母請安，皇祖母福壽安康。」

太后淡聲說：「起來吧。柳枝，讓兩個孩子坐上來。」

片刻之後，林非鹿和林瞻遠排排坐，乖乖坐在太后對面。林瞻遠怕陌生人，今天能跟著妹妹出來，已經是鼓足了勇氣，此刻埋著小腦袋縮著身子，還偷偷往妹妹身後躲，完全不敢抬頭。

林非鹿倒是大大方方的，只是一雙大眼睛咕嚕嚕地轉，充滿了好奇和靈動。這還是第一個見著她不害怕的孫孫。

太后想到她昨天坐在地上撒潑大哭的模樣，不由得有些想笑，淺聲問：「吃過早膳了嗎？」

林非鹿乖乖點頭：「吃過了。」

話是這麼說，眼睛卻往她面前的食盤裡瞟。

太后記得前天皇帝說過，小五別的毛病沒有，就是貪吃，便吩咐柳枝：「去盛一碗粥給五公主。」

對面的小女孩發現自己的意圖被察覺，怪不好意思地低下頭去，耳垂紅紅的。

柳枝很快把粥端了過來，太后看見她吞了下口水，禮貌地接過碗之後，吃相倒是很端正。她吃了兩口想起什麼，又小聲問旁邊：「哥哥，你要不要？」

林瞻遠對著小手指玩：「不要，妹妹吃，妹妹長高高！」

她彎著眼睛一笑，露出頰邊兩個小梨窩，這才放心地吃起來。

一碗粥很快見了底，小姑娘一本滿足地摸摸小肚子，還不留意打了個嗝。

打完之後自己也被嚇到了，慌張地看了太后一眼，飛快垂下頭去，頭頂的小揪揪也垂了下來。

太后問：「吃飽了？」

她小氣音奶奶的：「皇祖母，我飽了。」

太后榻上起身：「那陪哀家出去走走吧。」

林非鹿趕緊扯扯林瞻遠的袖子，領著他跟在太后身邊走出殿去。

這個時候的天氣是最好的，不冷不熱，陽光充裕，清晨的花枝還殘留昨夜的露水，有蝴蝶一點即過，抖落幾滴露珠。林瞻遠孩子心性，起先還怕，相處這麼一會兒，太后也不大跟他說話，已經完全忘了太后的存在，自顧自地追蝴蝶玩了。

林非鹿看起來有點緊張，似乎想喊他，太后淡聲道：「無妨，讓他玩吧。」

她老老實實「哦」了一聲，太后看了她兩眼，又問：「懷裡鼓鼓的，裝了什麼？」

小女孩飛快看了她一眼，然後從懷裡摸出一個小盒子來，小聲說：「是送給皇祖母的見面禮。」她把盒子打開，「這是我和母妃一起做的佛丸。」

佛丸就是用檀香做的香丸，放在香爐裡可以燃燒出香味。

太后昨日才聽惠妃說她愛送東西，現在看到自己也有，微一挑唇，面上不做顯露，接過盒子聞了聞，發現除了檀香的味道，還有淡淡的蘭香和竹香，聞起來十分清雅。

小姑娘仰著小腦袋看她，眼眸亮晶晶的，見她看過來，有點緊張又有點期待地問：「皇祖母，妳喜歡嗎？」

太后沒回答，只是問：「妳喜歡做這些？」

小女孩彎著眼睛認真地點了兩下頭，頭頂的小揪揪也跟著一起一上一下地晃，聲音雖然軟乎乎的，但是充滿了驕傲：「自己親手做東西很有滿足感呀！」

太后笑了笑，又問：「那還做過什麼？」

她便掰著手指給她數：「護手霜、錦囊、乾花、香包、書籤、小腦虎！」

太后聲音裡都是笑：「小腦虎是什麼？」

小姑娘驕傲地說：「是我和我母妃一起用小草編的腦虎！」

太后想起來，蕭嵐的手很巧，針線女紅比起織錦坊的宮人也不遜色，原來這小丫頭是受了她娘的影響。

其實皇宮中人哪裡會缺什麼呢，倒是這些自己親手做的東西，反而顯得珍貴。

太后把盒子蓋起來交給柳枝，聲音比先前柔和了不少：「哀家很喜歡。」

小女孩開心了，早上來到這裡之後一直有些緊張與不自在消失了不少，一笑便來拉她的手：「皇祖母，我還會用花瓣和蜂蜜做護手霜，大家用著都喜歡！」

太后雖然保養得當，但人老了，手也跟著老，乾乾皺皺的，此時被這雙又軟又暖的小手拉住，指尖顫了一下。

她的孫孫們都怕她，說句話都畏畏縮縮的，別說牽手了。

她目含審視打量身邊的小姑娘。

小姑娘笑起來可愛極了，兩個梨窩若隱若現，眼睛也彎彎的，眼神清澈又自然，是小孩子最真實單純的模樣。

只是接收到她審視的目光，小姑娘頓時有些緊張，粉紅的鼻頭皺了一下，睫毛微微下垂，怯生生地將自己的手縮了回去，又變回早上剛來時那副拘謹的樣子。

太后把她的手拉回來：「是嗎？那改天也送一盒給哀家吧。」

不遠處追蝴蝶的林瞻遠大呼小叫地跑了回來，興奮地喊：「妹妹！妹妹！」

他跑到跟前來，額頭上都是汗，眼睛卻亮晶晶的，雙手捧在一起，獻寶似的伸到林非鹿面前：「送給妹妹！」

他鬆開手，兩隻藍色的蝴蝶搧著翅膀飛了出來。

他高興地問：「妹妹喜歡嗎？」

林非鹿抿了下唇，語氣開心又堅定：「喜歡！」

太后想起她剛才問自己喜不喜歡的樣子，堅硬了許多年的心腸，突地柔軟了一下。

她看了自己這個傻孫孫兩眼，故意問：「哀家的呢？」

林瞻遠這才想起旁邊還有個人呢！

他站得筆直，神情肉眼可見的緊張起來，斂著小腦袋看著眼前有點凶的奶奶，表情委屈又可愛。

他的五官本就長得好，這樣細看，白白淨淨的模樣跟皇帝小時候有幾分像。

太后沒林帝那麼在乎名聲，也就不像他那樣厭惡這個傻皇子，看他一副被自己嚇到的模樣，不由放柔聲音，換了種方式笑著問：「你妹妹都送了禮物給我，你沒有準備嗎？」

林瞻遠一聽，妹妹都送了，那自己怎麼能落後呢！

他的小臉皺了一下，轉而又舒展開，緊接著雙手突然合在一起，放到自己心臟的位置，摳摳搜搜半天，一下子伸到太后面前，高興地說：「送給奶奶！」

太后看著他空無一物的手掌，笑著問：「是什麼？」

林瞻遠說：「是心呀！」

這是林非鹿常跟他玩的遊戲，居然被他 copy 下來，現學現賣了。

別說太后，連林非鹿都驚呆了。

這個傻哥哥，模仿能力還挺強的嘛。

太后哪裡見過這些，反應過來後，發出了不屬於她這個年齡的歡暢笑聲。柳枝在旁邊也是笑得不行，還顧著來扶太后，邊笑邊道：「太后娘娘別閃著腰。」

兩人笑著，聽到小姑娘用小氣音悄悄教訓：「哥哥，你不能用我們玩的遊戲來忽悠皇祖母！」

林瞻遠：「是心呀是心呀是心呀！」

太后笑得眼淚都出來了。

她笑完了，微微俯下身，伸手摸了摸林瞻遠白嫩的小臉，「嗯，哀家收到乖孫孫的心意了。」

林瞻遠對人的氣息敏感，太后雖然面相嚴厲，但常年理佛，周身氣質其實溫和得多，現在又對他笑，林瞻遠感覺自己一點都不怕她了。

想起這兩天妹妹一直教他的話，開心地撲過去抱住她：「喜歡奶奶！」

他是個傻子，他說喜歡，那就是真的喜歡。

太后從未跟孫孫這麼親近過，人一老便嚮往親情和陪伴，回想這些年在五臺山的清修，一時竟有些潸然淚下。

柳枝也是感觸不已，抹著淚道：「六殿下跟太后貼身呢。」

太后笑著摸了摸林瞻遠的頭。

散完步，兩個孩子又陪她回到頤清宮才乖乖告退。太后一人賞了一支東海血玉手鐲給兩個孫孫，小孩手腕細，現在戴著還太大，林非鹿便妥帖地裝進懷裡，林瞻遠有樣學樣，裝進去還拍了拍。

太后忍俊不禁，拉著他的手道：「小六閒來無事，平時可以多來頤清宮陪哀家說說話。」

林瞻遠聽不懂，轉頭看妹妹。

林非鹿翻譯：「奶奶讓你多來找她玩！」

說到玩，他很樂意，開心地點頭：「玩！跟奶奶玩！」

等兩個小孩一走，柳枝便一邊給太后搥腿一邊道：「這一趟回宮，娘娘大概能多待一段時間了。」

以往回來，後宮中除了請安就是找事，跟在五臺山上沒什麼區別，所以她待不了多久就會離開。但現在不一樣，有了願意親近她的皇孫，倒是了了老人家的一樁心願。

太后微微含笑點頭。

柳枝悵然道：「六皇子生得這般俊俏可愛，討人喜歡，若是當年嵐貴人沒有早產……」她頓了一下，收了話頭，「是奴婢失言了。」

太后略揮了下手：「無妨。」她微瞇著眼，被柳枝這句話勾起了話頭，回憶道：「先帝在時，也有幾位妃嬪早產，或至產婦身亡，或至胎兒窒息，像蕭嵐這樣的情況，導致孩子癡傻，大林立朝以來，倒是頭一例。」

柳枝道：「可不是嗎，所以陛下才格外在意呢。」

太后不知想到什麼，問柳枝：「蕭嵐當年懷孕時，可出現過什麼異樣？」

柳枝在她身邊這麼多年，也是陪著她從後宮一步步廝殺出來的，什麼手段沒見過，聽她一問這話，便知她是什麼意思：「娘娘是懷疑，嵐貴人當年遭了人暗算？」

聖寵在身，又有身孕，不被人記恨暗算，都不正常。

上一屆宮鬥冠軍對此深有體會。

若是擱在以前，這件事太后是半點都不會理會的，畢竟時隔多年，木已成舟，就算查，又有什麼用。

但今日她見了林瞻遠，她的小孫孫這樣乖巧，又與她親近，一口一個奶奶喊得她心都要化了。

此時跟柳枝這麼一聊，發現當年的事情可能另有隱情，乖孫孫若是天生癡傻便也算了，可如果是有人暗算，人為所致，那無論如何都是要查一查的。

思及此，太后便耳語吩咐柳枝幾句，柳枝聽完領命而去。

第二日便是林非鹿的生辰。

一大早，絡繹不絕的禮物送進明玥宮來。五公主如今風頭正盛，蕭嵐又復了寵，已然是宮中紅人。各宮都備了厚禮，不管交不交好敵不敵對，表面功夫還是要做的。

林非鹿喜歡收禮物。

一上午什麼也沒做，都在興高采烈地拆禮物。

奚貴妃送了她一把寶劍，劍身都快有她長了，說是給她以後長高了練劍用。只是劍的顏值不是很高，劍柄也平平無奇，不像電視劇裡面那樣鑲著漂亮的藍寶石。

奚貴妃聽小豆丁嘀咕完，淡淡斜了她一眼：「要那些花裡胡俏的東西做什麼？這劍曾經斬過雍國三千兵馬，兩位將帥，削鐵如泥……」

話還沒說完，林非鹿哐噹一聲把劍扔得老遠，小臉都嚇白了。

奚貴妃：「……」她瞪了不爭氣的她一眼，「厲劍出鞘，惡鬼都怕！撿起來收好，懸在床梁，辟邪！」

林非鹿：「嗚嗚嗚……」

她現在知道女閻王的名聲是怎麼來的了。

林景淵除了那盞九層流光走馬燈，那天聽了她的話之後，又補了一塊鎏金墨給她。那墨研開之後寫字，墨色中會帶一些金粉，十分好看，還有淡淡的清香。

林廷則送了她一隻藍眼睛的波斯貓，是他偷偷托人從宮外買進來的。林非鹿懷疑他想在自己這開個動物園。

林傾送了她一把古琴，琴身用了鳳凰木，琴弦用了冰蠶絲，十分不凡。

林念知送了她一個九連環，超級複雜的那種，林非鹿看了兩眼，覺得自己沒個兩三年應該解不開。

奚行疆送了她一把弓箭，雖然一眼看去就會讓人讚一句「好弓」，但林非鹿真的拿不動，實在是太重了。

奚家這些打打殺殺的人太可怕了，她生怕奚行疆下一句就要說「這把弓箭曾經射殺過萬名士兵」，忙不迭讓松雨把弓跟奚貴妃那把寶劍一起放進偏殿。

其他各宮的禮物大同小異，首飾錦緞金玉，快把林非鹿的眼睛閃瞎了。

生辰宴設在中午，收完禮物松雨和青煙便開始幫林非鹿梳妝打扮。像這種大型國宴的主人公都是要著盛裝出席的，但林非鹿實在太小又太矮，林帝讓織錦坊的人做了盛裝給她，穿上之後小身子被重重羽衣裹在裡面，路都快走不動了。

不得已只能換上稍微華麗的常服，小揪揪梳下來，挽了玉簪，十分靈動。

早上收完各宮的禮物，生辰宴上便要收赴宴的皇親國戚的禮物了。

太后因為身體不好，向來不參加這種繁瑣的宴會。

高位之上坐的便是林帝和皇后，林非鹿作為今日的主人公，位子就在他們之下，十分顯眼。

林帝舉辦這場國宴的目的，就是要讓全天下知道小五的存在，讓所有人都看看他的小五有多麼的乖巧可愛天真爛漫惹人喜愛！下面的人越誇，他就越高興。

看看，這麼可愛的小五，是朕的女兒，羨慕吧！

眾人終於見到傳聞中的五公主，見她模樣乖巧，神態稚嫩，實打實還是個小孩子，之前心裡各種猜想便也消減不少。

林非鹿一邊吃一邊聽著唱禮官宣讀誰誰誰又送了什麼什麼給她，覺得自己這次要發達了。以後要是在皇宮混不下去了，帶著這些家當出宮也可以一輩子不愁吃穿了。

她正胡思亂想到處亂看，目光所過，突然接收到一抹十分熱切的視線。

定睛看去，是坐在下方的一對中年夫婦，看模樣，跟蕭嵐有幾分相像。此時見她看過來，婦女還忍著激動跟她揮了揮手。

林非鹿假裝沒看見，若無其事收回了目光。

現場表演了什麼叫曾經的我你愛理不理，現在的我你高攀不起。

下午時，國宴才結束。

經過這一場生辰宴，林非鹿算是正式在皇親國戚面前亮了相。

皇宮的風向民間時刻注意著，參加宴會的人出去一說，起先不識五公主的百姓們也都知道皇宮中還有這樣一位冰雪伶俐乖巧可愛的公主了。

林帝賞了不少東西，前些天還派了工部的人重新修繕明玥宮破舊的宮殿。明玥宮之前沒什麼可供觀賞的花草，這次工部的官員便按照五公主的要求在殿內院中開闢了一塊花田，種了不少內務府新培育的花。

五公主畫了一張圖紙給他們，官員按照圖紙在花田周圍豎了白色的籬笆，又在籬笆旁邊搭建了兩座給小貓和小狗住的小木房以及兔子窩。

雖然看起來奇奇怪怪的，但五公主喜歡嘛，他們自然照做。

林非鹿以前住的獨棟小別墅有一塊自己的花園，現在照著記憶中的模樣一修整，感覺有了很多以前的氣氛。

也算慰藉她在這個陌生時空的孤寂感了。

長耳目前還小，看到新來的波斯貓也不跟牠打架，只是搖著尾巴圍著牠轉。波斯貓理都不理，優雅地舔自己的小爪爪。

林非鹿正跟林瞻遠蹲在旁邊商量幫新來的小貓取個什麼名字，松雨走過來說：「公主，外面的宮人來通報，說蕭大人和蕭夫人前來拜見。」

林非鹿早就從蕭嵐口中得知蕭家在她失寵後不聞不問的態度，別說她本來就不是蕭家的孫女，就算她是，被忽視這麼多年，也沒有一復寵就冰釋前嫌的道理。

蕭嵐今日也出席了宴會，小主人公太小不得飲酒，蕭嵐便替女兒飲了些，她酒量小，回來之後就在青煙的服侍睡下了。

她今日在宴會上也看到了父母，知道宴會結束他們會過來，還特地囑咐林非鹿幾句。聽說人來了，林非鹿看了正努力幫波斯貓想名字的林瞻遠一眼，什麼也沒說，只抬眼示意松雨一下。

松雨跟在她身邊這麼久，當然知道公主是什麼意思，了然一點頭便出去了，跟候著的宮人說：「娘娘飲酒不適歇下了，讓他們改日再來吧。」

宮人領命而去，沒多會兒又進來了。因是蕭嵐的父母，他不敢輕視，進來如實稟報：「松雨姐姐，蕭大人和蕭夫人說他們難得入一次宮，娘娘既然睡下了，他們想見見公主。」

松雨朝他笑了笑：「公主不在宮裡，只有殿下在，你去問問蕭大人和蕭夫人願不願見。」

宮人哪能知道公主在不在裡面？見這態度，就知道是裡頭不願意見了，趕緊退出去，對等在外面的二老道：「蕭大人蕭夫人，今兒是公主生辰，各宮都邀公主去玩，如今人不在宮裡，也不知何時回來。兩位若實在要見，我們殿下現正在裡面，奴才可代為通傳。」

殿下？不就是那個傻皇子。

蕭大人和蕭夫人對視一眼，他們來這一趟，就是為了跟女兒冰釋前嫌的，連說辭都想好了。自己的女兒養了十幾年，他們自然知道蕭嵐是什麼性格。就是心中再有怨恨，見著父母的面了，聽他們哭訴苦衷，總是會心軟的。

就算見不到女兒，在孫女面前露露臉，展現一下長輩的慈愛與關懷，也是好的。畢竟蕭嵐是靠著這個女兒才復了寵，五公主人還小，看起來又稚嫩單純，正是培養感情的時候。

但跟那個傻子有什麼好說的？說了他也聽不懂啊！難道指望他幫忙修復與女兒的關係嗎，白白糟蹋他們一番苦心。

蕭母神色幾經變換，轉頭低聲跟蕭父說：「恐是娘娘不願意見我們。」

現在在皇宮，蕭父當然不敢罵什麼不孝女沒良心，臉色沉了又沉，在宮人面不改色的笑臉下只得離開。

兩人一走，松雨便進去回稟。

林瞻遠已經把名字想好了，高興地指著小狗說：「牠叫長耳！」又指著波斯貓，「牠叫短耳！」

林非鹿跟他據理力爭，最後沒爭過，只能抱著短耳嘆著氣接受了這個名字。

松雨回稟完，有些擔憂道：「公主，蕭大人蕭夫人畢竟是娘娘的父母，這次吃了閉門羹，若出去說些難聽的話，影響娘娘和妳的名聲該如何是好？」

林非鹿摸摸短耳的腦袋，牠舒服地瞇起了眼睛：「放心吧，他們沒膽子亂說的。」

沒猜錯的話，蕭家現階段還是要先進行懷柔政策。

等再吃幾次閉門羹，才會採取煽動輿論的方法。

在這之前，先讓他們嚐嚐蕭嵐這些年備受冷落的滋味。

反正林非鹿最喜歡以牙還牙。

松雨了然地點點頭，羞赧地從袖口裡拿出一個荷包，不好意思地遞過來，小聲說：「公主，這是奴婢準備的生辰禮物。之前一直忙著沒機會給妳。」

林非鹿把短耳交給林瞻遠，高興地接過來：「是什麼呀？」

她打開荷包，裡頭是一串用小珠子串起來的手鏈，有點像粉紫色的水晶，在陽光下閃閃發光。

松雨說：「奴婢沒什麼好東西，這水珠子是奴婢跟宮裡的姑姑買的，奴婢串好之後將它放在佛龕裡供奉了七七四十九天，日日念經祈禱，希望這珠子能保佑公主能平安長大，如意健康。」

這種紫水晶在這裡叫水珠子，是很常見的首飾，但以松雨的份銀，大概花光了她的積蓄。雖然比不上各宮送來的翡翠珠玉，但其中的心意卻勝過一切。

林非鹿二話不說戴在手腕上，撲過去抱住松雨的腰：「謝謝松雨！妳對我真好！」

松雨眼眶紅紅的，低聲說：「是公主待奴婢好，奴婢都記在心裡。這不是什麼貴重的東西，公主喜歡就好。」

林非鹿舉著手腕問林瞻遠：「哥哥，好看嗎？」

水晶折射著陽光，林瞻遠點頭：「好看！」

她今天收到超多禮物，那些皇親國戚送來的東西還擺在殿內，青煙做完了記錄，又一一報給她聽。各宮都送了禮物，連惠妃都有。

林非鹿聽完之後，腦袋上冒出一個小小的問號。

怎麼沒有小漂亮的呢？難道他不知道今天是自己的生日嗎？

不會吧？他連自己宮中有奸細都知道，能不知道最近各宮都在議論的生辰宴？

唉，倒也不是覬覦他什麼，哪怕是一籃竹筍呢。

在林非鹿心中，他們都算是這深宮之中同病相憐的異鄉人，雖然一開始只是花癡人家的美色，但這麼久以來她是真心的把小漂亮當朋友了。

畢竟溫柔又漂亮的小哥哥誰不愛呢。

能被她當做朋友的人實在很少，此時心裡難免泛出一丟丟失落。

忙了一天，林非鹿感覺自己比在奚貴妃宮中踩一下午樁還累，天將黑就在松雨的服侍下洗漱睡覺了。

也不知道睡了多久，迷迷糊糊間，聽見小石頭敲窗子的聲音。

她一下子驚醒過來，鞋都來不及穿，光著腳噠噠噠跑到窗邊。推開窗時，不遠處的牆垣上果然坐著黑衣墨髮的少年。清月銀輝盡數落在他身上，連月色下的紫風鈴都比往常美。

林非鹿盯著他看了一會兒，噗哧一下笑出來了。

宋驚瀾輕飄飄飛下來，腳步比夜色還輕：「笑什麼？」

林非鹿說：「殿下總是半夜敲窗的舉動，讓我想起了羅密歐與茱麗葉。」

宋驚瀾做出疑惑的表情。

林非鹿說完，又覺得這個比喻有點不吉利，呸呸了兩下，然後朝窗外的少年伸出小手：「我的禮物呢？」

宋驚瀾笑起來：「公主怎麼知道我是來送妳禮物的？」

林非鹿：「那不然你是來幹什麼的？」她歪著腦袋：「難道我宮裡又出了奸細？」

他搖頭笑了下，溫柔的月色盈滿眼睛，伸手從懷裡拿了一個小小的木雕出來，「公主，生辰快樂。」

木雕雕的是她。

鼻子、眼睛、嘴巴、笑容，連頭上兩個小揪揪都栩栩如生。

林非鹿還不知道他有這技能，看看自己的小木雕，又看看他，驚呆了。這手藝要是放在現代，是妥妥的美術學院教授啊。

她不由得看向他的手。

那雙手手指修長有力，因常年握劍，指腹有薄薄的繭，冬日被凍傷的傷口已經痊癒，只是還留著淡淡的粉色的痕跡。

宋鷺瀾見她不說話，低聲問：「不喜歡嗎？」

林非鹿嚴肅地拍拍他的胳膊：「對自己的手藝自信點！」

他笑起來，眼睫也微微垂下：「喜歡就好，我沒什麼可送給公主的，只有這些不值錢的小玩意。」

「誰說的？」林非鹿反駁道：「這個木頭，它確實不值錢，但它現在雕成了我的樣子，就是無價之寶！我要把它當做傳家寶，子子孫孫傳下去！」

宋鷺瀾失笑搖頭：「木頭是會朽的。」

林非鹿想了想：「那殿下以後有錢了，雕個玉質的給我吧，那樣就可以放很久了。」

他看著她的眼睛，輕笑著點了下頭：「好。」

林非鹿的生辰一過，氣溫回升了不少。春日的氣息已經很淡了，各宮都在為即將到來的炎炎夏日做準備。

林帝最近政事繁忙，很少去後宮，心思都撲在前朝上，還是彭滿趁著他批完奏摺的空檔回稟道：「陛下，太后娘娘這段時間傳了不少太醫去頤清宮，恐怕是身體不大好。」

林帝挺孝順的，聽聞此事立刻放下政務，擺駕頤清宮。

過去的時候驚訝地發現他的傻兒子也在。

林帝現在對林瞻遠的態度已經好了很多，雖然談不上多喜愛，但至少不再厭惡。有時候看到他那雙清澈純真的眼睛，也會覺得難得。

只是沒想到太后居然這麼喜歡這個傻孫孫，林瞻遠在院子裡跟長耳轉圈圈玩，太后就躺在院中的藤椅上笑吟吟看著，神情十分愜意。

林帝一進來就看見林瞻遠跑得滿頭都是汗，太后朝他招手道：「遠兒，來奶奶這，喝點酥茶。」

林瞻遠頂著紅撲撲的小臉跑過去，抱著小碗噸噸噸喝完了，又開心地往回跑。一轉身看到進來的林帝，神情有些緊張起來，記著妹妹教她的話乖乖行禮：「兒臣拜見父皇。」

他朝林帝行禮，林帝也要朝太后行禮。

太后從藤椅上坐起來，把怯生生躲回來的孫孫抱在懷裡，「皇帝怎麼過來了？」

宮人很快搬了椅子過來，林帝坐在一旁笑道：「來陪陪母后。」

太后拿著手絹幫林瞻遠擦額頭的汗：「有遠兒陪著哀家就行了。」

林帝看著祖孫倆親近的模樣，有些驚訝：「兒臣倒是不知道老六跟母后這麼親近。」

太后悠悠看了他一眼：「比你跟哀家親多了。」

林帝有些訕訕，轉而說起今日來的原因，語氣鄭重：「兒臣聽他們說，母后最近召見了不少太醫，可是身體不適？太醫怎麼說？」

太后擦汗的手頓了頓，沒立即回答。

等幫林瞻遠擦乾淨汗，笑著摸摸他的腦袋，柔聲道：「乖孫孫去找長耳玩吧。」

林瞻遠抿著唇悄悄看了林帝一眼，才埋頭跑走了。

太后瞇眼看著他跟小狗在院子裡追逐的身影，眼神很溫和，說話的語氣卻淡淡的：「哀家身體很好，宣太醫是為了詢問一些陳年舊事。」

林帝接話道：「哦？」

太后將目光收回來，看著他道：「哀家這次回宮，看到遠兒，想起了當年先皇在時的一些事。先皇當年子嗣少，許多妃嬪孕中早產，流掉了不少胎兒。當時都說是先皇福薄，沒有子女緣，但其實這後宮是非種種，哀家都看在眼裡。皇帝能平安長大，哀家當年也是煞費苦心。」

林帝當然記得上一屆他父皇的後宮鬥得有多厲害，這也是為什麼他如今格外偏愛溫婉良善富有才情的女子。

聽太后突然說起舊事，林帝還以為她是人老了多思，便安慰道：「兒臣福澤深厚，子女也多，如今個個都十分優秀，母后不必為此擔心。」

太后看向院中的林瞻遠：「若蕭嵐當年能平安生下孩子，遠兒如今也該是個聰明優秀的皇子。哀家記得，皇帝那時候很是寵愛蕭嵐吧？」

林帝有點訕訕地笑了一下。

太后問道：「那時她有孕在身，皇帝可有好生照看？既然後來能將小五生的這樣健康聰慧，沒道理頭一胎卻早產受損。」

太后鋪墊了這麼久，林帝哪能不明白她是什麼意思？神情頓時有些凝重，遲疑道：「母后是懷疑，當年有人加害嵐貴人才導致她早產，以至於老六癡傻？」

太后淡聲道：「哀家只是懷疑，傳召的太醫，也是當年替蕭嵐問診的。」

林帝急道：「那母后可問出什麼來了？」

太后道：「未曾。不過太醫說蕭嵐當年懷孕時不見異樣，孕體也很健康，本不該出現早產之像。」她看向林帝，語氣嚴肅：「這件事，還得查。謀害皇嗣，是大罪。」

林帝本來就因為自己冷落蕭嵐和小五這麼多年有些愧疚，此刻得知當年的事可能另有隱情，蕭嵐如若是被人加害才導致早產生了個癡傻孩子，那他這些年的行為豈不是被人戲耍！

他就說，他的小五生得那樣聰明機靈，哥哥怎麼可能愚笨！

真是豈有此理！

好像突然為自己的愧疚找到了宣洩口，林帝心中頓時輕鬆了，輕鬆過後便是震怒，沉聲道：「母后放心，此事既然有蹊蹺，兒臣肯定要追查到底！」

太后點點頭，聽著林瞻遠開心輕快的笑聲，嘴角也掛上了笑：「遠兒吃了這麼多年的苦，你當父皇的，別讓他再受委屈了。」

林帝鄭重其事地點頭。

回到養心殿後，林帝略一思忖，便將太后宣召過的太醫又找來問了一遍話，還讓他們取出當年記載的病例案宗細細查看。並吩咐彭滿，去內務府將當年服侍蕭嵐的宮人資料全部調出來，看看如今在何處當值，有無異樣。

皇帝一查，動靜就大了。

內務府和太醫院都在忙這件事，消息當然瞞不住。

後宮中人很快就知道，陛下似乎在追查當年嵐貴人早產一事的真相。

早產其實不是什麼大事，除了蕭嵐，後宮還有幾位妃嬪也早產過。不過不像蕭嵐命好，還能把孩子生下來了，母子平安，另外幾位妃嬪生的都是死胎。

可轉念想想，蕭嵐這真的叫命好嗎？

她這一胎若是死了，當初可能還不會失寵，陛下反而會憐惜她，說不定因此晉位分，今後還有的是機會懷上龍脈。

可就是因為她生了下來，生了個傻子，才導致一朝失寵，淒風苦雨地過了這麼多年。

這件事若真是有人背後加害，這一招不可謂不毒。

不過大家都是私底下議論幾句，畢竟事情已經過去這麼多年，很難再查出什麼了。

跟此事無關的當然就當看了個熱鬧，但真正的幕後黑手聽聞此事，就沒那麼坐得住了。

惠妃驚得差點摔了手中的茶杯，一向鎮定沉穩的人此刻也不免驚慌：「陛下怎麼突然想起調查這件事了？」

貼身婢女道：「聽聞是太后最先查的。自太后回宮後，六皇子深得太后喜愛，恐怕就是因為這樣……」

惠妃緊緊捏著茶杯，心裡七上八下。

雖然這件事過去了這麼多年，做得神不知鬼不覺，她也沒有出面，下藥操作都是經的梅嬪的手，但是……

導致胎兒癡傻的藥是她找來的啊！

這藥是民間害人的方子，宮中沒有，她也是讓母家多番打聽之下才找到的，偷偷帶進宮來後，她暗中轉交給當時跟蕭嵐姐妹相稱的梅嬪。

若陛下真的調查到梅嬪頭上，以梅嬪的性格，必然會把自己也咬出來。

如果陛下從藥方上面著手，民間使用此方的人畢竟少，可能會查到她母家頭上。

不管是哪種結果，她都脫不了干係。

惠妃頓時一陣心煩意亂，捏著茶杯在屋內踱了幾個來回，終究是穩坐妃位多年的人，很快讓自己冷靜下來，吩咐婢女道：「妳馬上傳話給宮外，讓他們把當年參與尋藥的相關人等全部控制起來，必須立刻把給藥的鄉下郎中找到……」

她使了一個眼神，婢女立刻明白她的意思，點了點頭就要出門。

惠妃又想到什麼，神色變得晦暗起來，叫住婢女後在她耳邊耳語幾句，才沉聲道：「去吧，這件事要做得俐落，萬不能拖泥帶水留下痕跡。」

林非鹿聽說林帝在查當年的事，有些意外。

她雖然懷疑這事百分之九十是梅嬪幹的，但沒有證據，也不好去林帝面前胡說。便只是捧著林瞻遠胖乎乎的小臉重重親了一口，誇他：「都是哥哥的功勞呀。」

林瞻遠驚呆了。

反應過來，尖叫著跑進蕭嵐的屋子：「妹妹親我！」

蕭嵐又好笑又責備，溫聲訓斥完全沒有男女授受不親觀念的林非鹿：「鹿兒今年已經六歲了，不可再像這樣沒規矩。」

嘖，這古板守舊的封建時代。

林非鹿心中腹誹，面上乖乖點頭。

林帝是個雷厲風行的皇帝，他說要做什麼事，就是一定要做的。以前有過耿直的諫臣說他剛愎自用，他也確實是高傲自負那一類型的皇帝，覺得全天下屬他最厲害。

這樣的性格有時候好，有時候不好，比如放在現在，那就是大大的好。

有了林帝窮追不捨的調查，惠妃日日膽戰心驚，生怕哪一日一道聖旨過來，就要將她抓去大理寺刑審。

好在在等來聖旨前，她等到了母家傳來的消息。

之前給他們那副藥方的郎中已經被找到了，他們派人做成了失足落水的假像，郎中已死，當年找藥買藥的人中有兩名都是母家親信，絕對可信，另外兩個不能完全放心的，也已經處理了。

尋藥這條線索算是被全盤斬斷，惠妃不再擔心，但母家卻傳來另一個消息。

他們在尋找郎中斬斷線索的途中，還察覺了另一波也在調查此事的人馬。一開始本以為是陛下的人，但他們暗自跟蹤調查一番才發現，居然是劉家的人！

惠妃心中一凝。

是梅嬪的母家！他們為什麼會去追查這條線索？

惠妃只是稍微一遲疑，就想通了這件事的關鍵。

梅嬪一定也知道了陛下在調查當年的事，她是當年直接下藥的人，比起惠妃，她被查到的風險更大。一旦查到她頭上，以她的性格，勢必會把惠妃也供出來，拉著她一起下地獄。

而要讓陛下相信惠妃也參與其中，就需要證據。

最好的證據就是那包藥的來源。

她早知梅嬪不是什麼省油的燈，也一直在防範她狗急跳牆咬自己下水，沒想到她心思如此深厚，果然已經開始備後手了。

只是梅嬪如今勢力大不如從前，棋差一招，還是被自己搶了先。郎中已死，尋藥線索已斷，如今唯一的威脅，只剩下梅嬪了……

惠妃望著窗外青天白日，眼神漸漸深了下來。

曾經春風得意的銀霜殿此刻只剩下蕭條。

一到夏日，陽光愈烈，梅嬪發現自己的臉更難受了。那些紫色的疤痕不見消退便算了，她在房間裡待得太久，偶爾想出去曬曬太陽呼吸一下新鮮空氣，皮膚卻在一接觸到陽光時便疼痛難耐。

召了太醫來看，說是不耐受陽光。

也就是說，她這一輩子，都要活在陰暗裡了。

每每思及此事，她都恨不得把明玥宮那一大一小千刀萬剮。她做了兩個巫蠱娃娃，每日躲在房間裡扎針，扎一千針、一萬針，也不足泄她心頭之恨。

特別是在得知陛下開始調查蕭嵐當年早產的事時，她心中的怨恨全化作了惶恐。

這件事一旦查到她頭上，以陛下如今對她的態度，她連喊冤的機會都沒有。梅嬪跟在林帝身邊多年，太清楚他有多無情了。

但父親目前仍在江南，家中也因為她失寵勢力不如從前，她的動作自然比不上惠妃，久久沒有收到回信。

如今銀霜殿只剩下兩個宮女和一個太監，都是劉家的人，不然也不會在這樣的境地下還對她忠心耿耿。梅嬪是個聰明人，察覺到危機。

當時在驛站刺殺林非鹿的人就是她身邊這個太監，喚作劉三，身上帶了些功夫，這些年幫她做了很多見不得光的事。

梅嬪便吩咐惜香：「叫劉三來本宮房間裡守著。」

惜香領命而去，出去尋了一圈都不見劉三的影子，想起早上他去內務府領份利了，便也沒多想。但一直等到傍晚，仍不見劉三的影子，惜香才有些慌了。

匆匆回稟梅嬪之後，她的臉色果然灰敗下來，看了窗外漸漸暗下來的天色一眼，心中湧出濃烈的不安。

「本宮不能待在這裡！」她猛地站起身來，神態已然癲狂，「劉三肯定出事了！惠妃要殺人滅口，本宮要去求陛下救命！」

她說著便往外跑，但林帝封了她禁足，銀霜殿不遠處就有侍衛守著，不准她出入。

她大喊大叫，侍衛見多了冷宮中瘋了的妃嬪，對她口中喊的那些話置之不理。

惜香和另一名宮女好說歹說才把梅嬪拉回房中，惜香安慰她：「娘娘，不會有事的！這是皇宮，外面又有侍衛駐守，她就算有天大的膽子也不敢在這裡動手。娘娘平日的吃食奴婢們都小心檢查著，娘娘不必擔心。明日一早奴婢就去尋劉三！」

梅嬪還是不安，讓她們拿了把剪刀過來放在枕頭底下，縮在被窩裡驚恐地睜著眼睛，直到夜深都不敢入睡。

她鬧得這麼厲害，惜香和宮女也不敢睡，一直趴在床邊守著。

只是隨著夜色濃烈，睏意漸漸襲來，兩人撐著腦袋開始打瞌睡。

屋內搖晃的燭光不知何時突然滅了，空氣中傳來一股奇怪的幽香，兩個打瞌睡的婢女身子漸漸軟了下去。

梅嬪的神經本就高度緊張，幾近瘋狂地警惕著夜裡的動靜，她對香味敏感，剛聞到這香就覺得不對勁，猛地用被子捂住了口鼻，驚恐尖叫起來。

等在外面的黑衣人被這尖叫聲嚇了一大跳。

他還沒進去，怎麼裡面就叫上了？

萬一引來巡邏的侍衛，今晚不就下不了手？娘娘可有交代，今晚必須了結梅嬪！

黑衣人不再遲疑，用刀片一撬推開房門，直逼床上的梅嬪而去。他身上帶了功夫，動作奇快，等梅妃反應過來的時候，嘴鼻已經被一隻冰冷的大手捂住，與此同時，他拿出懷中的一條白綾，擺明是要勒死她。

梅嬪驚恐地瞪大了眼睛，奮力掙扎起來。

但她的力氣比不過黑衣人，眼見著白綾就要纏上脖子，梅嬪摸出藏在枕頭下的剪刀，狠狠插進了黑衣人的手臂。

黑衣人沒料到她居然有此一招，吃痛之下不由得鬆手，梅妃手腳並用爬下床去，經過趴在床邊的惜香身邊時，用剪刀在她肩頭狠狠戳了一下。

惜香被迷香迷暈，此時這麼一扎頓時醒了過來。看人還迷糊著，就聽見梅嬪大喊救命的慘叫聲，她一下子抬起頭，顧不上肩上的疼痛，看到黑衣人還要往門口追去，畢竟是從小跟在梅嬪身邊的忠僕，想也不想便撲了上去，一把抱住黑衣人的腿。

大喊道：「娘娘快跑！」

梅妃趁機奪門而出。

她的思緒從來沒有這麼清晰過。

黑衣人是惠妃派來的，要殺她滅口。這是在皇宮，惠妃膽子再大也要小心行事，所以才讓黑衣人用迷香迷暈她們，再潛進屋來勒死她，做成上吊自盡的假像。她不能確定巡邏的侍衛中有無惠妃的人，不敢貿然求救。

如今這整個皇宮之中，唯一願意保她性命的，只有明玥宮。

只有她們在意當年的真相。

梅妃想也不想，衝出殿門後，直奔明玥宮而去。

夜色中的皇宮像潛伏的猛獸，好像到處都是吃人的陷阱。而此時唯一能救她，唯一願意救她的，居然是她的仇人。

梅嬪只覺得可笑又可悲，可腳步卻不停，她一輩子中從來沒跑這麼快過。也不知是上天註定還是老天給她最後的憐憫，她這一路跑來剛好錯過了巡邏的侍衛，待跑到明玥宮殿前，用力砸向了老舊的殿門。

砰砰砰的砸門聲在深夜驚動了守門的小太監。

他一溜煙爬起來開門，待看到門外衣衫凌亂連鞋都沒穿的梅嬪，差點嚇暈過去。

話還沒說出口，梅嬪已經一把推開他衝進殿內，一邊跑一邊哭著大喊：「五公主救命！惠妃要殺我！求五公主救救我！」

林非鹿在睡夢中被吵醒。

門外鬧鬧嚷嚷的，守夜的宮人都起來了，驚慌又不可思議地看著像個瘋子一樣痛哭流涕的梅嬪。

蕭嵐的動作比林非鹿快，已經在青煙的服侍下起身了，走出門看到梅妃披頭散髮站在門外，還以為自己看錯了，半晌才驚訝道：「梅嬪姐姐，這是在做什麼？」

梅妃看見她，彷彿看見了生的希望，一下子撲上去抓住蕭嵐的手：「妹妹救救我！惠妃要殺我，她派了人來殺我！是我對不起妳，可是我不想死，我不想死……」

蕭嵐心中驚疑不定，剛將她拉進屋去，林非鹿就打著哈欠過來了。

看見梅嬪那樣，就知道是發生什麼事了。

狗咬狗，好玩呀。

她轉頭慢悠悠吩咐青煙：「去請父皇過來。」

第十七章　水落石出

林帝今夜沒有翻妃嬪的牌子，獨自宿在自己的養心殿。睡得正香突然被彭滿叫醒，本來滿心怒意，但聽彭滿回稟了幾句，瞌睡一下就沒了。

宮人迅速服侍他起身穿衣，提著宮燈出去時，青煙等在外面。

彭滿只是簡要說了幾句，此時見著青煙，林帝便問：「妳仔細將剛才的事情說來聽聽。」

青煙便將梅嬪踏進明玥宮後的所言所行一一回稟。林帝最近本就在大力追查當年的線索，此時聽梅嬪這些話，哪能不明白發生了什麼，心中登時又驚又氣。

一邊朝明玥宮去，一邊吩咐彭滿：「去把惠妃叫過來！」想了想又說，「再派人去一趟銀霜殿，死的活的都一併帶來！」

彭滿帶著人領命而去，林帝則匆匆趕到明玥宮。

進去的時候，梅嬪已經鎮定下來了，身上披著蕭嵐的外衣，正捧著一杯熱水喝。

她臉上的疤痕本就唬人，這深更半夜的，還披頭散髮滿臉淚痕，簡直比女鬼還可怕。林帝只看了一眼，真是一顆心堵在了嗓子眼，趕緊將目光移到旁邊溫婉素雅的蕭嵐身上。

看看，這才是朕的愛妃。

真正的溫婉良善滿身才情，明知道梅嬪是當年下毒加害自己的兇手，卻還體貼地為她拿了外衣倒了熱水。

這一對比，林帝心中對蕭嵐的喜愛越發深了。

梅嬪一見他過來，頓時跪下了，先是咚咚咚磕了三個響頭，然後伏在地上哭道：「陛下，妾身自知罪孽深重，死有餘辜，但妾身不願陛下被奸人蒙蔽，哪怕是死，也要死在陛下手中，死個清楚明白！」

林帝沒說話，冷冷看跪在地上的身影一眼，拉著蕭嵐坐到軟榻上。林非鹿也跑過來，睡眼惺忪地爬進他懷裡，甕聲甕氣問：「父皇，梅嬪娘娘說有人要殺她，是真的嗎？」

林帝摸摸她的小腦袋，沉著臉看過去：「妳且跪著，好好想想當年真相的全部細節，等惠妃來了，再一起說。」

梅嬪哭著應是。

她知道陛下現在不喜這張臉，一直伏在地上沒有抬頭。

沒多會兒，惠妃就過來了。

今夜她本就難以安眠，突聽有人叫門，說陛下傳她問話。

惠妃心中一個咯噔，就知大事不妙了。臨到關頭，反而比平時沉得住氣，耳語吩咐貼身婢女之後就匆匆出門了。只是沒想到來的竟然是明玥宮，進來一看到跪在地上的梅嬪，再看林帝那氣勢，再沉著的心也驚慌起來。

從門口走到堂中那幾步路，愣是走出一身的冷汗，在林帝逼人的視線下緩緩下跪，儘量保持嗓音平靜：「臣妾拜見陛下，這個時辰，不知陛下喚臣妾前來是有何事？」

林帝冷聲道：「看到梅嬪在這裡，妳竟不覺得驚訝嗎？」

惠妃勉強一笑：「是有些驚訝，正等陛下吩咐。」

林帝便道：「梅嬪，妳且將今夜發生之事再說一遍。」

梅嬪緩緩抬起身子，深深看了身邊的惠妃一眼，紅腫的眼睛裡閃過一抹陰毒，看得惠妃頓時起了一身雞皮疙瘩。

梅嬪便將今夜發生的事事無鉅細地說了一遍，包括她派人去尋劉三尋不到，在枕頭下藏了剪刀，屋子裡莫名的香味，和破門而入的黑衣人。

梅嬪每說一句，惠妃的臉便白一分。

說到最後，她轉過身來，看著惠妃一字一句道：「惠妃姐姐這是要殺人滅口啊。」

惠妃尖聲道：「妳血口噴人！我平日與妳無冤無仇，與妳姐妹相待，怎會行此惡行！妳不知得罪了何人，引來殺人之禍，竟嫁禍到我頭上！」

說罷，朝林帝磕頭道：「求陛下為臣妾主持公道！」

林帝的臉色很難看。

雖然他不喜梅嬪，但在他的皇宮，竟然發生了行刺妃嬪一事，幕後主使如此膽大妄為，豈有將他這個皇帝放在眼裡！

他盯著梅嬪，沉聲問：「妳且說說，惠妃為何要殺妳滅口？」

這話一問，惠妃只覺身子一軟，就要癱下去，但硬生生掐著袖下的手指忍了下來。

梅嬪閉了閉眼，嘴角浮起一抹詭異的微笑，配著她臉上的疤痕，越發恐怖，她看了林帝身邊的蕭嵐一眼，緩緩道：「這件事，還要從八年前說起。」

在這個深夜，六皇子林瞻遠癡傻的真相，終於浮出水面。

哪有什麼生母命中不祥惹了神怒，不過是因為爭寵導致的一場謀害。老六本該是一個健康聰明的皇子，蕭嵐本該順利晉為嬪位。

這一切都因為底下那兩個毒婦而葬送了。

林帝聽她說完最後一個字，再也忍不住，狠狠將案几上的茶杯砸了下去。

茶杯砸的粉碎，濺起的碎片劃在梅嬪的手背上。她絲毫不在意地拂去鮮血，嘴角反而掛著一抹笑。

事已至此，惠妃不會放過她的。

就算是死，她也要拉著她墊背！

惠妃早已冷汗涔涔，不停地重複：「妳血口噴人！我根本不知道妳說的那個藥！陛下！陛下！求陛下做主，還臣妾清白啊陛下！」

梅嬪幽幽地看著她，一字一句：「陛下，人之將死，其言也善啊。」

就算沒有證據又怎麼樣呢？她身處絕路，現在是在用命換當年的真相，有沒有證據不重要，林帝會不會信才是最重要的。

此時，前去銀霜殿檢查的侍衛也回來了。

彭滿進來回稟道：「陛下，銀霜殿空無一人，刺客不知所蹤，只有兩具屍體，是銀霜殿的宮女。怕驚擾貴人和公主，老奴已讓他們抬去雜役房了。」

林帝沉聲問：「死因是什麼？」

彭滿回到：「剪刀戳穿胸口致死。」

這就跟梅嬪剛才所說的一切連上了。看來是刺客見梅嬪逃脫，才用那把剪刀把兩名宮女滅了口。

事到如今，哪能有假，林帝豈止是震怒，他現在就想把底下那個喊冤的毒婦活生生掐死。

惠妃滿臉淚痕，跟當初的梅嬪一樣抵死不認，甚至指天發誓：「不是我！陛下，臣妾沒有做過此事！若有假話不得好死！」

她是料定了梅嬪拿不出當年下藥的證據，而今刺客跑了，也無法證明是她派的人。不管林帝信也好，不信也好，沒有證據，就不可能真的拿她怎麼樣。

梅嬪等她狡辯完，又開口道：「陛下，那刺客被妾身在手臂上刺了一刀。只要現在去各宮搜查肩上有傷的人，一審便知！」

惠妃緊緊咬著牙跪在地上不說話。

林帝沉聲吩咐彭滿先去將惠妃宮中所有人提審出來，檢查有無傷口。若沒有，再挨個提審其他宮中的宮人和侍衛，就算把皇宮翻個遍，也要把行刺之人找出來！

鬧了這麼一場，夜已經很深，梅嬪笑容詭異，惠妃哭著喊冤，林帝聽得頭疼不已，再看旁邊沉默不語眼眶通紅的蕭嵐，頓時愧疚又心疼。

若不是這兩人加害，她這些年豈會過得如此艱辛？

林帝不由得伸手將她攬進懷裡，低聲問：「等事情水落石出，嵐兒希望朕如何處置她們？」

蕭嵐在他懷裡緩緩抬眸，眼尾泛著紅，楚楚可憐，卻努力朝他露出笑：「但憑陛下吩咐。」

林帝拍了拍她纖弱的後背，長長嘆了一聲氣。

追查各宮宮人是個大工程，一晚的時間肯定不夠。林帝命人將梅嬪和惠妃各自帶下去，看押在永巷，等查出線索再提審。

等人一走，他也懶得再回養心殿，直接宿在了蕭嵐這裡，剛好趁此機會安撫她一番。

翌日一早，昨夜發生的驚心動魄的一幕在後宮中瘋傳。畢竟彭滿帶人查刺客的動靜不小，惠妃的瑤華宮最先被查，但遍查裡外，也沒找到手臂受傷的刺客。

惠妃行事警惕，自然不會用自己宮中的人。

太后聽聞當年真相有了線索，派人來問了一趟，宮人回去之後回稟此事，太后得知其中竟然有惠妃參與，沉默了一會兒。

良久，自嘲似的笑了一下：「看來哀家也有看走眼的時候。」

林念知自從上次被惠妃打了一巴掌關了禁閉，直到現在也沒跟惠妃講過話。她的脾氣一向大，心中雖然埋怨，卻也知道這種謀害公主的事說出去會引來什麼樣的後果，一邊想保護母妃，一邊對小五感到愧疚，整個人不如以前活躍。

昨天半夜宮人來傳惠妃，林念知因為吃了安神藥睡得太熟，直到今日才知道昨晚發生了什麼。

永巷是關押宮中罪嬪的地方，惠妃被關押到那裡，什麼意思不言而喻。

她因為小五的事已經很愧疚了，現在又得知六弟癡傻也跟母妃當年下藥有關，心中簡直又氣又恨又難過，一急之下竟然急火攻心暈了過去。

宮裡鬧得天翻地覆的，源頭所在的明玥宮倒是一如既往的平靜。

早上林帝走了沒多久，就有宮人送了不少賞賜之物過來。

林帝以往只是賞林非鹿和蕭嵐，這一次連同林瞻遠一起賞了，賜了他文房四寶，賜了他弓箭騎裝，其他皇子賞過的東西，一上午時間，全補齊了。

林非鹿蹲在花田旁邊澆花，看著林瞻遠圍著賞賜興奮地跑圈圈，邊跑還邊說：「是我的！都是給我的！」

他從來沒收過這麼多禮物。

雖然是個傻傻的小孩子，卻也知道父皇是這裡最厲害的人，所有人都要聽父皇的話。現在最厲害的人送了他這麼多東西，他當然開心。

蕭嵐笑著坐在一旁，眉眼依舊溫婉，並沒有那種大仇得報後揚眉吐氣的得意之感。她就是這樣的性格，哪怕立起來，也抹不掉心中的那份柔軟。倒是青煙和雲悠很高興，說話做事都喜氣洋洋的。

雲悠一邊挽線一邊問蕭嵐：「娘娘，妳說陛下會怎麼處置梅嬪和惠妃？謀害皇子可是死罪呢。」

蕭嵐責備地看了她一眼：「這些事陛下自有主張，不用妳多嘴。」

雲悠吐了下舌頭，她是跟著蕭嵐一起進宮的，從小陪著蕭嵐一起長大，性子比起青煙爛漫很多。過了會兒又跑到林非鹿身邊來，幫她一起澆花：「公主，妳覺得陛下會下旨處死梅嬪嗎？」

林非鹿把藏在花叢中的一株雜草拔起來，扔在一旁，脆生生的嗓音有些漫不經心：「梅嬪的父親不是還在江南治理水患嗎？頂多打入冷宮吧。」

公主一向聰慧，她這麼說，那肯定八九不離十了。

雲悠有些不解氣，又問：「那惠妃娘娘呢？」

林非鹿用帕子擦擦手：「頂多降個位分禁個足吧。」

雲悠失聲道：「啊？就這樣啊？也太便宜她們了吧？」

蕭嵐在一旁斥責她：「雲悠，慎言。」

雲悠撇了下嘴，沒再多說什麼了。

三日之後，搜尋刺客的侍衛終於有所收穫。但人已經死了，被扔在一口枯井中，手臂被剪刀戳傷的傷口都已經腐爛了。與此同時，侍衛還發現了另一具屍體，正是銀霜殿失蹤的太監劉三。

劉三是直接參與刺殺林非鹿一事的人，他一死，惠妃便將自己澈底從這件事中摘了出去。死掉的刺客也查明了身分，只是宮中巡邏侍衛中的一員，跟惠妃毫無關係。現在人都死了，梅妃口說無憑，根本無法證明這人是惠妃派來的。

惠妃做事狠絕快，將凡是跟自己有關的線索斬得一乾二淨。

其實那晚林帝在聽梅嬪哭訴時就知道她說的都是實話，惠妃雖然將證據全部毀滅，卻更加在林帝心中坐實了罪行。

他現在才知道自己這位妃子，居然是一個如此有心機有謀略又心狠手辣的女人，這些年她在宮中安分守己不爭不搶，連太后都贊她寬仁，還真是把這宮裡的人都耍的團團轉啊！

林帝氣得七竅生煙，但就跟梅嬪那次的事件一樣，他就算再氣，再想殺人，他也得顧及朝廷重臣。

惠妃的父親如今官至戶部侍郎，是充盈國庫的一員猛將，她母家不少子弟在各地為官，將地方經濟發展得非常好，每年上交國庫的銀稅在全國排前十。

而且她還為自己生下了長公主，這是林帝的第一個孩子。

謀害皇子雖然大罪，但惠妃做得太乾淨，哪怕梅嬪攀咬指正，可拿不出證據，林帝不可能真的把她怎麼樣。

跟林非鹿猜的一樣，林帝在經過幾日澈查審問之後，就下了旨意。

梅嬪被褫去位分，打入冷宮。惠妃被降為嬪位，禁足半年，即刻搬出瑤華宮主殿。

林帝不能降罪懲罰她，就只能在其他地方出氣。比如他新賜給惠妃的住所是先皇在時就被廢棄的宮殿，在宮裡久有鬧鬼的傳言。

以前叫做明萃宮，林帝在惠嬪搬過去之前讓人改了名字，改成了悔省堂。

悔過反省，非常直白地打惠嬪的臉。

惠嬪在宮人的攙扶下搬過去時，看到陽光照射之下那個嶄新的牌匾，差點一口血吐出來。

人是一種很奇怪的動物，這麼鬧了一場，她對蕭嵐的恨意反而消減了不少，大多數怨恨都被梅嬪奪走了。

梅嬪也一樣，自從搬入冷宮後，就不扎蕭嵐和林非鹿的娃娃了，每天只扎惠嬪的，詛咒她不得好死。

伴隨著兩人的降罪旨意，還有另一道晉封旨意，是傳到明玥宮的。旨意言明蕭氏蕙質蘭心，生育皇子皇女有功，擢為昭儀。

昭儀再往上，就是嬪了。

林帝本來是打算直接幫她升到嬪的，但想起當年就是因為自己過於寵愛才導致蕭嵐被加害，所以他緩了一手，不讓她太過引人注目。

本來還想賜居新的宮殿給蕭嵐，但蕭嵐以兩個孩子都習慣這裡的環境為由婉拒了。

林非鹿的花田剛搞上，現在花農事業正進行得如火如荼，林帝一看便也就沒強求。

蕭嵐這一下直接躍了四個位分，雖然當年事情水落石出，大家都知道這是林帝對她的補償，但一下子晉升這麼多，後宮眾人還是有些意外。

如今四妃之位只餘兩妃，後宮美人們的心思又開始活絡了。以前四妃的位子被霸占得死死的，她們最多也就奮鬥到嬪位，現在終於有機會往上晉升，當然都躍躍欲試。

後宮一時之間風起雲湧。

從嵐貴人變成了嵐昭儀的蕭嵐還是如以往沉靜。

她現在跟以前相比，的確聰明了很多，知道如何討林帝喜歡，知道如何利用自己的優勢。

可她並不想爭寵，她只希望自己做的這些，能讓兩個孩子能平安長大。

林非鹿跟她想的不一樣。

都走到這個地步了，不爭也得爭。

反正都要爭，那不如爭個大的。

她覺得妃位就挺好。

林帝雖然下旨將惠嬪移居到悔省堂，卻讓林念知依舊留在瑤華宮。

大林的傳統是皇子公主們成年之後出宮建府，在這之前都隨生母而居。

林帝還是疼愛這個長公主的，雖然厭惡惠嬪，卻沒遷怒到她身上，也捨不得她跟著惠嬪去受苦。

瑤華宮現在暫時空了下來，林帝讓內務府重新調了一批宮人過去伺候，林念知算是提前享受到成年後的獨居生活。

她自從那一次急火攻心暈倒之後，就一直臥病在床，病來如山倒，病去如抽絲，又得知母親被降了位分，整個人萎靡了很多，再不似之前活潑。

病好之後，林念知才在抱柚的陪伴下去了悔省堂。

惠嬪被禁足半年，自己不得出來，外人也不得拜訪。

林念知在殿門口站了很久，惠嬪的貼身婢女出來低聲道：「公主，娘娘讓妳回去，以後不要再來了。」

林念知紅著眼睛問：「我就想見見母妃，她還好嗎？」

婢女道：「娘娘很好，公主不必擔憂，今後多保重自己。」

林念知透過半開的殿門朝裡面張望了幾眼，知道母妃這是為了保護她不受牽連，抬手抹抹眼淚，在門口行了一禮，才轉身回去。

走在路上，還是忍不住哭起來，邊哭邊道：「我就說讓她不要同梅嬪來往，那能是什麼好人？母妃受了她的挑撥，到最後還要被她反咬一口，落得今天這個下場！」

看得抱柚心疼不已，一路勸了好久，臨近瑤華宮時林念知才漸漸止了哭意。

抱柚突然說：「公主，那邊站的，好像是五公主？」

林念知心神一凝，抬頭看去。果然看見路口那顆大樹下站著一個小身影，她就藏在樹後面，朝著瑤華宮的位置探頭探腦。想過去，又有些遲疑。

踟躕良久，最後還是垂著腦袋轉過身來，看了看手裡粉色的香包，神情有些鬱悶地離開了。

剛走沒幾步，就看見站在路口的林念知。

小女孩的神情肉眼可見的緊張起來，她左右看了一眼，似乎想找地方躲起來。但這附近只有那顆大樹，顯然藏不下她。

林非鹿呆呆地立在原地，不敢前進，也不敢後退，甚至不敢看她。

抱柚之前問過她，公主，妳會怨恨五公主嗎？

林念知那時候在病中，身體心裡都難受，狠狠地想，怎麼不恨？我恨死她了！恨死明玥宮了！

可在病床上躺了好久，每天沒什麼事做，睜著眼胡思亂想。想她跟小五的初遇，想小五一直以來對她的好，想起那次在海棠園，她撒潑一樣坐在地上又哭又蹬腿，質問自己為什麼要躲著她的可憐樣。

其實小五又做錯什麼了呢？

她生下來的時候，八年前的那場下藥陰謀早就發生了。她無辜受到牽連，淒風苦雨地過了這麼些年，好不容易獲得父皇的寵愛，還被自己母妃密謀刺殺。

從頭到尾，她什麼都沒做過。

母妃落得如今這個下場，也是梅嬪的臨死反撲所致。

林念知對她可能有芥蒂，但絕對談不上怨恨。

特別是現在看到她不知所措的可憐樣，林念知覺得好笑。

妳有什麼好緊張的？該緊張該愧疚的人不應該是我嗎？

林念知抬步朝她走過去。

小女孩下意識後退，退了兩步，又怯生生站住了，垂著小腦袋抿著唇，等她走近了才小聲喊了句：「皇長姐。」

林念知的聲音有些生硬：「妳來做什麼？」

林非鹿飛快抬頭看了她一眼，手指緊緊絞著那個香包，眼尾都憋紅了，才憋出一句低低的聲音：「聽說皇長姐生病了，這是我找孟太醫做的中藥香包，對……對治病有好處。」

她雙手捏著，慢慢朝她遞過來。

林念知低頭看了兩眼，那香包做得很漂亮，粉色的錦緞上繡了她喜歡的桃花，有股濃郁的藥香。

又聽到她繼續說：「上次那個香包，不知道皇長姐用了有沒有效果，這次孟太醫加重了藥量，味道可能會重一些。」

上次？什麼上次？

林念知剛想問，又猛地反應過來。

她聽抱柚說，她禁足期間小五來看過她一次，母妃以自己生病為由把她打發了。

就是那次送香包來的吧，想也知道是被母妃扔了。

林念知心中頓時怪不是滋味的，看她要哭不哭的樣子，伸手一把把香包拿了過來：「有用。」

「真的嗎？」林非鹿高興地抬起頭，泛紅的眼眶裡像有小星星一樣，但對上她微沉的臉色，又一下子萎了，埋著小腦袋悶聲說了句：「哦……」

林念知低頭將香包繫在腰間，若無其事說：「回去吧，太陽太大了。」

她小小地點了下頭，一點點挪動小腳腳，像怕踩死螞蟻似的，慢騰騰往前走。

林念知心裡本來還有些芥蒂和彆扭，看她這樣子，就只剩下好笑了。心想，我倒要看看妳到底走不走。

果然，她挪了沒幾步就停下來了，委委屈屈回過頭來，嘴角朝下撇著，看樣子難過得快哭了，卻努力不讓自己哭出來，抽抽噎噎地問：「皇長姐，我以後還可以喜歡妳嗎？」

林念知還以為她要說什麼呢，沒想到居然是問這句話，心裡頓時五味陳雜，側過頭去彆扭地說：「妳想喜歡誰就喜歡誰！我又不會強迫妳不讓妳喜歡！」

過了會兒，感覺到自己的衣角被一隻小手輕輕扯了扯，她半期待半遲疑地又問：

「那……那妳還會喜歡我嗎？」

林念知脖子有點僵，慢慢轉過頭看她，好半天才動了動唇，輕飄飄問：「小五，我母妃對妳母妃和哥哥做了那些壞事，妳不恨我嗎？」

小女孩眨了下泛著水光的眼睛。

她仰著小腦袋，聲音脆脆的：「我以前在書上看過一句話，罪不及父母，禍不及妻兒，我覺得很有道理，皇長姐妳說對嗎？」

林念知身子一僵。

她還這麼小，都知道恩怨分明，而自己才是加害者的那一方，卻還鑽什麼牛角尖呢？

小五都能明白的道理，她更應該明白。

林念知突然為自己這段時間以來的芥蒂感到羞愧。

她牽住小女孩拉著自己衣角的手，抬步朝瑤華宮走去。

林非鹿還沒反應過來，直愣愣跟著她的腳步，小聲喊：「皇長姐？」

林念知沒事一樣：「天氣這麼熱，去我宮裡喝碗酸梅湯再回去吧。」

說到吃，林非鹿頓時開心了，重重一點頭：「嗯！」

她跟上她的步伐，小手反握住她的手指。

那小手軟軟的，林念知覺得自己心裡也軟軟的。

等林非鹿喝完酸梅湯心滿意足從瑤華宮離開時，剛才熾熱的陽光已經躲進了厚厚的雲層裡。地面上都是陰影，她走到那顆大樹旁，回頭看了身後華麗的宮殿一眼。

罪不及父母，禍不及妻兒，只要林念知不針對她，姐妹就還有的做。

好在林念知雖然性格刁蠻，但心腸不壞，是非分明。

她現在真的有點喜歡這個漂亮明豔的姐姐了。

夏風吹動白雲，陽光漏出似有若無的影子，林非鹿心情不錯，一路踩著影子玩。到了夏日，皇宮中的植物十分繁茂，綠植覆蓋率很高，林非鹿覺得應該頒個環境達人獎給林帝。

從花草掩映的小道中穿行而過時，突然有個人從旁邊的樹叢中衝了出來，一下子撞在她腿上。

這宮裡，林非鹿自認第二矮，沒人敢認第一個。

她一直覺得這具身體是以前營養不良導致發育遲緩，沒道理她現在都六歲了還沒一個成年男子的腿高啊！

但眼前突然撞出來的這個人，比林非鹿還矮。

腦袋大概到她腰部的位置，梳著乖巧的包包頭，因為沒站穩，她一把抱住林非鹿穩住跌跌撞撞的身子，又抬頭對她「噓噓」兩聲。

比我矮的人出現了！

林非鹿頓時有點激動。

她配合地噓了一下，小聲問：「妳在做什麼？」

小奶娃說：「我在跟夏晴躲貓貓！」

林非鹿又問：「夏晴是誰？」

小奶娃說：「是我的婢女！」

林非鹿：「那妳又是誰？」

小奶娃嘟著嘴：「我是蔚蔚呀！」

蔚蔚？林非鹿知道她是誰了，宮內最小的公主，蘇嬪的女兒，六公主林蔚。

難怪比自己矮呢，兩三歲的小奶娃，可不比自己矮嗎。

不遠處傳來宮女急切的喊聲：「六公主！妳在哪呀？別躲了，奴婢求妳快出來吧！」

聽聲音急得快哭了。

林非鹿的裙子被扯了兩下，小奶娃賊頭賊腦地說：「蹲下來！快蹲下來！妳太高了！」

林非鹿：「……」

在宮裡這麼久，第一次有人說自己高……

她十分配合地蹲下來，還跟著小奶娃一起挪到花叢下面，兩個人撅著屁股面對面看了一會兒，小奶娃問她：「妳是誰呀？」

林非鹿說：「我是妳姐姐。」

小奶娃瞪著圓溜溜的眼睛，消化了一會兒這個消息，終於反應過來，點點小腦袋：

「哦——」她的奶音拖得老長，又開心地喊：「姐姐！」

難道這就是林景淵他們看自己的感覺嗎？也太萌了吧！

林非鹿拉過她的小手：「蔚蔚，我們躲夠了，一起出去吧。」

小奶娃脾氣還挺大：「我不！還不夠！」

林非鹿收拾脾氣大的小朋友就是幾句話的事，她說：「下次妳來明玥宮找姐姐，姐姐陪妳躲一整天的貓貓好不好？姐姐那裡還有小貓小狗和小兔子哦。」

小奶娃頓時被收服，口水都笑出來了：「好嗷！」

於是林非鹿牽著她的手走了出去。

外頭的夏晴急得臉都白了，跟幾個宮女到處找人，弄丟了公主那可是死罪啊。

沒想到天無絕人之路，轉頭就看見五公主把人牽回來了，笑著對她說：「下次可要把六公主看好呀。」

夏晴差點哭了出來，感恩戴德一頓謝，俯身把六公主抱了起來。

林蔚在她懷裡扭了兩下，走之前還急切切地說：「姐姐，要看喵喵狗狗和兔兔嗷！」

林非鹿：「好嗷！」

跟皇宮裡這群小朋友在一起生活久了，都快忘了自己內裡住了個成年人的靈魂了。

賣萌賣得十分怡然自得。

解決完兩大Boss，林非鹿確實輕鬆了很多。她之前有想過下死手，畢竟武俠劇說的好，斬草不除根，春風吹又生，死人才是最安全的。

但真的往那一步想的時候，她發現不管怎麼說服自己，都跨不過心裡那道殺人的坎。

她可以旁觀侍衛的自殺，可以無視雨音被帶走的下場，但真的要親自設計殺人，還是很難做到。

唉，都怪學校思想品德教育太成功，她實在是遵紀守法的好公民。

時間一晃入了夏，皇宮裡的宮人每天最忙的事就是拿著竹竿子去捅樹上的蟬。

本來就熱，吵得實在太讓人心煩了。

因為天氣太熱，擔心學子們每天上下課的路上中暑，太學的課程也提前了一個時辰，早上課早放學嘛。

之前還可以勉強睡個懶覺，現在提前了，太學殿裡這群本就不學無術的紈褲整天哈欠連天。

林非鹿也有點撐不住。

怎麼都穿越了，還要上早自習啊！

她有點後悔坐第一排了，後排那些可以安穩打瞌睡的位子也太棒了吧！

而且小漂亮最近不怎麼來太學上課了，林非鹿一打聽才知道，原來最近林宋兩國的關係有些緊張。原因是淮河進入汛期，分別位於淮河兩岸的林宋兩國就因為水利產生摩擦，每年都是如此。

每當這種時候，身處敵國質子的宋驚瀾就會閉門不出，降低存在感。林非鹿聽了之後，心裡怪不是滋味的。

沒了小漂亮，坐前排唯一的意義也沒了。

林非鹿支支吾吾去找林傾，委婉地表達了一下自己想把位子換到最後一排的想法。

林傾：「……」

是跟老四在一起待久了，勤奮好學的五妹也變得不學無術了嗎？

林傾一邊痛心疾首，一邊架不住五妹水汪汪祈求的眼睛，吩咐人幫她換位子。

太子有令，林非鹿的筆墨紙硯很快就被搬到了最後一排，她看著林傾不掩痛心的眼神有些不好意思，期期艾艾拍了下馬屁：「太子哥哥是這個世界上最好最好的人！」

本來十分高興終於能跟小鹿妹妹坐在一起的林景淵：？？？！！！

他不可思議地看著林非鹿：「為什麼啊！為什麼世界上最好最好的人變成三哥了啊！」

他崩潰地說：「以前不是我嗎？」

林非鹿：大意了。

不過這車翻得不凶，問題不大，她還能苟。

於是林景淵看到小鹿妹妹轉過頭眨了眨她水靈靈的大眼睛，非常正經地說：「儒家聖人不僅有孔子還有孟子，佛家高僧不僅有玄奘還有慧能，世界上最好最好的人當然也可以有兩個啦！」

林傾：？

雖然四弟不太聰明的樣子，但小五妳也不能這麼唬他吧？我都聽不下去了，他能信妳才……

林景淵：「對哦！小鹿妳說得好有道理啊！」

林傾：？？？

算了，就這樣吧，對老四抱什麼期待呢。

林傾朝林非鹿投去一個無奈又好笑的眼神，轉身走了。

林景淵熱切地把自己的東西搬到林非鹿旁邊，坐下之後看她乖乖整理書本的樣子，又湊過來小聲說：「雖然我和三哥都是世上最好最好的人，但凡事講究先來後到，我還是要比他多一點點才可以哦！」

林非鹿偏過腦袋甜甜地看著他：「太子哥哥是世人眼中最好的人，景淵哥哥是小鹿心中最好的人。」

林景淵：啊啊啊妹妹好乖！

搞定爭寵的小屁孩，林非鹿終於可以安心打瞌睡了。自從課程提前之後，後排學渣區域比以前上課時安靜很多，因為睡得一個比一個香。

林非鹿正睡得舒舒服服的，突然有人扯她的揪揪，把她從吃炸雞的美夢中扯醒了。

她氣憤地轉過頭一看，奚行疆就坐她斜後方的位子，一隻手支著下巴趴在案幾上，另一隻手還拽著她綁揪揪的紅絲帶。

見她氣呼呼轉過頭來，他吊兒郎當地鬆開，對她擠眼笑了笑，「小豆丁，不是好學嗎？怎麼能跟我們這些壞學生學？」

林非鹿：「要你管！」

她把墊子往旁邊挪了挪，離他遠了一點，又趴下去繼續睡。

沒多會兒，奚行疆又用毛筆頭頭戳她的咯吱窩。

林非鹿快被氣死了，要不是太傅還在上面講課，她真想用手邊的硯臺砸死他。

這種上學時期扯女同學頭髮的男生簡直就是課堂毒瘤！毒瘤！

林非鹿搬出王牌：「你信不信我告訴奚貴妃娘娘！」

奚行疆：「謔喲，還學會打小報告了？是不是要讓姑姑打我一頓啊？」

林非鹿：「我告訴娘娘你很喜歡我的小揪揪，讓她也幫你綁兩個。」

奚行疆：「……」

他果斷地收回了手，目不斜視看向太傅，做出專心聽課的模樣。

別說，他姑姑是真的能做出這種事的人，小時候他進宮，還給他穿過裙子。

有奚貴妃護身，林非鹿美美地睡了一覺，睡醒之後把太傅今天講的書上的內容看了兩遍，熟記心頭，放學的銅鐘就敲響了。

她一溜煙跑回明玥宮，剛進門就喊：「雲悠！我早上走之前凍的冰棒好了嗎？」

雲悠得了她的吩咐，一上午什麼都沒幹，就守著那坨冰塊，一旦有融化的跡象，便把內務府送來的冰繼續加進去，保持低溫。

現在掀開棉被看了看，竹筒裡的冰棒果然已經凝結了，回道：「公主，快好了。」

林非鹿火急火燎地跑進來，這一路熱得滿頭都是汗，蹲在冰桶旁邊才覺得涼快了些，拿起小木籤湊過去戳了戳，竹筒裡的冰棒還有些軟綿綿的，沒達到她想要的效果，充其量算個冰沙吧。

不由得有些失望。

雲悠說：「公主，妳要是想讓它變成冰塊這樣，恐怕要拿去冰窖才行了。」

林非鹿也是這麼想，歇了一會兒，把半成品冰棒當做冰沙吃了。

她用了玫瑰牛奶和蜂蜜，做出來的味道還是十分美味的，能在這種地方吃上冰沙，也算不錯了。

吃完之後，她又調配了適量的玫瑰牛奶，分別倒進準備好的竹筒裡，然後讓松雨和雲悠抱著，跟她一起去了內務府。

這時候雖然沒有冰箱，但作為用度極盡奢華的皇宮，是擁有大型人工地下冰窖的。裡面一年四季都儲存著冰塊，各宮夏季消暑的冰塊就是從這裡運出來的。

林非鹿說明來意，內務府自然不會拒絕五公主這樣小小的要求，把她的竹筒冰棒全部放進冰窖裡。

第二日太學下課，林非鹿明玥宮都沒回，直奔內務府。

宮人按照她的要求，把凍好的冰棒用冰盒裝了起來，林非鹿讓松雨抱著，自己則拿了一根出來吃。一口咬下去，牛奶味的冰渣碎在口中，還帶著玫瑰的清香和蜂蜜的甜味，在炎炎夏日簡直爽得她透心涼。

終於吃到自己熟悉的食物了，林非鹿感動得熱淚盈眶。

松雨看著她的表情不由得疑惑：有那麼好吃嗎？

冰盒能保證冰棒一個時辰不化，回到明玥宮用完午膳，林非鹿一人發了一根給宮人，宮內一時之間全是咬冰棒的啰嚓聲和林瞻遠舔冰棒的吸溜音。

最後冰盒裡還剩兩根，她以吃多了會拉肚子的理由義正辭嚴地拒絕了林瞻遠還要一根的請求，抱著冰盒噠噠噠跑走了。

她有一段時間沒來翠竹居。

她如今不像以前查無此人，一舉一動宮裡都注視著。宋驚瀾最近閉門不出，是在這裡對自己最好的保護，她若是頻繁上門，恐怕會對他不利。

今日午後的陽光格外熾熱，她一路跑過來感覺自己都快被曬化了。

天氣炎熱，沒有多少人願意出門，宮裡靜悄悄的，只有時而響起的蟬鳴，增添夏日的氣息。

翠竹居竹門緊閉，林非鹿跑到門口時，本來打算像往常一樣敲門，但看了旁邊不算太高的院牆一眼，她覺得是時候展現真正的技術了。

跟奚貴妃練了這麼久的武，雖然還不大能飛，但上牆的本事還是有的。

小孩子身體本來輕盈，練習輕功更容易。林非鹿把冰盒放在地上，一隻手握著一根冰棒，然後後退幾丈，凝重地看著眼前的院牆，氣沉丹田，拔腿朝前衝刺，然後猛地一提力，整個身子便凌空而起，朝著牆垣躍了上去。

結果學藝不精，雙腳剛挨著牆身子就卸了力，林非鹿腳下一滑，整個人掉了下去。好在她眼疾手快，上半身扒在牆垣上，下半身懸在空中，嚇得她汗毛都倒立了。

聽到動靜的宋驚瀾一出來就看見以一種怪異的姿勢趴在自己院牆上的小姑娘。

她趴了這麼一會兒，力氣都快用盡了，身子正一點點往下滑。若是扔掉手裡的冰棒就可以解除危機，但偏偏又捨不得，只能咬牙堅持著，看見宋驚瀾出來，頓時嗚嗚大喊：「殿下我快掉下去了快幫幫我……」

這話還沒說完，只感覺門前那抹白色的影子像一陣風似的，轉眼就移到自己面前。他輕鬆躍上牆垣，俯身抱住她的小身子，又輕飄飄抱著她跳下來。

林非鹿的胳膊痠得快斷了，兩隻手哆哆嗦嗦抖著，偏偏冰棒還握得特別緊，對上他好笑的目光，簡直無地自容了。

宋驚瀾伸手把那兩根冰棒拿過來，笑著問：「給我的？」

林非鹿悶悶一點頭。

他看了兩眼：「這是什麼？」

林非鹿說：「玫瑰牛奶冰棒。」她又悶聲補了一句：「都快化了。」

宋驚瀾將其中一根遞給她，然後拉過她的小手，走到門口的臺階前坐下，「那趕快吃了吧。」

林非鹿坐在他旁邊，兩隻小腳腳踩著臺階微微踮起，發痠的胳膊剛好能撐在腿上。先舔了下融化的外層，然後一口咬下去。

宋驚瀾也咬了一口，冰渣碎開的聲音細細碎碎的，響在寂靜的午後，有種特別愜意的好聽感。

誰也沒說話，廊簷擋住了陽光，他們就坐在屋簷的陰影下，吹著夏風，聞著竹香，吃完了玫瑰牛奶冰棒。

第十八章　小小公主

一根冰棒下肚，熱氣都被驅散了。

小孩子皮膚嫩，林非鹿啃完冰棒，唇被冰凍得緋紅。她舔舔嘴角的牛奶冰渣，轉頭問：「好吃嗎？」

高門貴族養出來的皇子，連吃冰棒的動作都賞心悅目，宋驚瀾捏著那根削成片狀的木籤點頭：「嗯，很解暑。」

林非鹿驕傲極了：「那我明天再送來給你。」她的小身子微微往後靠，抵著臺階，雙腿也朝前舒展開，語氣裡充滿愜意：「沒有冰棒的夏天是不完整的。」

宋驚瀾偏頭看了她一眼，眼眸盈滿盛夏日光，「那公主明天是走正門還是翻牆？」

林非鹿頓時不愜意了。

丟人的事就讓它過去不好嗎？

她目光直視前方，用一種冷酷的語氣挽尊嚴：「並非我學藝不精，是殿下這裡的牆太滑了。」

宋驚瀾若有所思地點點頭，「那改天讓天冬把牆上的青苔清理一下。」

語氣那麼認真，也不知道是在開玩笑還是說真的。

林非鹿有些鬱悶地看了他一會兒，突然問：「殿下，你這麼厲害，武功是跟誰學的啊？」

宋驚瀾眸色不變，唇角挽著細小的弧度：「一位世叔。」

但他入宮這麼多年，不是連皇宮都沒出去過嗎？林非鹿覺得奇怪：「那他在哪呢？」

宋驚瀾閉上眼，頭微微後仰，陽光落在他的下頜上，含笑的嗓音輕又低：「在妳看不見的地方。」

又跟她打啞謎，小漂亮身上的祕密真多。

不過身在敵國，有祕密也正常，警惕一點才能活得長久，要是完全對她不設防，那也說不過去。

林非鹿不是個會追根究柢的人，沒抓著這個問題不放，又興致勃勃說：「殿下這麼厲害，那那位世叔應該也很厲害吧？能不能教教我，有什麼辦法可以更快更輕鬆地飛高高嗎？我練了好久了哦。」

結果連個院牆都上不去！生氣！

宋驚瀾啞然失笑，偏過頭來看她：「練武沒有捷徑可以走，冬練三九夏練三伏，都是一步步走過來的。」看她逐漸幽怨的小眼神，抿了下唇，改口道：「公主若實在想飛……」

林非鹿雙眼發光期待地瞅著他。

宋驚瀾：「我可以帶飛。」

帶飛個屁啦！這個詞不是這麼用的好嗎！

宋驚瀾看著她崩潰又拒絕的表情終於忍不住笑起來，抬手摸摸她的小揪揪順毛：「好了，奚貴妃乃是女中豪傑，公主跟著她好好學，等練好基本功，我再教妳世叔的獨門技巧，可好？」

林非鹿勉勉強強哼了一聲。

不遠處的院門被敲響，傳來天冬的聲音：「殿下，我回來了。」

宋驚瀾收回手，起身去開門。老舊的木門一打開，就看見天冬抱了個冰盒在外面，奇怪道：「這是什麼東西？怎麼放在我們門口？」

宋驚瀾看了一眼就知道是小姑娘帶來的，伸手接過來，又問他：「這一趟可順利？」

天冬果然撇嘴：「我好說歹說，他們才取了幾塊殘墨給我。」

他從袖口拿出一塊帕子，裡面包著碎碎渣渣的墨。宋驚瀾看了兩眼，並不在意：「能用就行。」

林非鹿也湊了過來，天冬這才看見她，高興道：「五公主過來啦。」

林非鹿笑咪咪點頭，又指著問：「那是什麼？」

天冬看了宋驚瀾一眼，無視他阻止的眼神，飛快道：「殿下許久不去太學上課，屋裡的墨用完了，找內務府取了好幾次他們都不給，今天才好不容易拿了這些碎墨給我。」

學霸沒有墨，就等於士兵沒有槍啊！

林非鹿頓時同仇敵愾：「他們怎麼可以這樣！」

內務府一向剋扣翠竹居的東西，最近林宋兩國形勢緊張，就更變本加厲了。平日剋扣吃穿用度也就算了，現在連區區寫字的墨都不給，實在是過分。

她的小漂亮過的都是什麼水深火熱的日子啊！

宋驚瀾看她氣呼呼的樣子，笑著安慰：「無礙的，這些也夠用。」

都這麼慘了，還笑得這麼好看，唉……

林非鹿抿下了唇，想到什麼，眼睛亮了一下：「以後不要找他們要了，找我四哥要！」

宋驚瀾無奈道：「那怎麼行。」

「那怎麼不行？」林非鹿說：「他肯定還感謝你呢。」

宋驚瀾：「……」

她笑咪咪把冰盒從他手上拿過來，雙手抱在胸前，搖頭晃腦跟他告別：「我回去啦，下午還要去奚貴妃娘娘那裡踩樁子呢，明日再來找殿下吃冰棒。」

宋驚瀾笑著說好。

等林非鹿離開，天冬才好奇地問：「殿下，什麼是冰棒？」

宋驚瀾淡淡掃了他一眼：「你最近話很多。」

天冬抿住嘴閉嘴了。

傍晚時分，翠竹居的門再次被敲響，天冬去開了門，驚訝地發現門外站的竟然是四皇子身邊的太監康安。

康安把手裡的東西一股腦塞給他，做賊似的：「這是四殿下讓我送來的，還讓我替他跟你們殿下說聲謝謝！」

說完就跑了。

天冬：「……」

這個場景好熟悉哦，好像曾經得了五公主吩咐剛剛往翠竹居送東西的青煙啊。

天冬打開包裹看了看，裡面裝的全是筆墨紙硯。

林非鹿回到明玥宮，遠遠就聽見小孩子哭鬧的聲音。這附近能哭成這樣的，通常只有林瞻遠了。

但那聲音又不像，軟軟奶奶的，還有點口齒不清，走得近了，才聽到那聲音一邊哭一邊喊「姐姐」。

林非鹿小跑過去，就看見上次見過的宮女夏晴抱著一個小奶娃正從明玥宮裡走出來，身邊還跟著兩名小宮女，邊走邊哄道：「公主乖，五公主現在不在宮中，我們下次再來找她好不好？」

小奶娃邊哭邊嚎：「不好！要姐姐！要跟姐姐躲貓貓！」

林非鹿笑著喊她：「蔚蔚。」

哭聲一下子停了，小奶娃淚眼朦朧地看過來，看到林非鹿後，開心地吹出一個鼻涕泡，「是姐姐！」

她的身子使勁往外探，夏晴趕緊將她放下來，朝林非鹿行了個禮，林蔚跌跌撞撞地跑過去一把抱住她，鼻涕眼淚糊了她一身，「姐姐，蔚蔚來找妳躲貓貓啦！」

夏晴在一旁拘謹道：「五公主，我們公主這幾日一直吵著要來找妳，奴婢便帶她來了。」

林非鹿點點頭，掏出懷裡的手絹幫小奶娃擦擦臉，又擦擦自己胸口的鼻涕，然後牽起她的手走進明玥宮。

蕭嵐不知道女兒是什麼時候認識了六公主，剛才看著小奶娃大哭大鬧找姐姐還有些不知所措，現在見女兒又把人牽回來，也沒問什麼，只吩咐青煙去煮牛奶。

林非鹿種的那片花田已經很茂盛了，內務府知道她喜歡花花草草，有什麼新的花類都最先送過來。

現在花田裡有玫瑰、薔薇、茉莉，還有蝴蝶蘭，姹紫嫣紅十分好看。花田的籬笆旁就是小動物們的窩，有宮人每天打掃，不臭也不髒，反而因為靠著花田，有股淡淡的花香。

夏晴第一次來明玥宮，帶著兩個小宮女站在廊下，覺得這地方雖然不比自家娘娘的宮殿華麗，卻有一種十分悠遠的自然意境。

林非鹿牽著小奶娃走過去，敲了敲小木屋的頂：「長耳，出來接客。」

在睡午覺的小白狗聽見主人的聲音，開心地搖著尾巴跑出來，一出來就往她懷裡拱。

林蔚瞪大眼睛，口齒不清地說：「狗狗！」

她有點怕，又有點喜歡，林非鹿就捉著她的手放在長耳頭上摸了一把。長耳剛洗過澡，毛毛乾淨又蓬鬆，手感很好。林蔚看了笑咪咪的姐姐一眼，大著膽子又自己摸了一下長耳的頭。

長耳被林非鹿養得很乖，從來不咬人不亂叫，被軟軟的小手摸了，調轉方向，吐著舌頭往小奶娃懷裡鑽。

林蔚被舔得咯咯直笑。

林非鹿把短耳和兔兔也抱出來陪她玩了一會兒，小奶娃被哄得服服貼貼，甚至忘記了要跟姐姐玩躲貓貓遊戲。

沒多久午覺睡醒的林瞻遠也出來了，乍然看到院子裡多了個小奶娃，愣愣地看了她好一會兒。

林非鹿友好地介紹兩個人認識。

林蔚還喊不清「哥哥」，喊出來像「哆哆」，林瞻遠對於自己又多了一個小妹妹還是很開心的。

他的智商停留在三歲，跟林蔚差不多大，所以腦電波也處在同一個頻道，兩個人對話起來毫無障礙，甚至比跟林非鹿交流時還要流暢。

畢竟林非鹿作為一個成年人，有時候還真的 get 不到林瞻遠的點……

這一點林蔚明顯比她強。

跟林瞻遠玩得可開心了。

宮裡的小孩子很少，最小的是去年她剛穿過來時麗美人生的那個七皇子，現在還不到一歲，話都不會說。

其次就是林蔚了，其他哥哥姐姐們太大，林蔚沒什麼同齡的玩伴，連躲個貓貓都是跟大她十幾歲的宮女，現在遇到林瞻遠，才收穫了真正的童趣。

一直到太陽快下山，候在一旁的夏晴走過來說：「五公主，奴婢得帶公主回去了。」

小奶娃一聽這話，一把抱住林非鹿的腿：「我不回去我不回去我不回去！姐姐別趕蔚蔚走嗷！」

六公主耍起脾氣來，蘇嬪都拿她都沒辦法的，夏晴頓時朝五公主投去求救的眼神。

雖然五公主今年才六歲，只是個稍微大一點點的小奶娃……

但不管怎麼看都比自己公主可靠多了！

林非鹿接收到夏晴的求救信號，摸摸林蔚的腦袋：「蔚蔚，妳知道守門神的故事嗎？」

小奶娃茫然地搖頭：「蔚蔚不知道嗷。」

林非鹿：「每座宮殿都有一位守門神，只保護住在這座宮殿的人。每到了晚上，吃小孩的妖怪就會偷偷跑出來抓小孩，但是因為有守門神的存在，妖怪就進不來呢！」

小奶娃被「吃小孩的妖怪」六個字嚇得臉都白了。

林非鹿遺憾地說：「姐姐這裡的守門神只保護姐姐，保護不了蔚蔚呢。只有蔚蔚住的臨鏡宮裡的守門神才可以保護蔚蔚不被妖怪抓走哦。」

小奶娃眼睛一眨，眼淚就要出來了，飛快轉身撲向夏晴：「抱！」

夏晴：「……」

林非鹿笑咪咪看著小奶娃乖乖被抱走，送到門口還朝她揮手：「吃人的妖怪白天不敢出來，所以蔚蔚以後白天可以來找姐姐玩哦。」

小奶娃委屈兮兮。

一路被抱回臨鏡宮時，蘇嬪剛從阮貴妃那回來，還坐在裡間的軟榻上喝茶，聽見女兒奶聲奶氣地在外面喊：「守門神？蔚蔚的守門神，你在哪裡呀？出來跟蔚蔚玩呀。」

蘇嬪又是好笑又是無奈，放下茶杯走出去，就看見女兒賊頭賊腦地在殿中跑圈圈到處尋找著。

她問一旁的夏晴：「她又聽了什麼東西？方才去哪裡了？」

夏晴道：「方才公主睡醒，吵著要去明玥宮找五公主，娘娘不在宮中，公主哭得厲害，奴婢只好帶她去了。」

上次遇到五公主的事夏晴已經回稟過她，蘇嬪跟蕭嵐素來無交集，倒也沒放在心上。

林蔚隔兩天便說要去明玥宮看貓貓兔兔，蘇嬪哄上兩句，小孩子忘性大，很快就被轉移注意力，只是今天她去阮貴妃那裡請安，又說會兒話，回來遲了，宮女才被林蔚鬧住了。

夏晴便將下午林蔚在明玥宮的事情說了一遍，包括最後林非鹿講的那個故事。

蘇嬪聽完，覺得挺有趣的：「蔚兒平日鬧起來本宮都哄不住，五公主倒是聰明，用一個故事便把人哄走了，果然與傳言一樣聰明伶俐。」

蘇嬪是阮貴妃一位姑母的嫡女，兩姐妹雖然關係一般，但阮母跟自己妹妹關係好，便時常在書信中交代女兒在宮中要照顧好這位表妹。

後宮人心莫測，有知根知底的姐妹在身邊也算互相有個照應。

蘇嬪入宮的時候阮貴妃已經位列貴妃之位，在她的照應下，蘇嬪連宮鬥都沒怎麼參與過，十分順遂地晉到了嬪位，又平安生下一個女兒。

阮貴妃的性子說好聽了叫直爽，直白點就是囂張，不過她的確有囂張的底氣，家世好樣貌好，父親官至丞相，可謂一人之下萬人之上了。

宮裡的人都知道貴妃娘娘脾氣不好，很難伺候，但勝在沒什麼心機，心直口快有一說一，有時候還透出一點冒失。

林帝被先皇那一屆的宮鬥折騰怕了，既偏愛溫柔良善的女子，也喜歡阮貴妃這樣一眼就能看透的性子。

所以很縱容她的囂張。

蘇嬪跟阮貴妃不一樣，雖然同樣是明豔張揚的相貌，性格卻有些淡，又十分從容，來什麼就接什麼，好的壞的全盤納下。

她沒什麼喜歡的，也沒什麼討厭的，直到生下這個女兒後，才多了些人情味在身上。

林蔚跑了幾圈，也沒找到自己的守門神，回頭看見母妃笑吟吟站在門口看著她，頓時朝她跑過來。

蘇嬪將女兒抱起來，替她擦擦額頭的汗，聽見女兒焦急急地問：「母妃，妳看見蔚蔚的守門神了嗎？蔚蔚找不到他，他會不會走了啊？」

蘇嬪指著門前的空地，挑眉驚訝道：「怎麼會呢，守門神不就在站這嗎？」

小奶娃驚訝地瞅了半天，什麼也沒看到，最後委屈兮兮轉過頭來：「可是蔚蔚看不見呀。」

蘇嬪親親她胖嘟嘟的臉：「只有大孩子才能看見守門神，蔚蔚太小了，所以要多吃一點飯，快快長大。」

於是用晚膳時，吃飯困難戶林蔚終於沒有被追著餵飯，而是乖乖捧著碗吃完了自己的飯。

蘇嬪很滿意，吩咐夏晴：「五公主幫了本宮大忙，從裡庫挑幾件東西送過去致謝吧。」

第二天一早起來收到蘇嬪禮物的林非鹿表示了自己的疑惑。

我恐嚇她女兒，她為什麼還要送東西謝我？

林帝的後宮美人實在是多，來了這麼久林非鹿也沒把人認完。用早膳的時候跟蕭嵐問起蘇嬪這個人，蕭嵐也是一問三不知，只告訴她蘇嬪是阮貴妃的表妹，兩人在宮中常有往來。

說到阮貴妃，林非鹿就熟了。

不就是那位逼著林廷殺寵物致力於把自己兒子培養成變態的娘嗎？

林非鹿雖然還沒跟阮貴妃接觸過，但她眼中的阮貴妃跟宮人眼中囂張又冒失的貴妃娘娘完全不同。

囂張可能是真的囂張，心直口快沒有心機那是萬萬不可能的。

從她對林廷的所作所為所言來看，爭權的心思其實很明顯。能逼著自己的兒子親手殺死寵物，用一句心狠手辣來形容也不為過。

有著這樣心思的阮貴妃，怎麼可能是一個衝動冒失的女人？

這世上最痛苦的事情不是「我做不到」，而是我有可能做到，卻總差那麼一點點。

就像阮貴妃之於后位，林廷之於太子。

無論是阮家的勢力，還是阮相在大林的聲名地位，其實都不比皇后差，甚至略勝一籌。

所以阮貴妃不甘心也能理解。

可林帝和皇后卻從來沒有對阮貴妃有所防範，當然這跟林廷性格溫馴有關，也是因為阮貴妃這些年表現出的假像迷惑了眾人。

當所有人都覺得這是一個恃寵而驕囂張衝動的人時，她背地裡的一些動作就很難被注意到，就算發生了什麼見不得光的事，也沒人會懷疑到她身上。

大家都說阮貴妃脾氣大不好伺候，喜惡都寫在臉上，有什麼仇什麼怨從來不會掩飾，直接當眾辦了你。

令人敬畏，卻並不令人防備。

林非鹿要不是跟林廷有過那幾次實質性的接觸，恐怕也會被這假像迷惑，以為這又是個「華妃娘娘」似的人物了。

阮貴妃既然如此，那跟她關係親近的蘇嬪，恐怕也不是什麼簡單人物。

林非鹿一時半會兒拿不准蘇嬪對明玥宮的態度，便只交代蕭嵐要多小心，注意安全，別等她去上個學回來，又發生上次花園遇蜂那種事。

昨天被妖怪嚇到的小奶娃今早起來又恢復了元氣，眼睛一睜就開始吵著要去找姐姐摸狗狗。

蘇嬪哄了半天，心道她倒要去看看明玥宮到底有些什麼有趣的東西，把女兒牢牢吸引住了。哄林蔚吃完早膳，便帶著她去了明玥宮。

蕭嵐因為林非鹿的交代，本來打算今日閉門不出的，還吩咐了青煙如有邀約就以她身體不適推掉，孰料從無交集的蘇嬪竟然直接上門了。

本以為來者不善，但蘇嬪好像真的只是帶女兒來玩一樣，與她交談幾句，得知林非鹿去了太學不在殿內，便哄林蔚道：「姐姐此刻不在，我們下午再來可好？」

來都來了，小奶娃當然不幹了，從她懷裡掙扎下來，跌跌撞撞跑到花田旁邊的小木屋，學著昨天林非鹿的樣子使勁拍了拍，含糊不清地喊：「長耳！狗狗！」

小白狗果然歡快地從小木屋裡跑了出來，聞到小奶娃身上熟悉的奶香味，搖著尾巴往她身上撲。

林蔚樂得咯咯直笑，轉瞬就把母妃忘了。

蘇嬪打量片刻，淡笑著對一旁的蕭嵐道：「這片花田打理得很好。」

蕭嵐也笑了笑：「是鹿兒弄的，她一向喜歡這些花草。」

蘇嬪的目光卻落在小木屋旁邊的兔子窩上。她跟阮貴妃常有往來，當然認得這隻林廷從小養到大的兔子，也知道表姐為了鍛煉大皇子，逼他親手殺掉這隻兔子。

沒想到不僅沒死，居然被這位五公主偷偷養在這裡。

再看看陪女兒玩耍的那隻小白狗，她似乎記得，之前阮家是送過一隻狗進宮來，不是聽說是在去獸園的路上放跑了嗎？

真是有趣。

蕭嵐見蘇嬪不說話，只是目含探究地打量著，她不知道林非鹿跟林廷之間的祕密，只感覺心裡有些不安。蘇嬪卻很快收回了目光，淡笑著贊了句：「早聽聞五公主冰雪聰明，果然心靈手巧。」

蕭嵐垂眸笑了笑。

蘇嬪等林蔚玩了一會兒，便去抱她離開，小奶娃正跟小狗小貓玩得起勁，哪裡肯走，頓時哭鬧起來。

蘇嬪也是頭疼不已，溫聲哄道：「姐姐不在，蔚蔚一個人不好玩，等姐姐回來母妃再帶你來好不好？」

小奶娃之所以叫小奶娃，是因為她不講道理。

她邊哭邊嚎，不知看到什麼，指著門口：「哥哥在！蔚蔚跟哥哥玩！」

蘇嬪回頭一看，便看見不遠處的屋內有個小男孩躲在門後探頭探腦。

每次有陌生人來林瞻遠都會躲起來，就算剛剛看到小妹妹心裡開心，卻也不敢過來跟她玩。

蕭嵐喊他：「遠兒，過來拜見蘇嬪娘娘。」

林瞻遠這才期期艾艾地走過來，他現在跟著林非鹿學禮節已經像模像樣了，規規矩矩朝蘇嬪行了一禮，林蔚撲過來抱住他的腿，仰著髒兮兮的小臉可憐兮兮地喊：「哥哥！」

小妹妹臉上全是眼淚和鼻涕，林瞻遠低頭看了她兩眼，然後認真地扯著自己的袖口，一點一點幫她把小臉擦乾淨了。

末了還摸摸她的腦袋，認真地說：「妹妹乖哦，不可以哭，乖孩子不哭的。」

林蔚果然不哭了，拉著他的手跑到花田旁，蹲下來後指著兔子窩奶聲奶氣道：「哥哥，你昨天教蔚蔚的兒歌蔚蔚會唱了哦！」

她說完就自己一邊拍手一邊唱：「小兔子乖乖，把門開開，快點開開，我要進來！」然後猛地搖了兩下頭，凶凶又堅定地說：「不開不開就不開！娘親沒回來！門兒不能開！」

蘇嬪：「噗……」

自己也太會生了吧，生了個這麼可愛的女兒出來。

這當然也是林非鹿每次哄林瞻遠時唱的兒歌，昨天他教妹妹唱，小奶娃回去之後晚上睡覺時偷偷在被窩練習了好久呢。

蕭嵐自從蘇嬪到來心神就一直繃著，有些緊張不安，現在看見這一幕，又聽她笑了，緊繃的精神鬆了下來，忍不住笑起來。

蘇嬪笑完才道：「我拿這孩子沒辦法，她既然想在這裡玩，就勞煩妹妹幫我多加照看了。」

蕭嵐自然應是。

蘇嬪入宮的時候，蕭嵐已經失寵了，這還是兩人第一次見面。兩人交集不深，蘇嬪自然不好一直待在這裡，又囑咐夏晴幾句，便離開了明玥宮。

走出去的時候，貼身婢女有些不放心地問：「娘娘，就這麼把公主留在這裡嗎？會不會……」

蘇嬪聽著裡頭傳來的笑語聲，聲音不自覺柔和下來：「蔚兒難得有玩伴，六皇子純善，嵐昭儀溫婉，無礙。」

婢女點點頭，又道：「娘娘，阮貴妃娘娘昨日說讓妳今兒上午去幫她選選緞子花樣呢，可別忘了。」

蘇嬪淡聲道：「那走吧。」

上午的陽光還不算毒，蘇嬪不緊不慢來到雲曦宮時，織錦坊已經把新花色的錦緞送來了，阮貴妃正在屋內挑選，聽宮人通報蘇嬪來了，聲音遠遠就從屋內傳出來：「快進來幫本宮拿拿主意，本宮可算挑花眼了。」

蘇嬪走進屋，便見各色花樣的錦緞擺滿了整間屋子，宮裡有了什麼好東西，一向都是先送到這裡來的。

兩人一邊挑一邊閒聊，阮貴妃突然指著她腰間問：「妳身上是哪裡沾來的東西？」

蘇嬪低頭一看，原來衣裙上沾了一些白色的狗毛。

想來是方才臨走前她去跟女兒說話時沾上的，阮貴妃還沒看出來那是什麼，蘇嬪便用手絹一把拈下來了。

她淡聲說：「或許是來的路上沾了些飛絮。」

阮貴妃不疑有他，高高興興挑起了錦緞。

蘇嬪走後，蕭嵐便讓宮人去準備牛奶和點心，以免六公主鬧餓。她是養過女兒的，照顧起小奶娃自然沒問題。

林瞻遠吃完點心，看看頭頂的太陽，拍著手開心地說：「該去看奶奶了！」

太后還未離宮，林瞻遠每隔兩天就要去請安。他平時不大出門，唯一能去的地方就是頤清宮，每次去了都能吃到很多好吃的，是以很喜歡去找奶奶玩。

只是今天身邊多了個小妹妹，林瞻遠有些糾結了，既不想拋下妹妹，又想去看奶奶，最後拉著她的小手認真地問：「妹妹要跟我一起去看奶奶嗎？」

姐姐不在，當然是哥哥走哪她跟哪，小奶娃毫不遲疑地點頭。

結果一到頤清宮，看見坐在院中藤椅的老婦人，小奶娃哇的一聲哭了。

太后嚇哭孫孫的事蹟可不是傳說，林蔚當年還在繈褓中時就被太后嚇哭過。

她本來就愛哭，現在見到太后那張顴骨高聳刻板嚴肅的臉，又想起昨天姐姐講的那個吃小孩的妖怪的故事，簡直快哭暈過去了。

太后迎接乖孫孫的好心情完全被這個愛哭包破壞了！板著臉不說話。

林瞻遠頓時手忙腳亂，一邊幫她擦眼淚一邊學著林非鹿每次哄自己的樣子摸她的腦袋，「不哭不哭！妹妹是天底下最乖最乖的小朋友！」

小奶娃哭著指向藤椅上的太后：「蔚蔚怕……」

林瞻遠完全 get 不到她怕的點。

他疑惑地撓撓小腦袋，看看妹妹，又轉頭看看奶奶，最後想到什麼，驕傲地拍拍胸：

「不怕不怕嗷，看我！」

他噠噠噠跑過去，跑到太后身邊，踮起腳，吧唧在她臉上親了一口。

太后被乖孫孫這個軟糯糯的親親弄傻了。

古時再親暱，哪有親親這種行為。都是平日耳濡目染，被林非鹿的行為影響了。

林瞻遠親完了，轉頭認真地對小奶娃說：「奶奶不凶的！妳也親親看！」

那語氣好像在說，這個很好吃的，妳也嚐嚐看呀！

林蔚呆呆地看著他，又看看太后。

她這個年齡，正是什麼都想模仿的時候。

聽到哥哥這麼說，瞪著大眼睛一步一步挪過去，在哥哥鼓勵的眼神中，努力朝著太后的臉湊過去。

然後太后就被糊了一臉鼻涕。

夏晴帶著林蔚回到臨鏡宮時，懷裡抱了好幾個盒子。

蘇嬪從阮貴妃那裡回來，正倚在軟榻上看書，挑眼看了一眼，淡聲問：「拿的是什麼？」

夏晴說：「是太后賞給公主的。」

蘇嬪一時之間以為自己聽錯了，身子不由得坐直：「誰？」

夏晴說：「太后娘娘。」

她把盒子放過來，裡面有金鎖、玉如意，還有一塊成色極好的血玉佩。

蘇嬪的表情一言難盡。

太后並不喜歡她和林蔚，因為當年林蔚滿月時，對誰都傻笑的小奶娃，唯獨在看見太后時哇哇大哭，怎麼哄都哄不好。

那之後，太后就再也沒召見過她和女兒，之後又去了五臺山修行。這一次回來，蘇嬪本來帶著林蔚去請過安，但是太后沒見，讓人傳話說身體不適不想聽見小孩哭聲拒絕了。

看來還是對當年的事有所介懷。

蘇嬪本來想著，等女兒再長大一點，懂事會聽話的時候，再領著她去賠罪。沒想到只是這麼一刻的功夫，太后對她的態度就來了個大轉彎？

夏晴當時候在外面，並不知道裡面發生了什麼，只說：「六皇子殿下去跟太后娘娘請安，便帶著公主一起去了。」

蘇嬪把滿地亂竄的女兒抱到懷裡來，哄著問她：「蔚兒剛剛見到皇祖母了嗎？」

小奶娃高興地點頭：「蔚蔚見到啦！皇祖母送了好多東西給蔚蔚嗷！」

蘇嬪又問：「蔚蔚不怕皇祖母了嗎？」

「不怕！」林蔚小短手翻著盒子裡的禮物：「哥哥說，皇祖母不凶的！蔚蔚也試過了，果然不凶的。」

蘇嬪哭笑不得，問了半天也沒問清楚頤清宮中到底發生了什麼，不過陰差陽錯獲得了太后的諒解與喜愛，也算了了她一樁心事。

於是明玥宮又收到了蘇嬪送來的禮物。

放學回來的林非鹿看著屋子裡那幾樣價值不凡的玉件：蘇嬪是不是暗戀我們宮裡的誰？

蕭嵐憂心忡忡跟她說起早上蘇嬪來過的事：「不知為何，她似乎很注意長耳和那兔子，我心中有些不安。」

林非鹿想起蘇嬪跟阮貴妃的關係，覺得自己可能要完。

阮貴妃不會帶著人來把兔子和小狗亂棍打死吧？

然後再賜她一個「包庇寵物」的罪？

結果等了好幾天，也沒等到阮貴妃的影子。

她不知道蘇嬪是沒認出來還是刻意幫她隱瞞了，但聽蕭嵐的形容，蘇嬪當時很明顯是認出來了啊。

可她們之間別說交情，連交集都沒有，蘇嬪身為阮貴妃陣營的人，沒道理幫自己隱瞞啊？

林非鹿：她果然暗戀我們宮裡的誰！

林非鹿沒等來阮貴妃，倒是等來了林帝賜她們隨行行宮避暑的旨意。

最近正值盛夏，天氣越來越毒，冬天避寒夏天避暑是皇家的習慣。避暑的行宮修在太行山上，叫做攬星宮，比起溫泉行宮要近一些，修得更高更大更豪華。

而且攬星宮位處深山，野獸種類豐富，整座山頭都被皇宮圈出來作為了獵場，林帝每年都會在此進行夏狩。

蕭嵐入宮後只有第一年去過攬星宮，當時她聖寵在身，低階位分的妃嬪裡，只有她一人得了隨行的恩賜。

所以當初招人嫉恨也不意外。

這一次的隨行名單上，不僅有蕭嵐和林非鹿的名字，居然還有林瞻遠的。

林瞻遠長這麼大，去過最遠的地方就是頤清宮，聽說可以出宮上山玩，可以見到許多大樹動物，簡直興奮到睡不著覺，從收到旨意的那天開始就掰著指頭倒數計時了。

太后沒回五臺山，這一次避暑自然也是同行的，出發前一天派人來明玥宮傳話，路途遙遠，馬車不便，蕭嵐既要照顧五公主，便讓林瞻遠隨行太后的鑾駕。

這是林非鹿來到這裡後第二次出宮，地位身分已經大不相同，連馬車都比之前的豪華舒適了不少。皇宮外還是被清了場，整條街空無一人，她撩著窗簾看了半天，暗自琢磨等時機到了得找個機會出宮玩玩。

經過兩天的顛簸，車隊終於到達攬星宮。

一進山，氣溫瞬間降了下來，一路上的悶熱消失殆盡，取而代之是山中帶著樹木清香的涼風，隨著車隊行進，驚起林中的鳥雀，林非鹿還在馬車上的時候就看見林中奔逃的兔子。

幾位皇子騎著馬走在前面，林濟文當即拔出弓箭要射獵，只是被林廷止住了。

他溫聲勸道：「夏狩還未開始，二弟暫且饒牠一命吧。」

林廷一向心腸軟，但夏狩是大林的傳統，他也只能在能力範圍內稍加勸阻了。

林濟文怪不情願地把弓箭收了起來。

自從他在擂臺上故意打傷了宋驚瀾，林非鹿對他一直沒什麼好印象。

對誰都甜甜一笑的小鹿妹妹難得表現出不喜歡一個人，林景淵非常開心，很是跟小鹿妹妹同仇敵愾，時不時就要見縫插針地諷刺兩句，此時見狀便道：「喲，看來二哥最近箭術大有精進嘛，這麼迫不及待地想展示給大家看。」

林濟文轉頭瞪了他一眼，又不知怎麼反駁，惡聲道：「總比你平日偷奸耍懶強！」

林景淵只是頑劣貪玩，心思沒用在正道上，並不是真的蠢，他其實很有些自己的小聰明的，當即便反唇相譏：「誰偷奸耍懶了？我會背《論語》，二哥會嗎？我還會背《尚書》，二哥會嗎？我前日寫的《清平論》還被太傅誇了，二哥被誇過嗎？」

林濟文差點氣得吐血：「你……！」

林傾不得不出聲阻止：「好了！父皇還在前面，當眾吵鬧成何體統！一會兒到了行宮，各自抄十遍《兄論》！抄不完不准參加夏狩！」

林濟文：「……」

林景淵：「……」

為了小鹿妹妹，我真的付出太多了！

他委屈兮兮轉頭看向林非鹿的馬車。

從車窗探出半個身子看戲看得正起勁的林非鹿默默坐了回去。

宮人幫蕭嵐安排的小殿裡有一片池塘，水面開滿了白粉色的荷花，這座小殿的名字很有意境，叫做荷色。

到達行宮，照常是各自休整，夏狩定在三日之後。

此次行宮避暑，兩位貴妃和兩妃都有隨行，除去林非鹿認識的蘇嬪之外，另還有三位妃嬪，其中一位謝婕妤已懷胎五月，因為天氣炎熱沒有食欲，聽從太醫的建議後，林帝把人捎上了，帶她來行宮安心養胎。

一年四季寂靜的深山突然熱鬧起來。

林瞻遠就像第一次出籠的鳥兒，對外面這個自由又廣闊的世界嚮往又膽怯。他腦袋太小了，表達不出自己的想法，只是拉著林非鹿一遍遍地說：「喜歡這裡！喜歡這裡！」

林非鹿看著他激動又急切的表情，第一次為這個傻哥哥的將來思考起來。

他總會長大的，不可能一直待在母親身邊。皇子成年之後就會搬出皇宮，在宮外分封建府。到時候就算林帝恩賜他立府，他又該怎麼一個人獨自生活呢？

林念知今年才十二歲，前不久林非鹿跟林瞻遠在太后宮裡玩的時候，已經聽見太后在跟柳枝討論適合她的夫婿人選，古代女子到了十五歲便要許配人家，不僅林瞻遠前途堪憂，自己的未來也很堪憂啊。

她到時候要怎麼做才能避免早婚呢？

林非鹿突然覺得，不管她現在混得有多厲害，除非她當了女皇，否則她的人生始終無法自己做主。

難道真的要朝著女皇的目標奮鬥嗎？

這個難度有點大啊……

林非鹿正胡思亂想，林瞻遠突然扯著她的手著急說：「鳥鳥！鳥鳥掉了！」

他們用過晚膳便出來散步，正走到一條幽道間，道路兩旁的大樹有些年頭，樹幹筆直又高大，樹冠如一把大傘遮住頭頂的天，此時前方不遠的樹腳下，有兩隻小鳥正在趴在地上嘰嘰喳喳地叫。

林非鹿抬頭看了看，樹上正有一個鳥窩，微微傾斜，這兩隻小鳥大概就是從鳥窩裡摔下來的。

牠們還不是很會飛，好在沒有摔傷，撲稜著翅膀一蹦一跳。林瞻遠蹲在跟前伸出一根小手指，想摸又不敢摸，轉頭跟妹妹說：「要幫幫小鳥！」

這樹修長筆直，樹幹上一根分叉都沒有，十公尺之上才有樹杈，林非鹿計算了一下距離，覺得有點難度。

林瞻遠扯著她衣角說：「妹妹飛！」

他見過林非鹿在明玥宮練習輕功，在牆上飛上飛下。面對哥哥信任的眼神，林非鹿又膨脹了，她覺得她現在上牆都沒問題了，上樹應該問題也不大！

於是一番調整後，她抓住兩隻小鳥，提氣飛躍上樹。

林瞻遠還興奮地在下面鼓掌。

林非鹿這一次不負眾望，終於穩穩飛上了樹，把兩隻小鳥放回了鳥窩，還體貼地把鳥窩扶正固定。

林瞻遠仰著小腦袋在下面歡呼：「妹妹最厲害！」

林非鹿得意洋洋，往下一看，頓時有點頭暈。

她第一次飛這麼高……

俗話說上山容易下山難，上樹同個道理。

她扶住樹幹站在枝幹上，看著遠處起伏的山巒和隱在樹林中的宮殿，雙腿發軟。

林瞻遠等了一會兒，喊她：「妹妹下來！」

啊啊啊她也想下去可是她不敢這太高了啊！難道要抱著樹幹像隻猴子似的爬下去嗎？

也太丟臉了吧……

林非鹿欲哭無淚，林瞻遠在下面急了：「妹妹下來！下來！快下來！」

他越催她越急，正僵持不下，突然看到轉角處有個人影悠哉哉地浪了過來。

他聽到聲音，先是看了在樹下急得跳腳的林瞻遠一眼，再抬頭一看，對上林非鹿的視線，頓時樂了：「小豆丁飛得還挺高。」又環胸抱臂往那一杵，挑著眉說：「下不來了吧？」

林非鹿顧不上平日跟他鬥嘴互嗆了，喊他：「奚行疆，幫幫我！」

奚行疆慢悠悠走到樹下，手指搭在眉骨往上看了看，嘖嘖兩聲，「挺高，真的挺高。」他勾著唇角，笑得蔫壞蔫壞的：「想要我幫妳啊？那妳求我啊。」

林非鹿：「……」

奚行疆對她挑眉：「先叫聲世子哥哥來聽聽。」

林非鹿：「呸！」

奚行疆也不惱，吊兒郎當的：「腿都軟了還呸呢？一會兒站不穩摔下來可別怪本世子見死不救啊。」

林非鹿氣死了：「誰要你幫！」

她捏了捏拳頭，深吸一口氣，心一提眼一閉，就從樹上跳了下來。

奚行疆吊兒郎當的神情頓時一驚，腳尖一點趕緊躍身而上去接她，結果小豆丁還挺有骨氣，一側身避開他，堪堪落在地上，落地時身子踉蹌了一下，但好歹是穩住了。

她在衣角揩揩手掌的冷汗，走過來拉著林瞻遠轉身就走。

奚行疆訕訕地撓了下腦袋：「輕功不錯嘛……」

林非鹿：「哼！」

第十九章　謀奪

看自己真的惹惱了小豆丁，奚行疆懊惱地拍一下自己的腦袋，拔腿追上去。

林非鹿雖然腿短，但腳步邁得快，拽著林瞻遠頭也不回地往前走，任憑奚行疆怎麼搭話都不理他。

奚行疆抓耳撓腮地道歉：「小鹿，別生氣啦，要不然妳再上一次樹，我這次肯定接住妳！」

林非鹿：？

滾開！臭直男！

他伸手想拉她，還沒碰到人，就被一旁的林瞻遠跳著腳拍開了：「不准碰妹妹！男孩子不能碰妹妹！」

奚行疆感覺自己被這對兄妹搞得脾氣都沒了，一路哄回荷色殿，也沒換回林非鹿一個正眼，便摸摸鼻頭沒趣地走了。

接下來三天，行宮開始為一年一度的夏狩做準備。

每年在夏狩上博得頭籌的人都會得林帝御賜的金弓，幾位皇子從小學習騎射，都會在夏狩上各自展露風采。

林非鹿從來沒參加過這種大型狩獵活動，畢竟在現代社會都是保護動物，看大家都忙忙碌碌期待不已的樣子，也不由得有些心動。

她開春之後一直在練習騎馬，雖然還達不到策馬賓士彎弓射雕的地步，但駕著馬兒慢悠悠跑幾圈還是沒問題的。跑去跟林帝撒了個嬌，就讓林帝點頭同意夏狩的時候把她帶上。

她只是想去見識見識，只要不單獨行動，周圍都有侍衛隨行，安全性還是很高的。

林瞻遠不知道什麼是夏狩，聽蕭嵐解釋了一番，以為是尋找小動物的行動，聽說妹妹要去參加，拉著她的手認認真真地交代：「我要一隻小灰兔！」

林非鹿：「好的！一定帶隻活的回來給你！」

等到了夏狩這天，林非鹿早早就起來了。

蕭嵐這幾天花時間改了套衣裙，形似騎裝，方便她騎馬玩耍。六歲大的小姑娘穿上青白色的騎裝，少了平日裡粉嘟嘟的乖巧樣，多出幾分清秀的俏麗。

到了集合的地方，林帝一見她便道：「朕的小五好像長高了一些，你們覺得呢？」

大家紛紛點頭。

林非鹿懷疑是她平時穿的裙子顯腿短。

宮人幫她準備的馬兒年齡還小，通體雪白，在一群高大駿馬中顯得十分小巧。林非鹿爬上馬背，摸摸小馬的頭，單方面跟牠建立一下友誼，就跟隨大部隊出發了。

奚行疆驅馬圍著她跑了好幾個圈，一會兒擠眼一會兒挑眉一會兒做鬼臉，林非鹿快被他煩死了。

他嬉皮笑臉的：「小豆丁妳喜歡什麼，我一會兒獵來送妳。」

林非鹿：「我喜歡老虎！吃人的那種！」

奚行疆略一思索：「我敢獵，妳敢要嗎？」

林非鹿：「……」

啊啊啊這個人是不是有病啊！

走在一旁的林濟文十分高傲地插話道：「我聽巡山的侍衛說，他們昨夜聽到了虎嘯之聲，看來這山中確有猛虎，到時候世子可千萬別跟我搶。」

奚行疆笑著做了一個「請」的姿勢。

隨著隊伍行進，他們逐漸深入山林，野獸的痕跡多了起來。林帝還發現一隻黑豹，頓時引得大部隊一陣追趕，只可惜黑豹速度快，一下就竄沒了影。

林非鹿慢悠悠騎馬閒逛還行，這麼跑起來頓時就有點跟不上，感覺自己的骨頭都快被顛散架了。這小白馬，性子還挺烈，半點都不甘落於馬身後，一路撒蹄子地跑，林非鹿勒都勒不住。

她後悔來湊熱鬧了。

在屋裡躺著吃冰西瓜不香嗎？

她左右看了一圈，跟離得最近的林廷說：「大皇兄，我想要一隻兔子。」又補了一句：「活的。」

林廷雖然不喜狩獵殺生，但騎術並沒有落下，很快就帶著人幫她捕了一隻兔子回來。

林非鹿讓人把兔子的腳腳綁起來，然後驅馬往前走去，準備跟林帝說她想回去了。這狩獵沒個幾小時是結束不了，她的屁股已經在強烈抗議了。

剛往前去了沒多遠，就看見之前一直跟在林帝身邊的林傾此時落在後面，慢騰騰走著。他一手勒著韁繩，一手捂著胃的位置，臉色看起來不太好。

林非鹿驅馬走到他旁邊，小聲問：「太子哥哥，你身體不舒服嗎？」

林傾轉頭看見是她，勉力笑了下：「無事。」

說話時，手掌微微揉了揉胃。

他今早起床後胃裡便有些不適，隱隱作痛。但一年一度的夏狩對他而言很重要，身為太子，自然樣樣都要出色，令父皇滿意，不然他也不會大冬天一個人在皇宮圍場練習。

怎可因為區區胃痛便放棄參加夏狩？

是以一路都忍著，但隨著馬背顛簸，胃裡的不適越來越嚴重，炎炎夏日之下，他被疼出一身冷汗，唇色都白了。

林非鹿見他那模樣，也知道情況不對，皺著小眉頭道：「太子哥哥，你要是不舒服就別參加狩獵了，一會兒跑起來會更難受的。」

狩獵才剛開始，大家都還沒收穫，林傾要不是實在難受，也不可能脫離前面的隊伍，落到後面來。

他還想說什麼，林非鹿又道：「身體最重要，如果因為區區一次夏狩留下病根，就得不償失了。夏狩每年都有，但身體只有一個呀。」

林傾實在是疼得厲害，以他這個狀態，就算留下來也獵不到什麼獵物。

又聽小五這番話，不由得點了點頭，蒼白著臉色道：「待我稟告父皇便回宮。」

林非鹿拍拍掛在馬背上的野兔：「我跟你一起回去！」

林帝正在前方拿著弓箭興致勃勃地尋找獵物，聽侍衛通報說太子身體不適提前告退，皺著眉回身過來。本來想訓他兩句掃興，但走近看到林傾確實臉色不太好的樣子，也就沒多說什麼。

兩人告退之後，便由一小隊人馬護送離開。

此時仍是清晨，太陽透過茂密的樹葉薄薄一層灑下來，給本就寂靜的山林增添了一分幽遠之意。

林傾身體不適，沒什麼力氣說話，林非鹿走在他旁邊，沒說話影響他，只不過時不時地轉頭打量，生怕他在馬背上疼暈過去。

一隊人的行進速度放得很慢，林傾接收到妹妹擔憂的目光，不由得笑道：「我沒事，已經比方才好多了。」

林非鹿看他的臉色好像好了一點，抿住唇點點頭，又問：「太子哥哥，你是吃壞了什麼東西嗎？還是一直都有胃疼的毛病啊？」

胃病可不是什麼小事，在這個時代五臟六腑要是出了問題，就只有等死了。

林傾回憶一下昨日的吃食，搖了搖頭：「吃食宮人都檢查過，沒有問題，可能是夜裡受了涼。」

林非鹿搭話道：「那一會兒讓太醫看看吧。」

兩人正說著話，寂靜的樹林突然湧出大群鳥雀，爭先恐後朝著天空飛去，四周一時樹影搖晃，簌簌作響。緊接著座下的馬兒也開始不安地嘶鳴起來，原地亂轉。

林傾神色一凝，看向四周。

旁邊的侍衛警惕道：「鳥獸不安，恐是四周有猛獸出沒。」

另一名侍衛道：「可此處已經位處山林邊緣，不該有猛獸啊。」

林非鹿的小白馬也不停地揚蹄子，她騎術不精，根本控制不住，只能死死勒住韁繩，顫巍巍跟林傾說：「太子哥哥，我們快……」

話還沒說完，山風之中突然傳來一聲震耳欲聾的虎嘯。

就在一呼一吸之間，一隻碩大兇猛的老虎從繁密的灌木叢之中撲了出來，在場的人根本沒反應過來，那老虎嚎叫著直直朝著馬背上的林傾撲了過去。

幾匹馬同時被驚，面對百獸之王的氣息，林傾坐下那匹黑馬一聲厲鳴，前蹄狠狠朝上一抬，瘋跑起來。

林傾本就胃疼無力，被馬兒這麼一甩，頓時從馬背上摔了下來，但也因為這樣，老虎這一撲並未撲中，黑馬已經撒蹄子狂奔逃離，老虎吼叫一聲，轉頭又朝地上的林傾撲了過去。

這一切發生的太突然，就在瞬息之間，老虎動作生猛迅速，出現得毫無預兆，眼見林傾就要命喪虎口，林非鹿拎起馬背上的那隻野兔朝老虎砸過去。

她離林傾最近，這一砸用了十成的力道，兔子將將砸在老虎面門之上。

兔子本就是活物，雖然雙腿被綁住，但影響不了牠蹦蹦跳跳的掙扎。老虎被落到眼前的活物吸引，大吼一聲，張開血盆大口就將牠吞下。

也就是這一停頓，給了林傾和侍衛反應的時間。

林傾就地一滾，逃離了老虎爪下，周圍的侍衛紛紛跳下馬衝了上來，開始與猛虎糾纏。

但人終究是人，跟吃人猛獸比起來根本就不是對手，何況對付老虎這種猛獸遠攻最佳，現在近戰攻擊根本沒有優勢。

很快就有一名侍衛被老虎一口咬住肩膀，頓時半條胳膊就沒了。

雖然侍衛拚了命的對付老虎，保護太子離開，但那老虎跟認準了林傾一樣，咆哮著朝他飛撲而來，一擊不中也不放棄。

血腥味和慘叫充斥了整片樹林。

馬兒全部受驚瘋跑逃離，林非鹿沒有第一時間跳下馬，扔完兔子還沒反應過來，就被撒蹄子狂奔的小白馬一路帶著跑離了現場。

林傾好不容易喘了口氣，就聽見小五崩潰的尖叫聲。他只來得及匆匆看上一眼，見小五被白馬帶離，心裡倒是鬆了一口氣。

侍衛留下一部分與老虎纏鬥，一部分掩護他離開，但此時沒有坐騎，單靠跑，很難逃過老虎的追擊。

林傾聽見身後一聲比一聲淒慘的慘叫，到最後，連慘叫聲都消失了，只剩下猛虎的咆哮。他聞到了身後濃烈惡臭的血腥味。

今日，恐怕要命喪此處了。

朝前看去，攬星宮的飛簷樓臺隱約可見，但身後窮追不捨的猛虎已經將留下來與牠纏鬥的侍衛全部咬死，林傾身邊的護衛用命拖住老虎的行動，為林傾爭取逃脫的時間。

奔跑至此，林中只剩林傾一人了。

他聽到身後近在咫尺的虎嘯，突地停下奔逃，拔出腰間短刀，猛地轉身朝老虎撲了過去。

反正逃不掉，不如跟牠拚了！

林傾此時已經感受不到胃痛和難受了，他目眥皆裂，想著就是死也要剜下一塊肉來。

就在他轉身的瞬間，不遠處突然傳來一聲厲喝：「太子躲開！」

林傾此刻神經崩到極致，反應力極其迅速，雖然腦子還沒反應過來，但身體已然做出動作，猛地朝旁邊就地一滾，與此同時，一把泛著寒光的利刃刺破空氣，從遠處飛射而來，直直插進老虎左眼。

老虎受傷吃痛，瘋狂咆哮，林傾抬頭一看，已近身前的奚貴妃從小白馬背上一躍而起，手持短刀，從半空中朝老虎俯衝而去。

一人一虎頓時纏鬥起來。

奚檀雖曾在戰場上傷了筋脈，但功夫底子在，又極擅輕功，身姿十分靈活，忽上忽下忽前忽後，老虎本就瞎了一隻眼，此時被她戲耍得團團轉，越來越狂暴。

奚檀畢竟有舊傷在身，手臂一使力便痛，被咆哮著的老虎一爪子揮在肩頭，瞬間撕下一塊皮肉，重重摔落在地。

老虎卻沒有趁機咬她，而是再次撲向林傾。

奚檀喉中湧出一口鮮血，咬牙拍地而起，猛地躍身撲上去，一把拽住老虎尾巴，朝林傾大喝：「跑！」

林傾血紅著一雙眼，知道自己一走，奚貴妃多半是要沒命了，她前來相救，自己卻棄她不顧，如此無情無義貪生怕死的行徑，理應為天下人所不齒。

思及此，林傾不僅沒跑，反而撿起自己那把短刀，朝老虎衝了過去。

奚檀差點被他氣死。

林傾是一國太子，關係到大林根本，他若出事，朝中必然會因儲君一事發生動盪，歷史上因為奪儲奪位內鬥導致國家分崩離析外敵趁虛而入的事還少了嗎？

她身為將門之後，哪怕是拚上性命，也絕不會容忍這樣的事發生。

她已無法在戰場上守護自己的國家，保護太子不出意外，是她現在唯一能做的事了。

奚檀雙目一凝，右手拽住虎尾在手掌纏了兩圈，然後猛地往後一扯，老虎吃痛狂躁，回頭想要撕咬，奚檀往後一仰，後背貼在地面，整個身子幾乎對折起來，往老虎身下滑去，手肘上抬握刀往前一劃，利刃開膛破肚，鮮血噴湧而出，盡數澆在她蒼白的臉上。

老虎震耳欲聾的咆哮低了下去，碩大的身子重重一倒，抽搐了兩下，漸漸沒了生息。

林中一時寂靜無聲。

奚檀抬手抹了把臉上的血，緩緩從地上坐起來，皺眉看向林傾：「太子可有受傷？」

林傾還呆愣著，死裡逃生的驚恐與後怕在老虎倒地的那一刻盡數襲來，連剛才被他短暫忘卻的胃痛都比之前更嚴重了。林傾身子虛晃，跪坐下去，捂著胃部大口喘氣。

不遠處傳來急促的馬蹄聲，是從行宮的方向來的。護駕的侍衛匆匆趕到，驚慌失措地朝兩人跑來。

「屬下護駕來遲！請太子恕罪！」

林傾已無力說話，抬頭時，看見綴在隊伍最後的林非鹿騎著一匹大馬搖搖晃晃地跑過來。

她下馬的時候還踉蹌了一下，手腳並用地撲到他身邊，平時總是軟甜甜的聲音嚴肅又擔憂：「太子哥哥，你沒事吧？沒受傷吧？」

林傾心中一酸，緩緩看向來路。

那一路都是侍衛的屍體。

林非鹿循著他的視線看過去，看到滿地的殘肢碎屍，又聞到被風帶來的濃郁的血腥味，臉色一變，當場嘔吐起來。

林傾顧不上自己難受，趕緊去撫她的後背，吩咐旁邊的侍衛：「快帶五公主離開此處！」

林非鹿頭一次看到如此血腥的場面，實在是太具衝擊力了，吐了個昏天黑地，被侍衛抱上馬時還記得轉頭喊奚檀：「娘娘，妳還好嗎？」

奚檀被侍衛攙扶著上馬，神情還是一如既往的淡漠，「無礙，回宮再說。」

侍衛一部分護送他們回行宮，另一部分則留下來清理現場。

林帝得到消息趕回來時，已經是一個時辰之後了。

要不是他知道無人敢欺君，恐怕要以為這是一個惡劣的玩笑了。

太子和小五離開的時候，大部隊還未深入山林腹地，猛獸一向只在山林深處出沒，他們想獵虎都遇不上，怎麼可能被兩個人在山林邊緣遇見？

但走到他們遇虎的位置時，所有人都聞到了空氣中還未散完的血腥味。

侍衛雖然清理了斷臂殘肢，但看著四處飛濺的鮮血仍可想像出當時的慘況。

之前護送太子的小部隊全部命喪虎口，來回稟的侍衛是駐守行宮的。

只知道五公主一路騎著馬飛奔回來說太子遇虎，恰好奚貴妃在旁邊散步，奪了白馬率先趕去，等他們趕到時，奚貴妃已經將猛虎斬殺了。

林帝臉色沉得可怕，回到行宮後直奔太子居處。

林傾雖未受傷，但胃痛難當，又受了極大的驚嚇，情況也不算好，隨行的太醫開了藥讓他吃了，因藥裡有安眠成分，林傾此時已經昏睡過去。

林帝沒有叫醒他，聽說小五在奚貴妃宮中，便又直奔奚貴妃那裡。

比起林傾，奚貴妃的傷反而要嚴重一些。

她被老虎拍了那一爪，皮肉都被撕下來了，肩頭血肉模糊，又因動了內力，導致氣血倒逆，受傷的筋脈受到衝擊，有如斷筋裂骨之痛。

但偏偏一聲不吭，除了臉色慘白外，幾乎看不出她在忍受常人難忍的痛苦。

林帝過來的時候，林非鹿正坐在奚貴妃床邊喝藥，她回來的路上差點把膽汁吐出來，而且受驚不小，太醫也開了藥給她。她一喝完，旁邊的侍女立刻遞上蜜餞，林非鹿塞到嘴裡，一邊嚼一邊朝半躺在床上的奚檀爬過去。

小臉皺成一團地問：「娘娘，妳還疼嗎？」

奚貴妃斜了她一眼：「不疼，妳還不回去？賴在我這做什麼？」

林非鹿說：「我擔心娘娘。」

奚貴妃：「妳擔心我就不疼了？」

林非鹿：「娘娘不是說不疼嗎？」

奚貴妃：「……」

小豆丁眼淚汪汪的，語氣卻很真切：「疼的話就說出來，沒人會嘲笑娘娘的，女孩子不用這麼堅強。」她說著，湊到她肩頭的位置，輕輕呼了兩下。

奚貴妃眼神有些怔。

以前從來沒有人跟她說過，女孩子可以不用這麼堅強。疼也可以說出來。

父母只是告訴她，奚家兒女，流血不流淚。守護黎明蒼生的人，不可以喊累喊疼。

第一次聽見這樣的話，居然是從一個小孩子口中。

奚檀有些好笑，也有些感動，還沒說話，門口傳來林帝急躁躁的聲音：「檀兒！朕來遲了！」

奚檀：「……」她抬眸看去，恢復那副淡淡的表情，「陛下來得不遲，不早也不晚。」

林帝快步走過來，把趴在床邊的林非鹿一把撈起來抱在懷裡，他一手抱著女兒，一手握著奚檀的手，心中感慨萬千：「今日多虧了朕的小五和愛妃，不然……唉！」

說完，又十分佩服地看著奚貴妃：「沒想到愛妃身手不減當年，竟能以一己之力斬殺猛虎！」

奚檀被他的眼神驚起一身雞皮疙瘩，立刻毫不客氣地趕人：「臣妾無事，只是有些累了，陛下還是先去看看侍衛帶回來的老虎屍體吧。」

林帝便抱著林非鹿站起身來：「那愛妃好生休息，朕先帶小五走了，晚些再來看妳。」

林非鹿乖巧地朝奚貴妃揮揮手，被林帝抱著離開了。

林帝已從侍衛口中得知，若不是五公主趕回來求救，恐怕太子今日便要命喪虎口。早先他便聽老四念叨，說什麼五妹是他的幸運神，如今看來，還真是皇宮裡的小福星啊。

林帝沒著急去看今日襲人的老虎，而是先把林非鹿送回荷色殿。

護送的侍衛都死了，太子又昏睡著，林帝只能向小五詢問之前的事情經過。

儘管林非鹿知道老虎一事必有蹊蹺，從牠只追著林傾一個人撕咬就能看出問題來，但她什麼也沒說，只是把自己看到的過程平鋪直述了一遍。

林帝若有所思地點點頭，將她抱回荷色殿後囑咐蕭嵐幾句，便匆匆離開了。

老虎的屍體被侍衛扛了回來，放在偏殿。

林帝也是見過大場面的人，此時一見老虎血窟窿一般的左眼，再看牠幾乎被開膛破肚的致命傷，想想愛妃平時冷冷淡淡的模樣，不由得打了個寒顫。

不愧是女閻羅。

真的狠。

他負手看了一圈，老虎已死，也看不出什麼來，沉聲問侍衛：「老虎為何會出現在山林邊緣，可找到原因了？」

這上哪找原因？興許是這老虎心情好閒逛呢？

當然侍衛不敢這麼說，只猜測道：「回陛下，可能是近來山中多雨，小獸都躲了起來，老虎尋不到食物，才會在邊緣出沒。」

在這樣的冷兵器時代，野獸對於人而言是十分危險又強大的存在，何況還是老虎這種百獸之王。

野獸襲人的事年年都有發生，太子和公主遇虎，大家都覺得是意外，根本沒人會往人為的原因上想。若不是林非鹿親眼所見老虎只攻擊林傾一人，恐怕不會察覺這其中有貓膩。

林帝查探了半天，也沒問出什麼結果，秉承著不浪費的原則，讓人把虎皮剝下來，打算到時候賞給奚檀。

愛妃怕冷，等到了冬天把虎皮鋪在榻上當坐墊，既威風又暖和，一定很棒。

夏狩第一天就發生這樣的事，古時做什麼都要占卜，欽天監的人也說不吉，林帝覺得恐怕是今年不宜狩獵，之後的夏狩便停了。

林傾到傍晚的時候甦醒過來，吃過藥之後胃中不適已經消退，在宮人的陪伴下前去奚貴妃處致謝。

奚貴妃肩上的傷倒是小事，只是動了內力引發陳年舊傷較為惱火，奚行疆去荷色殿看過林非鹿後就回來一直守在這裡。

見林傾要拜，奚檀讓奚行疆把人攔住了。

她區區一個妃子，哪裡受得起太子這一禮。

林傾隔著簾子沉聲道：「今日貴妃虎口救命之恩，本宮沒齒難忘。」

奚貴妃淡淡的聲音從裡頭飄出來：「太子無恙，便是我大林無恙，都是臣子分內之事，太子不必放在心上。」

林傾以前只從太傅口中偶爾聽過奚家滿門大義，奚行疆平日作風又十分浪蕩，他起先其實不以為意。經此一遭，才算澈底見識到奚家人的風采。

沒有人能感同身受他當時生死一線的驚險。

儘管奚行疆攔著，林傾還是略略一拜，才腳步沉重走出了大殿。

侍衛皆已身亡，只有他和小五目睹了當時的情況。且不說小五年紀小，當時那種情況恐怕根本沒有注意到老虎的異樣，她在扔了兔子之後就被受驚的白馬帶離，也沒有看見之後那一幕。

那老虎只追著他一人撕咬的一幕。

如今告訴別人，又有幾人能信？

連他自己都覺得荒唐。

林傾一路沉默回到殿中，他的貼身侍衛立刻迎上來，低語道：「殿下，屬下又去驗了一遍昨日剩下的吃食，並無毒，只不過……」

林傾抬眸看來。

侍衛道：「屬下拿著昨日殿下吃過的所有食物去找高太醫看過了，高太醫說，霄果和櫟菜同屬寒性食物，雖然無毒，但若同時食用，會加重寒涼，導致胃痛。」

行宮的膳食都是御膳房統一負責的，這兩種食物並不是什麼稀罕東西，如果有人刻意將他晚飯後的水果換成了霄果，也不是不可能。

林傾袖下拳頭捏得緊緊的，侍衛觀察著他神色，試探著問：「殿下，要將此事回稟陛下詳查嗎？」

「詳查？怎麼查？」林傾冷笑一聲：「老虎死無對證，食物也可說是我誤食。鬧到父皇面前，卻拿不出證據，平白惹父皇不喜不說，恐怕還會被對方反將一軍，說我們汙蔑。」

侍衛遲疑道：「殿下已經知道，此事是何人所為了？」

林傾看向窗外漸漸暗沉的天，語氣又低又沉：「傳信於母后，讓她派人調查近來相府的動作。這件事，本宮絕不善了。」

林帝交代手下著手調查一番太子遇虎一事，雖然大部分人都覺得是意外，但當事人畢竟涉及到皇子公主，於情於理都是要查一查的。

但查來查去，也沒查出什麼異常來。

山中本就有猛虎出沒，前幾年林帝還獵過一頭，先皇當年夏狩時也遇過兩頭熊，差點遇難。猛獸襲人實在不算什麼稀罕事，最後查來查去，只能歸結於太子和五公主運氣不好。

除了阮貴妃和相府的親信，沒人知道這頭猛虎其實是他們飼養的。

謀害太子是誅九族的大罪，但自古奪嫡之路兇險萬分，富貴險中求，若是現在不動手，等將來太子登基，如今輝煌的阮氏一族必然會迎來沒落。

所以這件事必須做，但也要做到萬無一失，半點讓人看不出人為的痕跡。

利用夏狩，引猛虎襲擊，是最像意外的方式了。

這隻猛虎相府已經飼養了三年，東宮和雲曦宮中其實都各有內線。內線偷偷將太子不要的衣物搜集起來送出宮去，那猛虎在人為調教之下，日復一日地熟悉著獨屬太子的氣味，才能在被運送到山林後，精準地尋出太子所在。

其實他們的目的不一定非要太子死，斷他一條胳膊或者瞎他一隻眼睛就可以了。

一旦殘疾，太子就會失去儲君的資格。

可怎麼也沒想到，這個他們精心布置多年的局，竟然被一個小丫頭毀了！

阮貴妃本來坐在宮中喝著茶靜待太子遇虎的消息，沒想到消息等到了，但還沒來得及高興，就聽說太子也平安回來了。

阮貴妃氣到咬碎銀牙，將滾燙的茶盞砸到門框上：「這兩人壞本宮好事！」

說的自然是林非鹿和奚貴妃了。

阮氏、奚檀雖同為貴妃，但多年來相安無事，不交好也未交惡。阮氏知道奚檀無意爭寵，她入宮不過是因為受了傷不能再上戰場，與其嫁人，不如發揮自身最後的價值，為奚家提供最後一道保障。

畢竟自古將為君所忌，雖然奚家滿門忠誠，但架不住皇帝多疑，有奚檀從中周旋，奚家會更安全。

而且奚檀一直無子，說不好是她不能生，還是她根本不想生，不管是宮鬥還是奪儲，大家都沒把她算在其中。

沒想到就是這樣一個完全置身事外的人，毀了他們的大計。

林非鹿騎馬回來求救可惡，奚貴妃前去殺虎救人更可惡，阮貴妃一時之間想把這兩人生吞活剝的心都有了。但她什麼都不能做，這件事已然被定性為意外，她若有動作，就是不打自招。

所以她只能該怎麼樣就怎麼樣，還遣人送了東西給太子以示慰問。

只是心中終究有氣，看到什麼不順眼的人或事比往日更暴躁，隨行來行宮避暑的那位懷胎五月的謝婕妤因為一句無意之言冒犯到阮貴妃，她便叫人在院中站了兩個時辰，以示懲戒。

結果那位謝婕妤當日回去便見了紅，在太醫的護胎之下，孩子算是保住了，但謝婕妤動了胎氣身子越發虛弱，恐怕到了生產時會面臨很大的風險。

林帝聽聞此事很是惱火，雖然他知道阮貴妃是個直來直去的性子，但事關子嗣，他還是動怒了。

不過是訓誡，還未處罰，她卻先哭上了。

平日驕縱明豔的女子哭起來時還挺有風情的，邊哭邊道：「臣妾當年懷著廷兒時，還與陛下登山遊樂，也未見出事。如今只不過叫她站了兩個時辰，哪裡知道她身子就虛成這樣？陛下既然覺得臣妾小題大做，那不如撤了臣妾協理六宮的權利，也省的臣妾掛個空名，做什麼都要瞻前顧後。」

林帝本是來問責的，到最後自己反倒成了惡人？他不得不安撫一番委屈抽泣的貴妃，加上顧忌阮氏一門，最後只是訓誡她幾句，又補償似的賞了謝婕妤不少東西，便將此事輕巧揭過了。

朝中政事繁忙，如今夏狩又停，今年的行宮避暑便比往年的時間短。

不過半月有餘，林帝便打道回宮了。

林非鹿回宮沒兩日，便被皇后叫到了長春宮。

她跟皇后的接觸不多，皇后潛心禮佛，免了後宮請安一事，平日無事根本見不到她一面。她唯一跟皇后的近距離接觸是上一次的生辰宴，皇后看她的目光十分平和，周身有股超然的大氣，跟太子如出一轍的端莊。

這一對母子都是十分守規矩的人，大家都清楚，只要他們不行差踏錯，儲君之位就不會有變故。

但如若有人伸出爪牙，他們也絕不會坐以待斃。

皇后將林非鹿叫過去，自然是為了太子遇虎時她前去求救一事。太子能平安，林非鹿功不可沒，皇后往日對這些皇子皇女們一視同仁，不苛責也不親近，此時卻真心對林非鹿生出幾分青睞。

此女聰慧機靈，年紀雖小，遇險之時卻能臨危不亂，日後必然不可小覷，再加上這切切實實的救命之恩，皇后便生出了籠絡的心思。

她沒有像林帝那樣對五公主大賞一番，而是等到跟林帝用膳時，提起了如今後宮四妃空缺的事。

「到底不好長時間空著，總要先擢一位妃嬪上來，才合祖宗的規制。」

林帝本來就不是太過醉心美色的皇帝，也很少操心後宮的事，畢竟上一屆先皇的後宮留給他的陰影不可謂不小。此時聽皇后說起，便附和道：「皇后說的在理，既如此，皇后心中可有人選？」

皇后沉思一番：「宮中如今育有皇子皇女的最低都是嬪位，卻只有嵐昭儀要差一階。五公主聰慧，六皇子純真，又深得母后喜愛，陛下孝順，也該知道母后晚年修行清苦，如今有六皇子相伴，也算了卻心中遺憾。嵐昭儀為陛下養育了這樣優秀的兩個孩子，於情於理，也該給她晉位。」

林帝如今雖然偏愛蕭嵐，也願意給她晉位分，但聽皇后這麼說，還是有點驚訝：「之前朕將她從貴人擢為昭儀，已經不合規矩，若是如今再將她直接擢為妃位，恐怕會引來非議。」

皇后笑著夾了一塊水晶餃給他，溫聲道：「規矩都是人定的，這是陛下的後宮，自然該是陛下說了算，旁人又有何資格非議呢？陛下是天，天子所言便是真理，不過是晉升位分而已，這天下都是陛下說了算，又遑論區區後宮。後宮平穩，陛下才能安心前朝，嵐昭儀性格溫婉良善，待人親和，若能穩坐妃位，不僅當為眾妃嬪表率，也算為陛下分憂了。」

前面有說到，林帝是一個剛愎自用的皇帝，極其高傲又自負，覺得自己是天底下第一厲害。

皇后自他還是太子時便相伴左右，對他的脾性摸得一清二楚，自然知道這種時候該說什麼話。

林帝一聽，頓時覺得皇后不愧是皇后，說話果然字字在理！

而且他自己心中也清楚，這次若是沒有小五，太子必然命喪虎口。太子事關大林朝的根基穩定，就像奚貴妃說的，太子無恙，便是大林無恙。他賞的那些金銀寶石都是身外之物，落到實處的獎賞才是真的獎勵。

於是入秋之時，趁著拜祖大典，林帝便頒發了晉升的旨意。

擢升嵐昭儀為嵐妃，賜明玥宮為四妃之一的主宮之位，宮中一應用度全部按照妃位重新劃分。

旨意一出，整個後宮震驚了。

之前蕭嵐一躍四個位分已經很令人震驚了，但畢竟當時位分低，晉升空間大，加上多年補償，大家驚完也就接受了。

沒想到才晉升到昭儀不到半年，又一下躍了兩個位分，直接成為了四妃之一！這也太讓人羨慕嫉妒恨了。

多少人終其一生，也只能在淑女貴人上待一輩子啊。

蕭嵐這是五年熬盡一生苦，苦盡甘來，直接麻雀變鳳凰啊！

宮中一時議論紛紛，也有消息傳出，說蕭嵐之所以擢升為妃，是皇后親自跟陛下提的。

皇后為什麼送這麼一個大禮給她？大家心知肚明，不就是因為夏狩之時五公主的救命之恩嗎？

唉，這種事，真的羨慕不來，誰叫蕭嵐生了這麼個好女兒啊。生個兒子讓她失寵，生個女兒又讓她復寵，還真是崎嶇又奇幻的人生經歷啊。

外人議論紛紛，接到旨意的蕭嵐也是茫然的。這一年來發生的一切，都讓她感覺像在做夢一樣。

林非鹿之前還想著幫她爭妃位呢，沒想到什麼都還沒開始搞，妃位就自動送上門了。

突然覺得這個副本的難度越來越低。

自己真的不要搞個女皇來當當嗎？

唉算了，她還想睡懶覺呢，當皇帝起得比雞早睡得比狗晚，稍微縱情享樂一下就會被朝臣追著寫摺子勸誡批評，稍不注意還要被史官記一筆「驕奢淫逸」，簡直活得比社畜還不如，算了算了。

林非鹿知道這是皇后遞來的橄欖枝，她也不介意接住。

不出意外，林傾是會登基稱帝的，她今後的人生暫且不必考慮，有林傾在，至少可保蕭嵐和林瞻遠平安無事。到時候她朝林傾討一方封地，不必太大太富澤，只需安身立命就行。到時候便可讓蕭嵐帶著林瞻遠去封地生活，終老一生，也算了了她在這裡唯一的牽掛。

至於自己？

林非鹿覺得她現在要好好跟奚貴妃學武，將來若是有機會出宮，便可一人一劍走天涯。前半生拿宮鬥劇本，後半生拿武俠劇本，簡直兩全其美，也不枉她來這個時空走一遭了。

第二十章　山雨欲來

嵐貴人變嵐妃，完成了實質的飛躍。

曾經門可羅雀的明玥宮突然就成了後宮熱門之地，除了妃位以上的那三位，其他妃嬪紛紛來打卡。

嫻妃是看著蕭嵐一步步升上來的，林帝對蕭嵐的恩寵她看在眼中，心中有些酸楚是難免的。

不過人到這個年紀，對於帝王之愛已然不再奢求，人各有志，嫻妃又不是愛搞事的性子。林景淵在林非鹿的監管下如今越來越奮進，今後封王封地，富貴一生，嫻妃就很滿足了。

以前四妃之間惠妃和梅妃自成一派，如今兩妃已倒，嫻妃和嵐妃又自成一派，後宮勢力算是重新劃分了。

蕭嵐如今立了起來，心機手段都跟上來了，起初還有些束手束腳，後來漸漸也就適應了新身分新地位，加上有嫻妃的指導，很快穩坐妃位，將手下治理得井井有條，無需林非鹿操心了。

時間一晃入了冬。

林非鹿敏銳地發現，林傾對待林廷的態度有些不一樣了。以前兄友弟恭的氣氛消失，兩人之間貌合神離，偶爾林傾還會針鋒相對。

林廷依舊是那副溫馴謙和的模樣，但較之以前沉默了不少，那雙看待萬事萬物都柔軟的眼睛，已經很長一段時間沒有亮過了。

林非鹿知道這種改變來自什麼。

太子遇虎一事，皇后一族不可能不調查，一旦查出端倪，阮貴妃一派便澈底與他們敵對起來。

阮氏一族來勢洶洶，林傾忌憚這位兄長，怨恨這位兄長，也是情有可原。

林廷除了性子柔軟外，各方面其實並不比太子差。他不過是不想爭，平日從不露風頭罷了。可不想爭又如何？除非他澈底脫離阮家，不認這個母妃，不認阮氏一族，否則他永遠是他們最重要的那顆棋子。

阮氏一族發展至今，朝中勢力盤根錯節，太子一旦登基，權勢地位都將傾覆。沒有誰願意放棄這一切。

兩人還只是十幾歲的年紀，卻已經要為皇位離心。林非鹿雖然一開始帶著攻略的目，但人心都是肉長的，她早就把這兩人當成了家人，眼見他們要朝著手足相殘的方向發展下去，心中是真的著急。

但她什麼也做不了，這不是小打小鬧的攻略宮鬥，皇儲之爭歷來殘忍，她一旦參與，難免不被牽連其中，她身後還有一個母妃和哥哥，不能拿他們的性命冒險。

林非鹿只能一邊乾著急，一邊靜觀其變。

她平時在眾人面前還是那個天真可愛無憂無慮的五公主，只有每次偷偷去找宋驚瀾玩時才會流露一絲真實情緒。

最近越來越冷，她早早就把銀碳備足了，各種取暖設備跟不要錢似的往翠竹居送。

這是宋驚瀾過的第二個暖和的冬天，他往插著白梅的竹筒裡倒了半杯清水，回頭就看見小姑娘烤著火出神。

她細軟的手指被銀碳烤得通紅，護手霜的清香越發濃郁散了出來。她今年做了玫瑰味的護手霜，也送了兩盒給他，天冬雖然吐槽殿下身上總是像抹了胭脂一樣香香的，一點都不爺們，但宋驚瀾還是會早晚擦一次。

他覺得香香的也挺好的。

碳爐裡濺出一點火星，她回過神，把滾燙的手指收回來搓了搓，又長長地嘆了兩聲氣。

宋驚瀾遞給她一個竹筒，翠色上繪了幾枝竹葉，很雅致，「公主上次說的奶茶，我試著做了一些，要不要嚐嚐看？」

林非鹿「啊？」了一聲，對上他溫柔含笑的眼睛，好幾秒才反應過來他說的是什麼，抓抓腦袋：「殿下去內務府領點牛奶不容易，留著自己喝吧，別浪費在這上面。」

說完，還是接過竹筒捧著咕咚咕咚喝了兩口。

宋驚瀾笑著問：「好喝嗎？」

她咂吧兩下，「竹子味的奶茶，還不錯，可惜沒有珍珠。」

宋驚瀾：「嗯？」他認真地想了想，「公主說的是哪種珍珠？是要磨成粉末加入其中嗎？」

林非鹿趕緊擺手，「不了不了，這個就挺好！」

他微一頷首，火光映著眼眸，呈現出沉靜的暖色，「公主可有什麼煩心事？」

林非鹿喝奶茶的動作一頓，小嘴巴杵在竹筒邊緣，有些悶悶的樣子。

宋驚瀾緩聲問：「是因為太子殿下和大殿下嗎？」

林非鹿驚訝一抬頭：「你怎麼知道？」

宋驚瀾微微挽唇：「兩位殿下最近在太學殿上氣氛緊張，不難看出。」

什麼不難看出？我看其他人就沒看出來。比如林景淵，今天上午放學居然興致勃勃邀請兩個哥哥一起去打馬球，被拒絕之後還一直纏著問為什麼。

林非鹿又開始嘆氣。

小漂亮畢竟是宋國人，雖然她對兩國之間的恩怨沒什麼感覺，她自己的歸屬感只屬於現代的那個國家……

但皇位這樣敏感的話題，跟敵國的質子討論總覺得怪怪的。

宋驚瀾倒是一副坦然的神色，手指輕輕摩擦茶盞的邊緣，淡聲說：「兩位殿下都如此出色，這條路避不可免，總要分出個勝負。公主此刻的擔心都是徒勞，不如想想，將來到了那一步，該如何保住輸的一方。」

他一言點破了林非鹿心中的糾結之處。

她不在乎哪個哥哥當皇帝，她只希望每個人都平安無事。

她以前從沒有在乎過誰。

父母忽視她，她就忽視他們。狐朋狗友虛情假意，她也不拿出半分真情。那世界對她冷漠，她就冷漠相待。

反而是來到這裡，老天爺似乎開始一點一點彌補她缺失的童年和親情。

卻偏偏是在這樣一個親情淡薄的地方。

她可以對什麼都不在乎，唯獨不能怠慢真心。

林非鹿垂著頭，好半天才輕聲問：「那殿下能告訴我，該怎麼做嗎？」

宋驚瀾極淺地笑了一下，他抬手輕輕摸了摸她的頭頂，嗓音低又溫柔：「公主這樣聰明，我相信公主會知道該怎麼做的。」

他看向窗外，眼角挑起來：「公主，下雪了。」

林非鹿轉頭去看。

早上還清亮的天空果然落下細細的雪。

今年的第一場雪。

宋鷺瀾看著她說：「許願吧，一定會實現的。」

明知道那只是韓劇裡騙人少女心的橋段，林非鹿還是合上手掌閉上眼，虔誠地許下了自己的願望。

雪落是冬景，也是春天即將到來的訊號。

新年一過，最令林非鹿震驚的事就是林帝皇后開始為林念知挑選夫婿了。

雖然知道古代女子嫁人嫁得早，但看著十三歲的林念知羞答答地挑選宮人呈上來的駙馬畫像，林非鹿還是覺得有點不能接受。

她彷彿看到了將來的自己。

太可怕了啊啊啊！

林念知見她坐在一旁發呆，怪不開心地扯了她一下：「小五！妳能不能認真一點？」

林非鹿：「我在看我在看！長姐，這個是誰啊？眼角還有顆痣，看起來怪風流的。」

林念知看了看：「這個是禮部尚書的嫡子杜景若，如今任國子監主薄。妳這麼一說，是有點風流……」她自小長在宮中，對這些外男也不瞭解，遲疑道：「我聽說他文采斐然，年紀輕輕就入了國子監，想來也是有那麼幾分真才實學的。」

這些畫像都是林帝與皇后篩選過之後，再送到她手裡的。經了帝后的首肯，自然不是什麼凡俗之子。

林念知一張一張看下來，最後問她：「妳覺得如何？」

林非鹿：「……都、都挺好的。」

林念知：「我也覺得都不錯。」她嘟囔著：「為什麼不能像父皇那樣把這些全都收了呢。」

林非鹿：？？？

等等！皇長姐！妳這個思想很危險啊！

林念知看到她瞪大的眼睛，噗哧一聲笑了，胡亂掐她軟乎乎的臉，「我隨口說說啦。」

事關終身大事，林非鹿還是認真地提建議：「皇長姐妳的理想型是什麼樣的呢？」

林念知問：「什麼叫理想型？」

林非鹿解釋道：「就是妳心中最想嫁的夫婿，大概是什麼樣的人？性格、樣貌、家世、觀念，妳更看重哪一面？」

林念知立刻說：「最重要的當然是要長得好看！」

林非鹿：懂，你們林家都是外貌協會。

林念知思考了半天，語氣漸漸羞澀起來：「我希望我的夫婿是一個謙謙君子，儒雅溫和，能愛我護我，視我為唯一，將我捧在掌心當做掌上明珠一般寵愛。」

林非鹿了然，把那疊畫像攤開：「那我們先把奚行疆這種類型的剔除，他們不配。」

林念知贊同地重重點頭。

最後根據林念知的要求挑來挑去，最符合她的理想型的，居然是那個眼角有一顆痣的禮部尚書之子杜景若。

林念知把杜景若的畫像翻來覆去看了很多遍，最後拍板道：「就他吧！」說罷，就要喚宮人進來把畫像遞呈給林帝。

林非鹿突然一把抓住她的手腕：「等等！」

林念知好奇地看著她。

林非鹿雖然知道自己說的都是廢話，但還是忍不住：「長姐，妳都沒見過他，只憑一張畫像便定下終身大事，若到時候發現他與妳想像中的不一樣，怎麼辦？」現代自由戀愛觀深入人心，她實在做不到無動於衷。

林念知愣了愣，轉而若無其事笑了下：「自古以來便是如此，我們身為公主，還有選擇的權利。民間那些女子，連選都沒得選。」

總是鑽牛角尖的長公主，在這方面倒是看得很開。

惠妃出事之後，她一夜之間成長了很多。

她看林非鹿還是小臉皺成一團的樣子，笑著摸摸她的揪揪：「放心吧，好歹是禮部尚書的嫡子，不會差的。」她頓了頓，不知道想到什麼，眼睛突然亮起來：「如果妳實在不放心，不如我們親自去看一看？」

林非鹿問：「還能親自去看一看嗎？」

林念知：「光明正大當然不行，我們可以偷偷去呀！」

來到這裡這麼久，林非鹿從未私下出宮過，聽林念知這麼一說，頓時心動了。

大林的民風相對而言還是比較開放的，對女子的約束不像某些時代那麼嚴苛，從奚貴妃曾經能上陣殺敵就能看出來。

公主出宮並不是什麼罪不可赦的大事，只是需要林帝同意。

這事好辦，林非鹿撒個嬌，說自己長這麼大還沒出過宮，沒看過父皇統治之下繁華的民間景象，林帝立刻就喜滋滋地點頭了。

當然為了避免不必要的麻煩，兩人自然不會大張旗鼓，林帝讓兩位禁軍首領陪同，又暗中安排了侍衛保護。

林非鹿換上了不起眼的衣裙，跟著林念知坐在馬車內搖搖晃晃地出宮了。

這是林非鹿第三次出宮，前兩次被清了場，宮外比宮內還冷清，此刻隨著馬車逐漸駛出皇宮範圍，市井喧囂也順著風聲飄進耳朵。

馬車先將她們帶到宮外一座小院內，禁衛首領換上了淺色布衣，看起來十分不起眼。

林非鹿還小，作女童打扮，林念知一身青裙少女娉婷，兩人雖然穿著平凡，但難掩天生的矜貴氣質。出門時禁衛又一左一右跟著，一眼就知這是哪家非富即貴的小姐出來逛街了。

古時的鬧街果然跟她想像中一樣，寬闊的青石板街兩旁都是店鋪攤販，人群熙熙攘攘，車馬來往，叫賣聲不斷，還有賣藝耍雜技的、馴獸跳火圈的，一點不比現代鬧市差。

林非鹿看到久違的紅塵熱鬧，差點感動得熱淚盈眶，完全忘記她們此趟出宮是有目的的。

林念知以為小五是因為看到這些才如此激動，想著反正時間還早，也不著急去尚書府蹲人，帶著她開開心心地逛起來。

林非鹿出宮前特地留了肚子，就是為了吃遍古時的大街小巷。她牽著林念知的手，感覺自己很久沒有這麼快活了。

雖然吃了一上午，肚子一點都不餓，到了中午時分，兩人去了上京最貴的酒樓用午膳。

林念知本來要去包廂，林非鹿指著靠窗的空曠位子說：「長姐，我想坐那裡。」

林念知奇怪問：「窗口風大灰多，人來人往，有什麼好坐的？」

林非鹿：「有身分的人都會坐在那個位子。」

比如什麼正道大俠、魔道教主，嗯！

林念知很是無語的看了她一眼，但還是遷就地坐了過去，招呼店小二之後，將店內所有的菜都點了一份。

兩名禁衛盡職地守在一旁，凡是看到有路人往這邊打量，都會瞪回去一個凶神惡煞的眼神，搞得大家不敢往這邊看了。

林非鹿並不餓，慢慢悠悠地吃著。窗邊的位子是有點冷，但視野好啊，樓下街景一覽無餘，比如她現在隨便往下看了幾眼，就看到有幾個惡霸模樣的男子在強搶民女。

嗯？強搶民女？

她就知道！坐在這個位子必有這種事情發生！

若此時坐的是個正道大俠，就會怒喝一句「住手！光天化日豈有此理！」，然後跳窗飛下去兩三招把惡霸撂倒。

若此時坐的是個魔教教主，就會冷笑一聲，將手中的筷子當做暗器擲出去，把幾個惡霸全部放倒，然後聽著下面驚慌失措的慘叫慢悠悠喝上一口酒。

但此時坐的是自己。

林非鹿有點興奮，還有點緊張，林念知此時也發現下面鬧哄哄的動靜，探身一看，頓時大怒道：「豈有此理！天子腳下竟有人行事如此霸道，簡直不把父……父親放在眼裡！」

她說完轉頭對禁衛道：「還愣著做什麼！」

禁衛正要有動作，林非鹿突然說：「等一下！」她沉聲道：「這種時候，就會有人出來英雄救美了。」

林念知：？

五妹是不是話本看多了？

這話剛落，下面果然傳來一個清朗的聲音：「住手！」

林念知眼珠子瞪大了，跟林非鹿一起趴在窗口往下看。

那名被搶的女子已經被惡霸拖出幾公尺遠，為首的人身著華服，一看就不好惹，圍觀的人自覺後退，他面前便空出來，於是孤零零站在那裡的青衣公子格外顯眼。

因是背對著，只能看見頎長清瘦的背影。

為首的惡霸一臉凶相，囂張地警告：「小子，別多管閒事！現在滾，小爺饒你一命！」

青衣公子不卑不亢道：「皇城之內，天子腳下，人人都該奉法，你們行事如此倡狂，與我去見了京兆尹再說理！」

惡霸一聽，頓時大笑起來：「誰要跟你去見京兆尹？你知道我是誰嗎？就敢管我的事？」

青衣公子還是那副語氣：「不管你是誰，都不能當街強搶民女，此行違背了《大林律》十二篇七卷十五條，按律當仗八十。」

惡霸聽傻了，轉頭問身邊的小弟：「這書呆子說什麼呢？」

他都聽不懂，小弟就更聽不懂了，齊刷刷搖頭。那青衣公子趁機上前一步，將掙扎的姑娘拉到自己身後。

惡霸頓時大怒：「你找死！」

話落，便揮手示意小弟們上去打，青衣公子看起來不像會武功，拉著那姑娘便跑，林念知立刻對禁衛道：「快去幫忙！」

禁衛得令，從窗口一躍而出，不出片刻，便把這群惡霸全部揍翻在地。

為首那人尤其慘，鼻血流不止，一邊用手捂一邊胡亂指著大罵道：「你們……你們死定了！你們知道我表姑是誰？可是當今盛寵的嵐妃娘娘！我表妹乃大林五公主！你們竟敢得罪我，我讓你們全部蹲大牢！」

正在圍觀八卦的林非鹿：？？？

靠！

林念知一言難盡地看了身邊的小五一眼。

青衣公子先朝出手相助的禁衛作揖一拜，才又擲地有聲道：「身為皇親國戚，更該奉法守禮，你們如此行事，就算是皇后娘娘也保不住。」

惡霸快被他氣死了：「你閉嘴！你這個書呆子懂什麼？這娘們的爹輸了我銀子還不上，用她來抵帳！父債子還天經地義，我這是正當行為！」

那姑娘也才十二三歲的樣子，嚇得直哭。

青衣公子還是一副諄諄教導的語氣：「就算如此，人豈可與錢財相提並論？他欠了你的錢，這姑娘賺錢還你便是，沒有用自己抵帳的道理。」

林念知忍不住在上面鼓掌：「說得好！」

圍觀的人群紛紛附和：「說得好！說得對！」

惡霸捂住鼻子氣得發抖，但看著躺了一地慘叫的小弟，又不敢做什麼，只能放狠話：

「你們給我等著……」

林非鹿筷子一放，從窗口飛了下去。她現在輕功精進不少，平平穩穩落在那惡霸眼前，狀似天真地問：「等什麼？等我嗎？」

惡霸崩潰了：「妳又是誰？」

林非鹿：「你不是說我是你表妹嗎？怎麼連表妹都不認識，就敢借著表妹的名聲為非作歹？」

惡霸：？？？！！！

蕭嵐到現在都沒跟蕭家和解，蕭母幾次入宮都被擋了回去，沒想到蕭家這些玩意居然敢在外面拿自己當護身符，敗壞自己的名聲。

林非鹿真是氣死了，抬腳就朝他襠下踢去，惡霸正被她的話震驚著，沒來得及反應躲開，被踢中一腳，頓時哀嚎著捂著襠部跪了下去。

林非鹿決定趁此機會替自己正正名，她雖然人小，但長相乖巧又漂亮，往那一站，身姿端正，讓人一看便心生好感，因此從她嘴裡說出來的話格外具有信服力。

只聽她擲地有聲道：「我與母妃常居宮中，甚少與蕭氏一族來往，卻不知何時借了你們在外橫行霸道的權利？你蕭家當年說要與我母妃斷絕關係不再往來的書信現在還留著，怎麼？都忘了嗎？失寵便是陌生人，得寵便是你表姑，這世上竟還有這樣的好事？」

蕭嵐失寵又復寵的事在民間也有流傳，如今聽五公主本人說起，圍觀群眾耳朵都豎直了。

聽她一番不卑不亢的斥責，再聯想蕭家人的行事，頓覺他們簡直卑鄙無恥。

明明連五公主都不認識，還敢仗著她耀武揚威，我呸！

傳聞五公主冰雪聰明，伶俐可愛，如今一見，果然名不虛傳！

身分亮了出來，周圍百姓紛紛行禮，蕭家惡霸此時面色如土，一個字都說不出來了。

林非鹿罵完人，吩咐禁衛：「把這些人全部送到京兆尹府，按律處理。」

禁衛點頭，哨子一吹，便有暗中相隨的侍衛過來，將瑟瑟發抖的幾個人押走了。

林非鹿處理完蕭家惡霸，轉身看見青衣公子正從荷包裡掏出幾塊碎銀子遞給那名少女，叫她離開。少女接了銀子卻不走，朝他跪下來哭泣道：「公子今日相救，妾感激不盡，但父親已將妾賣給蕭家，妾無處可去，求公子收下妾吧，妾願為奴為婢侍奉公子。」

英雄救美之後，就是以身相許了。

電視劇誠不欺我。

誰料青衣公子卻正色道：「我府中並不缺奴婢，待蕭家交出妳的賣身契，妳便是自由身，萬不可再輕易賤賣自己。」

古代買賣奴隸太常見了，階級尊卑分明，連生命也分了貴賤。眼前這個年紀輕輕的男子卻如此敬重生命，林非鹿頓時對他肅然起敬。

她不由得往前走了兩步，恰好看到他左眼角下一顆淚痣。

等等？

林非鹿定睛一看，驚呆了。

驚完之後頓時轉身興奮地朝還在窗前探身張望的林念知瘋狂揮手。

林念知：？

五妹怎麼了？怎麼突然抽搐了？

待姑娘拜謝離去，青衣公子轉過身來，朝林非鹿行了一禮，溫聲道：「見過五公主殿下，多謝五公主殿下出手相救。」

林非鹿：「不謝不謝！應該的！你……我和我姐姐在在旁邊的酒樓上吃飯，你要不要一起啊？」

他恭聲道：「杜某不敢叨擾公主，就此拜別。」

說罷，又行了一禮便轉身離開。

林非鹿激動地從下面飛了上來。

林念知捂心口：「會飛了不起啊，能不能走樓梯！」

林非鹿一把握住他的手：「長姐！是他啊！是姐夫啊！」

林念知：？

什麼東西？怎麼就叫上姐夫了？

林念知後知後覺反應過來她在說什麼，猛地捂住嘴：「是……他就是杜景若？」

林非鹿興奮得像他是自己的老公一樣，「他超棒的長姐！妳選對了！」

林念知甩開她的手，彆扭道：「哪有……就是個書呆子，還背律法，笑死人了……」話是這麼說，耳朵卻漸漸紅了。

回宮的路上，林念知還沉浸在跟未來夫婿偶遇的羞澀中。唯一遺憾的是她只看到了背影，沒看到正臉。

她埋怨林非鹿：「妳不早點告訴我，不然我也能下去偷偷看一看了！」

林非鹿說：「我跟妳招手示意了啊！」

林念知：「妳那叫示意嗎？我還以為妳犯了羊癲瘋。」

林非鹿：「……」

皇長姐有時候嗆起人來也怪厲害的。

不過有了這一場偶遇，林非鹿對杜景若的人品放心了，看林念知的樣子，明顯也很滿意。回宮之後，林念知便將自己選的畫像呈交給林帝。

於是開春之後，林念知和杜景若正式訂了親，等到林念知十五歲及笄，便正式過門。

雖然林念知素有刁蠻公主的名號，但能求娶公主跟皇家攀親戚是莫大的榮耀，禮部尚書一家當然是很高興。就是不知道杜景若本人是怎麼想的。

不過按照林非鹿那一次的觀察，杜景若這個人性格一板一眼的，身上不僅有股浩然正氣，還有屬於讀書人傳統的古板，這樣的人是不會抵抗家中的安排，就算如今不喜歡林念知，娶了她之後也一定會真心相待。

解決完林念知的終身大事，林非鹿就要去解決不幹人事的蕭家了。

她回宮之後將自己的所見所聞跟蕭嵐講了一遍，蕭嵐氣得不輕。林非鹿不認識那個強搶民女的惡霸就算了，關鍵連蕭嵐都想不起這號人，可見只是個外家子弟罷了。

但連外家子弟都敢如此倡狂，可見蕭家人平日沒少借著嵐妃娘娘的名號胡作非為。

林非鹿與蕭嵐說過之後，翌日用過午膳，蕭嵐便穿著一身單薄白衣去了養心殿。

過去的時候，林帝正在裡面跟大臣議事，守在門口的小太監恭聲道：「天兒冷，娘娘不如先回去，等陛下忙完，奴才再通報。」

蕭嵐搖了搖頭，輕聲道：「本宮在這裡等著便是。」

嵐妃又不是什麼不受寵的妃子，與陛下平日恩愛得緊，天寒地凍的哪能讓她在這白白等著？

小太監著急便要進去，但是被蕭嵐阻止，「不必通報，陛下政事繁忙，等陛下議完事，本宮再進去。」

小太監不好再說什麼，只能小心翼翼應了。

林帝也不知道外面有人，跟朝臣一聊便是兩個時辰，等人一走，他捏著鼻梁正打算去內間休息一會兒，小太監匆匆進來回稟道：「陛下，嵐妃娘娘在外面等了兩個時辰了。」

林帝大怒：「你這混帳，天氣這麼冷，你叫她在外面等著做什麼！」

他大步走到殿外，一出門就看見蕭嵐一身單衣在門口的階前站得筆直，素衣墨髮，身形清瘦又嬌軟，小臉被凍得煞白，愈發顯得唇豔，眼裡噙著水光，我見猶憐。

林帝頓時就不行了，一把將她冰涼的手握在掌中，半責備半心疼道：「愛妃這是做什麼？故意讓朕心疼嗎？」

蕭嵐垂眸，盈盈一拜，輕聲哽咽道：「臣妾來向陛下請罪。」

林帝不由分說將她拉進殿內，又命宮人加熱碳爐，倒了熱茶來，把還想再拜的蕭嵐按坐在軟榻上才道：「朕還不知道妳？平日連隻螞蟻都捨不得踩死，能有什麼大罪？是不是又有那個不長眼的東西去妳宮裡鬧了？」

之前也有一些妃嬪故意去明玥宮搞事，想抓蕭嵐的小辮子，但蕭嵐的性格就像水一般，抓不住推不散，那些搞事的妃嬪反而搬起石頭砸了自己的腳。

他親自端著茶盞遞給蕭嵐，「喝口熱茶暖暖身子，妳體虛，以後可不許這樣折騰自己。」

蕭嵐感動地看了他一眼，接過熱茶喝完，才輕聲將林非鹿在宮外撞見蕭家人胡作非為的事情說了一遍。

說完之後，眼尾又紅了，起身跪拜道：「臣妾竟不知，母族如此無視陛下和律法，昨日之事恐怕只是管中窺豹，臣妾不敢深想他們還做過什麼，已無顏面對陛下，求陛下責罰。」

林帝還以為是什麼了不得的大事，皇親國戚在上京橫行霸道也不是頭一次，只是各方勢力盤根錯節，為了維持平衡，只要不鬧出人命來，別說林帝，連管理京城治安的京兆尹都是睜一眼閉一隻眼。

不過平日母族犯罪，妃嬪都是來朝他求情，蕭嵐還是第一個來請他降罪的，可見嵐妃果然與別人不一樣。情願委屈自己也要為他分憂，是愛慘了他啊！

林帝心中感慨無比，將她扶起來拉到自己身邊坐下才道：「都是小事，小五不是把人送到京兆尹府了嗎？就算有罪，那也不關愛妃的事。」

蕭嵐紅著眼尾搖了搖頭，輕聲細語道：「如今只是小事，若是縱容下去，今後必然越發倡狂。陛下願意寵愛臣妾，是臣妾之幸，臣妾卻不能利用這份恩寵，滋長外族的氣焰。臣妾入宮，是愛慕陛下，想同陛下恩愛終老，而不是為誰謀福蔭。」

外戚一直都是各朝的隱患，比如如今的阮貴妃，阮氏一族獨大，林帝有時候想起來也頭疼。

此時蕭嵐卻主動提及這件事，還表明了自己的立場，林帝感動極了。

他拉著她的手問：「那依愛妃的意思，此事該當如何？」

蕭嵐眼睫微顫，像是心中難過不已，但還是堅定說出口：「此事應該重罰，讓臣妾母家意識到，天子腳下律法森嚴，臣妾並不是他們藐視皇權的護身符，叫他們今後有所收斂，不敢再犯。」

林帝若有所思地點點頭，又道：「朕若是重罰蕭家人，愛妃也會承受外人非議。」

蕭嵐挽唇一笑：「臣妾的心陛下明白便足矣，又何懼外人道。」

林帝悵然將她攬入懷中：「愛妃秀外慧中，深明大義，朕心甚喜。」他抱著她嬌軟的身子，覺得還是有些涼，吩咐御膳房熬滋補的熱湯來，蕭嵐又與他對弈彈琴，一直在養心殿待到傍晚才離開。

沒幾日，京兆府就接到了宮裡傳來的聖旨。

這幾天京兆府尹正為關在牢裡的那幾個蕭家子弟頭疼。這人從早到晚嚎叫著自己是嵐妃娘娘的姪子，但人又是五公主親自下令送進來的，這京中勢力風雲變幻，到底是重處還是輕罰，京兆府尹實在是拿不定主意。

沒想到一道聖旨下來，竟是讓他將人刺配流放。

按照《大林律》，這人充其量就是個杖八十，刺配流放那可是犯了大罪的處罰啊！

但聖旨又不可能作假，京兆府尹雖不知這人為何惹怒了陛下，但還是依旨照辦，將人刺配發落了。

本來想著關幾天挨幾板子就能出去的蕭家惡霸聽聞此事，頓時暈厥過去。他雖是外家子弟，跟蕭嵐之間隔了不少層關係，卻是外家權重子女，跟本家的關係也很親密，不然也不敢橫行。

蕭家聽聞之後震怒，覺得京兆尹是有意針對，完全沒將蕭家放在眼裡，蕭家年輕一輩的主事人親自上門討要說法，結果討來一道聖旨。

看到聖旨，主事臉都白了，失魂落魄回到家中，將此事一說，整個蕭家都蔫了。

陛下擺明了是殺雞儆猴，震懾他們呢。

怎麼會這樣？難道是蕭嵐失寵了？

他們派了人留意打聽，卻打聽到就在聖旨下放的第二天，林帝把最近內務府新供的天然東海玉珊瑚樹賞給了蕭嵐。

珊瑚樹可是好東西，在大林寓意著吉祥平安，有不少地方都將天然的玉珊瑚樹當做仙樹祈福叩拜，十分珍貴。

這可不是失寵的表現。

蕭家人急得像熱鍋上的螞蟻，回想那天五公主當街斥責蕭家無情無義，開始猜測是不是林非鹿回宮之後對林帝說了什麼。

蕭嵐復寵以來對蕭家的態度十分冷淡，任憑他們怎麼討好或者散播她不孝無情的言論，蕭嵐都沒給過半分回應。如今陛下又重罰蕭家子弟，可見不僅蕭嵐，連陛下對蕭家人也不喜。

他們之前還有些小動作，如今被敲打到這個份上，不僅沒討到半分好處，還叫滿朝同僚與整個上京看了笑話，真是又氣又無可奈何，只能灰溜溜收斂，夾起尾巴做人了。

後宮妃嬪一開始也等著看蕭嵐笑話，沒想到陛下不走尋常路，一邊重罰母家，一邊盛寵蕭嵐，真是叫人摸不著頭緒。

算了算了，還是賞花吧。

春天的花可真好看啊。

春去花謝，到了暮春時節，林非鹿就七歲了。

兩年過去，林非鹿驚訝的發現──她！還是沒長高！

就很迷。

連林蔚那個小奶娃都躥高了一個頭，她為什麼還在原地踏步啊！

再這麼下去，林蔚都要比她高了啊！

難道這輩子她註定要當蘿莉嗎？

林非鹿一邊狠狠地想，一邊往肚子裡灌進了今天的第三杯牛奶。

不是說喝牛奶長高嗎，她明年要是還不長，就告牛奶商欺詐！

哦，這裡沒有牛奶商。

林非鹿實在太憂傷了。

今年她的生辰宴自然沒有再大肆操辦，不過各宮的賀禮還是沒少，甚至比去年還要豐富，畢竟蕭嵐今非昔比。

整個白天過去，她依舊沒有收到小漂亮的禮物。不過這次她駕輕就熟了，天黑之後沒著急睡覺，而是披了件輕薄的斗篷，提著自己的小奶罐，飛上屋頂去看星星了。

這個時代沒有霧霾廢氣，星星真亮啊。

她正瞇著眼伸出小短手在描摹夜幕的星座，身後突然傳來一陣細碎的風聲。她還沒來得及回頭，宋驚瀾就輕飄飄落在她身邊坐下來了。

林非鹿驚呆了，她本來打算藏在這裡看他一會兒敲窗找不到人又聽到她聲音發現她在屋頂恍然大悟的樣子呢。

她有點失望：「殿下怎麼知道我在這裡？」

宋驚瀾說：「聽到公主的呼吸聲了。」

林非鹿：？？？

少俠這是什麼武功這麼厲害的嗎？

宋驚瀾接收到她驚詫的眼神，噗哧笑了：「騙妳的，是今晚月色太亮，公主坐在這裡很顯眼，我看到了。」

林非鹿大咧咧把手伸出來：「禮物！」

宋驚瀾果然低頭，從懷裡掏出一本書來。

不是吧？送我書？我看起來有林景淵那麼不學無術嗎？

林非鹿一時之間瑟瑟發抖。

卻見遞過來的書面上並沒有任何字跡，深黑色的書面，像今晚的夜空。

林非鹿疑惑地看了他一眼，慢騰騰接過來，嘟囔道：「說好了，要是這個禮物我不喜歡，你要換一個。」

宋驚瀾說：「好。」

她這才喜滋滋地翻開，卻見裡面不是什麼古文大論，而是畫著各種動作的小人，每一頁左邊是圖，右邊是批註。

是宋驚瀾親手畫的習武技巧書和一些功法招式。

第二十一章　風滿西樓

去年林非鹿在他眼皮子底下翻牆失敗，曾耍賴要他教自己一些速成的功夫技巧。其實那時候只是她一句玩笑話罷了。

她知道古時候習武都是有門有派有風格的，比如她在正式跟奚貴妃習武前，也是敬了三杯敬師茶的。宋驚瀾年紀輕輕功夫便深不可測，自由行走皇宮無人察覺，可見隨習的世叔也不是什麼無名之輩。

哪能輕輕鬆鬆就把獨門技巧傳給她這個外人。

可就是這樣一句玩笑話，他卻一直記在心中，還手繪了適合她的「武功祕笈」。月光照耀下的書頁，一筆一畫都顯著他的認真和專注。

是被人放在心上的感覺。

她粗略翻完了書，一時之間不知道該說什麼，最後嚴肅地問：「殿下，我現在要是親你一下，你應該沒意見吧？」

宋驚瀾眉峰微微揚了一下，眼裡有無奈又好笑的淺淺笑意，就像不知道該拿耍賴的小朋友怎麼辦一樣。

林非鹿噘了下嘴，又美滋滋翻起手上的武功祕笈，「等我學成，就可以去仗劍江湖了！」

宋驚瀾輕笑一聲：「仗劍江湖？」

林非鹿歡天喜地地點點頭，又熱情地邀請他：「殿下要不要跟我一起？我們到時候可以取個藝名，就叫黑白雙俠！策馬同遊，快意恩仇，大口喝酒大口吃肉，豈不美滋滋。」

語氣裡都是對未知世界的嚮往。

宋驚瀾的語氣不自覺輕快起來：「好啊。」

林非鹿憧憬完了，轉頭笑話他：「怎麼我說什麼殿下都說好？對我這麼好哦？」

他看著她，眉眼籠著春夜的月影花色：「嗯，因為公主對我也很好。」

把林非鹿說的怪不好意思的。

她不由想起以前自己學生時期看過的言情小說，每一個女主角都有一個或溫柔或調皮的竹馬，她那時候獨來獨往，也曾幻想過自己如果有個竹馬就好了。

那樣的話，她整個童年乃至少女時期也不至於那麼孤獨。

是老天爺聽到她的心願，所以補了一個竹馬給她嗎？

雖然這心願實現得未免有些遲，不過她還是很高興。

林非鹿開心地伸出手：「那我們說好啦，give me five！」

宋驚瀾：「嗯？」

林非鹿：「擊掌！」

他搖頭笑起來，抬起手掌輕輕跟她碰了一下。林非鹿不滿意，握住他的手腕，把自己的小短手重重拍上去。

啪的一聲清響，她高興了：「擊掌立誓，說好了哦。」

他收回手，垂眸看著手掌淺淺的紅印，笑了一下。

回翠竹居的路上，宋驚瀾遇到了巡夜的侍衛。他一身黑衣藏於樹冠之間，呼吸輕不可聞。警惕的侍衛們從樹下走過，半點未察覺頭頂有人。

待侍衛離開，他卻沒著急走。

春夜的月色為整座皇宮鍍上一層銀輝，既冷清又婉約，放眼望去，飛閣流丹層臺累榭，雄偉又華麗。

曾經的大林被視作未開教化的蠻人，除了打架厲害，什麼都不會。如今一代又一代，已經成了天下正統，人人趨之若鶩的王都。

宋驚瀾看著在夜色中寂靜矗立的皇宮，勾著唇角無聲一笑。

黑影掠過空中，連鳥雀都未驚動。

回到翠竹居時，天冬正坐在漆黑的屋子裡打盹，聽見門外有聲音，趕緊起來掌燈，「殿下回來啦？」

燈一亮，才發現屋內早已站著一個人。

天冬差點嚇暈過去，失聲道：「紀先生，你是什麼時候進來的？」

紀涼抱著劍站在那裡，像夜裡一抹幽魂，面無表情道：「你說第三句夢話的時候。」

天冬捂住嘴：「我睡覺從來不說夢話的！」

宋驚瀾推門進來，看見紀涼笑起來：「紀叔回來了。」

紀涼從懷中掏出一封信遞給他，一句話都沒說，一點聲響也沒有地從窗口飛出去了。

天冬拍著心口道：「紀先生的功夫越發深不可測了，飛起來都沒聲音的！」他又湊過去，看著宋驚瀾手上那封信壓低聲音道：「容少爺回信啦？」

宋驚瀾拿信在他頭上拍了一下，天冬噘著嘴出去燒洗漱的熱水了。

屋內靜下來，宋驚瀾走到案几前坐下，緩緩拆開信封。

熟悉的字跡，輕佻的語句，開頭照常是問他安。

看了一會兒，神出鬼沒的紀涼又從窗外飛進來，站在他身後淡聲道：「容珩說你想拉攏的那個人有點難度，他會想辦法讓人下獄再救出來，不知此計能不能行，如果失敗就只能除掉，讓你提前另擇人選以作備用。」

宋驚瀾點點頭，溫聲說：「辛苦紀叔這一年來兩頭跑了。」

紀涼：「不辛苦，輕功又精進了許多。」

說完，無聲無息地消失了。

天冬端著熱水進來的時候，宋驚瀾已經將那封信擱在燭臺上點燃，轉瞬燒成了灰燼。

殿下近來跟容少爺通信的次數越來越頻繁了，堂堂天下第一劍客竟然成了跑腿信使，天冬覺得紀先生真是太難了。

他一邊服侍宋鷺瀾洗漱一邊問：「殿下，我們是不是很快就可以回國了？」

他語氣裡有些興奮，宋鷺瀾看了他一眼：「你很想回去？」

天冬道：「當然了！那才是殿下的國家，回去了就不用受在這裡的這些苦了。」

宋鷺瀾用毛巾擦過眼角，笑了一下：「那可不一定。」

天冬悵然地嘆了聲氣，又說：「其實我在哪裡都一樣，畢竟我只是殿下在來這裡的途中撿的孤兒，殿下去哪裡，我就去哪裡。只是若是回國了，就見不到五公主了。」

宋鷺瀾瞟了他一眼。

天冬還猶自憂傷著，宋鷺瀾把冒著熱氣的帕子扔在他頭上：「五年之內是回不去的，且待著吧。」

天冬聽他這樣說，有點開心，又有點失落。

天氣漸漸熱了起來。

宋鷺瀾又過上了每日午後跟林非鹿一起坐在廊簷下吃冰棒的日子。她的小腦袋裡總是裝了很多稀奇古怪的東西，會鼓搗出很多他聽都沒聽過的稀奇食物來。

他也不怕有毒，不論她搞出什麼來，都會很給面子的全吃了。

搞得好幾次半夜胃疼，硬是用內力壓下去了。

他們這頭過得愜意，後宮和前朝可不安穩。

起因是刑部侍郎的小兒子文向明當街殺了人。

按照《大林律》，殺人當斬，但律法一向只適用於平民百姓，這位刑部侍郎的小兒子，是阮貴妃姑姑的兒子。

阮氏姑姑當年嫁給了那一屆的探花，那位探花郎在阮相的扶持下一路仕途順利，輕輕鬆鬆就坐上了刑部侍郎的位子，本來按照今年的計畫，是要晉升刑部尚書的。

結果就在升遷之前，小兒子犯了殺人罪。

原因說來可笑，竟是為了一隻蟋蟀。

阮氏一族家大勢大，已然是大林如今風頭最盛的外戚。阮家子弟一向過著不輸皇子的生活，之前的蕭家惡霸跟他們平日的作風比起來，簡直不值一提。

文向明是出了名的紈褲子弟，遊手好閒好逸惡勞，時常出沒青樓賭坊，雖一事無成，蟋蟀倒是鬥得很好。

刑部侍郎為了鍛煉他，將他扔進了金吾衛，文向明在裡面學了些三腳貓功夫，越發耀武揚威。他養了一隻蟋蟀，稱作百勝大王，卻在前不久跟人鬥蟋時被對方踩死了。

文向明氣到發瘋，竟將對方活活打死，說要給蟋蟀賠命。

他打死了人倒是知道怕，一溜煙跑回家躲著不出來。他知道京兆府是什麼德行，根本與陛下不敢管阮家的事。

被他打死的人只是一個小文官的兒子，對方報了官，京兆府雖然受理了案子，也裝模作樣上門要拿凶手，最後不僅凶手沒拿下，這件事還一拖再拖，拖到死者的屍身都腐爛發臭，不得不安葬。

一安葬，文向明就改口了，說人不是他打死的，他只是隨便打了兩拳，根本就不足以致死，對方是因為患有惡疾，當時惡疾發作導致死亡的。

當時圍觀的人哪敢跟阮家作對，只能附和了。

事情到這一步，本來也就結束了。沒想到那小文官不知在哪裡尋到了門路，竟然一紙狀告到了林帝面前，那狀紙由鮮血寫就，字字泣血，言明就算是把下葬的屍體重新挖出來，也要為兒子討一個公道。

狀紙遞上來的時候，太子恰好在旁請安。

林帝看到那血書，當場就發飆了，抬頭卻見林傾神色悲戚，不由問道：「你這是怎麼了？」

林傾哽咽道：「兒臣看到此血書，心中為那位父親感到敬重又難過。父母與子女血脈相連，若兒臣出了什麼事，父皇應該也會不顧一切為兒臣討公道吧。」

林帝罵道：「你這是在胡說些什麼不吉利的話！」

雖是罵語，心中卻大為觸動。再一看那血書，全然是一位白髮人送黑髮人的父親悲痛又無助的訴求。

阮氏一族平時怎麼橫行霸道他都睜一隻眼閉一隻眼，如今鬧出人命，還敢這般藐視律法，林帝怒不可遏，當即停了刑部侍郎的職，然後讓刑部調派專人調查這件當街殺人案。

聖旨一下，阮家就坐不住了，知道這件事恐怕善了不了，立刻求到阮貴妃面前來。

阮貴妃對那位堂弟的生死無所謂，反倒是這件事之間的異常讓她覺得奇怪。比如，那位小文官是怎麼把狀紙遞到林帝面前的？遞上來的時候，太子為什麼剛好在旁邊呢？

還有文向明平日雖然為非作歹，倒也不至於為了一隻蟋蟀殺人。阮家這邊也沒閒著，開始著手派人調查。

查來查去，發現文向明衝動當日殺人，竟是有人在旁邊挑撥教唆，煽風點火。小文官能將狀紙遞上來，也是透過一位朝臣之手。而這兩人，都是皇后一族的勢力。

這一年來，兩派勢力摩擦不斷，但都未傷及彼此根本，如今皇后從折斷阮氏羽翼開始，想將朝中阮氏的勢力一一排除了。

兩派已然走上你死我活的地步，林傾和林廷的關係也降到了冰點。

他們之前在太學上課時都坐在第一排，一直都是同桌。不知從何時開始，林廷便將自己的位子搬到最後一排。

他跟後排這些紈褲不一樣，不睡覺不蹺課不吃零食，還是端端正正坐著，看著前方太傅的方向，可眼神卻沒聚焦，像一座沒有生氣的木雕。

林非鹿在宣紙上畫了一個笑話，講的是小白兔和大灰狼的故事。

她悄悄遞給林廷看，想逗他笑。

他只是看了一眼，卻還是轉頭朝她笑了笑。

他笑了，林非鹿心裡卻更難受了。

下午吃著冰棒跟宋驚瀾說起這件事時，他只是看著天際重疊的白雲淡聲說：「這還只是開始。」

奪嫡這條路，註定要用鮮血和人命來鋪就。

長嫡兩派這一爭，就是六年。

六年時間，林非鹿從一個個頭不過腰的萌娃長成了十三歲的娉婷少女，就連當年只會抱著她大腿流口水的小奶娃林蔚都成了九歲的小姑娘，懂得愛美之心了。

以前林廷和林傾之間的暗湧只有她和宋驚瀾察覺到，到如今這個地步，遲鈍如林景淵都發現不對勁了。

雖然兩派從未兵戎相見，甚至還維持著表面上的平和，但無論前朝還是後宮，暗自瀰漫的硝煙已將身處其中的人全部籠罩。

林景淵長大之後，性子絲毫沒變，還是跟以前一樣跳脫，他一直努力挽回大哥和三哥之間的關係，兩人每次都很給面子的點頭，但之後還是該怎麼樣就怎麼樣。

林景淵憂心忡忡問林非鹿：「你說以後他們兩個會不會打起來啊？」

林非鹿覺得按照林廷的性子，多半是不可能的。

但也說不好。

這麼多年過去，林廷的溫柔染上了沉默，整個人看起來十分沉鬱，那雙總是柔軟的眼睛被一層濃濃的迷霧遮擋，叫她看不清他心中所想。

他的確曾經不想爭，但這麼多年了，他會不會也改變了想法呢？

林傾芝蘭玉樹的氣質倒是沒有改變，只是偶爾視線掠過，眼中有令人心驚的厲色。

但不管兩人如何變化，對林非鹿還是一如既往地寵愛。

林廷會將偶爾救下的小動物送到明玥宮來讓她養。曾經只有兩座小木房的花田旁邊已經建起了動物社區，有時候林廷會過來在其中坐一坐，那些動物就趴在他腳邊、膝上、懷中，還有立在他肩頭。

只有這個時候，他才會真心地笑一笑，像當年的模樣。

林非鹿也常去東宮，拿著自己做的風箏啊、彈珠啊、小木馬什麼的，纏著端莊的太子哥哥陪她玩，太子拗不過她，每次都會摒退宮人偷偷陪她玩一玩。

她做不了太多，唯一能做的就是讓他們在這場奪嫡之爭中能偶爾有一段快樂放鬆的時光。

林景淵特別不能理解兩位哥哥：「皇帝有什麼好當的啊？又累又不自在，懶覺都睡不成，白給我我都不要！」

林非鹿悵然嘆氣：「如果每個人都像你這麼想就好了。」

當然這話林景淵只敢私下偷偷吐槽一下，有一次被嫻妃聽到，暴打了他一頓不說，還關了半月的禁閉，把林景淵氣得不輕。

去年林廷成年已經封了齊王，在宮外建府，不再常居宮中。林傾今年成年，還是住在東宮。兩人無需再上太學，一個住在宮外，一個住在宮內，見面的次數驟然減少。

齊王府剛建成時，林非鹿去過。她本來以為按照大皇兄的性子，應該會搞一個專門餵養動物的院子出來。

結果齊王府裡面一隻動物都沒有。

林非鹿想著，把他曾經救的那些小動物還給他，反正他現在不用跟阮貴妃住一起了，總可以隨意養動物了吧。

沒想到林廷拒絕了。

他說：「我照顧不好牠們，妳且養著吧。」

林非鹿覺得，大皇兄的確是變了。

這種變化令她心中感到不安，可卻毫無辦法。

她為兩位哥哥的未來擔憂不已，林景淵倒還是吃得好睡得好，並且開始看著齊王府期待兩年後自己封王建府的事。最近聽聞林帝有意向為他擇地了，頓時激動到不行，迫不及待拉著林非鹿出宮考察選址。

聽他話裡話外的意思，林非鹿感覺他是想建個遊樂園出來。

這些年她對於出宮已經熟門熟路，自從林念知出嫁之後，她便有理由經常出去瘋玩，把京都的大街小巷都竄了個遍。

想著也有段時間沒見過林念知了，出宮之後便直奔杜府而去。

林景淵抱怨：「長姐嫁人之後脾氣越壞了，有什麼好見的。妳自己去吧，我要去選地了！」

說完就跳車跑了。

馬車將林非鹿帶到杜府門口，守門的小廝看見五公主從車上下來，趕緊迎上來行禮。林非鹿一邊往裡走一邊問：「皇長姐在做什麼？」

小廝神情有些尷尬，進了庭中才支支吾吾道：「回五公主的話，長公主不在府中。」

林非鹿瞟了他一眼：「去哪了？」

正說著話，杜景若從堂中走出來。

當年的青衣少年如今已成翩翩公子，正如林念知當年期待的夫君模樣。

林非鹿喊他：「姐夫。」

杜景若略一行禮，才溫聲道：「五公主是來找念知的？她前些時日搬回了長公主府，如今不在這裡。」

林非鹿一聽就明白了：「你們又吵架啦？」

杜景若臉上露出無奈的笑容。

林非鹿問：「這次又是因為什麼啊？」

杜景若欲言又止，最終還是什麼都沒說，只是道：「五公主要去找念知的話，便幫我帶句話吧。母親的意思並不是我心中所想，她不必介意。」

林非鹿對他點頭，轉道去長公主府。

長公主府是林念知及笄那年建的，這是大林皇室的規矩，皇子公主成年後都要在宮外建府。不過林念知及笄之後就嫁了人，一直跟杜景若住在杜府，長公主府便只有幾個看管的下人，大多時候都空著。

不過很顯然林念知將這裡當做她的娘家，每次跟杜景若吵架都會收拾行李搬回來。

林非鹿進府之後，跟著婢女走到院中門口，婢女才通報了一聲，房內便傳來林念知氣憤的聲音：「不見不見不見！把杜家的人全部拿掃帚掃出去！本公主一個都不見！」

林非鹿笑問：「我也不見啊？」

裡面頓時沒聲音了，半晌傳出林念知不開心的聲音：「不進來還在外面做什麼！」

林非鹿讓婢女退下，推門走進去，進屋就看見林念知半躺在軟榻上吃著水果解九連環。聽到動靜眼皮也沒抬一下，只是悶悶地說：「妳怎麼又出宮了？」

林非鹿一屁股在她對面坐下，看她手上那個極其複雜的九連環，「陪景淵哥哥出來的。」

林念知眼中頓時冒出凶光：「他人呢！是不是一起來了？叫他過來，我剛好打他一頓降降火！」

林非鹿：「……」

她伸出手指擋了下林念知的動作，換了九連環其中一環釦的走向，咔噠一聲頓時解開了一環。

林念知煩躁地把九連環往旁邊一扔：「不玩了不玩了！我解了一天沒解開，妳一來就解開了！」

林非鹿笑嘻嘻的：「妳的心思不在這上面，怎麼解得開？不過，姐夫又怎麼惹著妳啦？」

林念知一聽姐夫兩個字就發飆了：「妳不准再叫他姐夫！我宣布從現在開始他不是妳姐夫了！我要跟他和離！」

林非鹿：「這話妳每年都要說一次。」

林念知：「……這次是真的！」她氣得咬牙切齒，憤怒道：「妳知道他母親說什麼嗎？說我生不出孩子，說要給他納妾！還讓我要大度一點，自己生不出來，就不要攔著別人生！」

林非鹿同仇敵愾：「太過分了！怎麼能這樣呢！」

林念知連連點頭：「對啊！我是生不出來嗎？我明明是不想生！我要想生，分分鐘生一個馬球隊出來！」

林非鹿：「……倒也不必如此。」

她算是明白了，長姐這是遇到自古以來女生難逃的催生難題了。

她安慰了半天，又問：「姐夫也是這個意思？」

林念知一頓，彆扭地說：「那倒沒有，他說隨我開心就好，也不會為了子嗣納妾。」

林非鹿：「那妳為何要生他的氣？」

林念知瞪他：「不是因為嫁給他，我能受這些氣？他就是罪魁禍首！」

林非鹿：「……好吧，邏輯滿分。」

林念知吐槽了半個時辰，心裡總算舒坦了一點，沒之前那麼暴躁了。看著撿起九連環玩的小五，突然問：「妳今年也十三了，按規矩，父皇也該為妳挑選夫婿了。」

林非鹿嚇得差點把九連環掰碎了。

林念知全然忘記她剛才還在吐槽嫁人這件事，十分興奮地問她：「妳可有心儀之人？」

林非鹿瘋狂搖頭：「沒有沒有沒有！」

林念知撐著頭打量她，像個浪蕩公子哥似的伸出一根手指勾住她的下巴：「我們小五啊，如今是越長越漂亮了，長姐看著都心動，也不知道將來會便宜誰。」

林非鹿：「……」

她突然想起什麼：「奚行疆去邊疆也有三年了吧？」

奚家歷代駐守邊疆，奚行疆三年前便去了邊疆軍中歷練。他將來是要接奚大將軍帥印的，無論是奚家還是朝廷對他的培養都十分看重。

林非鹿不知她為何突然說起這個，點了下頭。

便聽林念知笑吟吟道：「他走之前不是送了妳一枚玉佩？妳可知男子贈玉是什麼意思？前些時日我聽景若說，奚行疆今年可能會回京一趟，難不成是為妳回來的？」

林非鹿：？

她都不想震驚了，幽幽地說：「長姐當年都看不上的人，覺得我看得上嗎？」

林念知：「……對哦。那算了，他配不上我們沉魚落雁閉月羞花的小五。」

林非鹿趕緊揭過這個話題：「聽說皇后娘娘在為太子哥哥選太子妃了呢。」

林念知這幾年常居宮外，重心都圍著自己的婚姻，對奪嫡之爭感觸很小，聽聞此言點點頭，「我也聽說了，說是選中了右丞相的嫡孫女，賜婚的聖旨大概很快就會下了。」

大林一直設有左右丞相，左丞相便是阮貴妃的父親。那些年因為阮氏獨大，右丞相司相一派被打壓得很厲害，在朝中說不上什麼話。這兩年因為長嫡兩派相爭，右丞相一派趁機起來了，逐漸跟阮相有分庭抗爭的趨勢。

司相的嫡孫女叫做司妙然，也是京中名女，林非鹿雖然沒見過，倒是聽說過此女溫雅知禮，德才兼備。

林念知聊了幾句聽來的有關司妙然的傳言，轉頭又道：「眼見著太子都要娶妻了，齊王卻還沒動靜，阮家也真坐得住。不知道要挑個什麼樣的天仙，挑了這麼長時間。」

到這一步，娶親已經跟個人幸福無關了，只是家族用來鞏固勢力的工具罷了。

阮家從權勢出發，自然不能輕易讓林廷娶親，不過應該也就是這一兩年的事了。

林非鹿不想出了宮還為這兩位哥哥的事煩惱，很快把話題轉回林念知身上。

林念知果然又開始大罵杜景若……

林非鹿聽著，倒覺得皇長姐嫁人之後脾氣越來越大，完全是杜景若慣出來的。

自己莫名其妙就吃了一口狗糧。

她一直待到傍晚才離開，林景淵坐在府外的馬車上，正美滋滋看著自己今天搜集到的地圖，已經開始暢想府邸要怎麼劃分區域了。

林非鹿剛出府門，就看見餘暉下杜景若踱步走來。

林念知本來還拉著她的手依依不捨說著道別的話，看到杜景若，頓時拉下臉來，把手一甩，轉身進府了。

林非鹿偷偷朝杜景若比了個打氣的手勢，他頷首一笑，看向半掩的府門，眼中笑意無奈又寵溺。

林念知雖然看起來一副生氣的樣子，但明顯幫他留了門。

杜景若一路走到庭中，林念知的房門也是半掩的狀態。他走到門口，卻沒推門進去，而是輕叩兩下房門。

裡面傳來林念知沒好氣的聲音：「幹什麼！」

他微微嘆氣，輕聲說：「念念，跟我回家吧。」

裡頭頓了一會兒，才傳出悶悶的聲音：「回去幹什麼，看著你納妾嗎？」

他還是輕聲細語的：「不納妾，有念念就夠了。」

過了一會兒，房門被拉開，林念知站在裡面，眼眶紅紅的，吸著鼻子吼他：「杜景若你給我聽好了！你再讓我生氣，我就要跑走了！知道嗎！跑走了，讓你再也找不到我！」

他點頭：「我記住了。」

林念知：「哼！」

他笑著來拉她的手，「回家吧。」

林念知別過頭，明顯還不解氣：「腳腳痛！走不動！過幾天再回去！」

杜景若便低頭打量她穿著白絲繡鞋的腳，溫聲說：「我揹妳回去。」

哪怕成親這麼多年，當了這麼多年夫妻，熟悉彼此身上每一個位置，林念知發現自己還是會因他這樣溫柔的語氣而心動。

她臉頰飛上緋紅，彆彆扭扭道：「誰……誰要你揹！」

杜景若笑了笑，突然俯身把她打橫抱了起來。

林念知嚇得摟住他的脖子，呆呆看著他眼角那顆風流的淚痣。

聽到他柔聲說：「那抱吧。我抱念念回家。」

回宮沒幾日，林傾和司妙然賜婚的聖旨果然下了。

司妙然年方十五，無論家世還是教養相貌都當得起太子妃這個位子。欽天監的人算了吉日，成親的日子定在暮秋，還有不到半年的時間，宮內宮外立刻忙了起來。

林非鹿找了個機會，偷偷出宮去看了看準太子妃，是個標緻的美人，笑不露齒的那種。

其實按照她的想法，林傾這樣端莊沉穩的性子，應當配個外向爛漫的姑娘。司妙然是標準的大家閨秀，知書達理，難免跟林傾有些像，過於守規矩了。

但皇家婚姻，何時輪得到自己做主呢。

林非鹿看完準嫂嫂，一回宮就立刻跑去了東宮。

去的時候林傾正在練字，老遠就聽見她的聲音，等人一進來便訓誡道：「妳也是個大姑娘了，怎麼還這麼沒有規矩，大喊大叫的成何體統。」

林非鹿說：「哦，看來太子哥哥很喜歡嫂嫂那樣文靜賢淑的女子了？」

林傾筆一頓，看了她一眼，無奈搖了下頭，「又出宮了？」

林非鹿坐在榻上，青色長裙如流蘇墜下，卻擋不住她不安分晃動的雙腳：「對啊，我去看嫂嫂了！幫太子哥哥把把關。」

林傾失笑，坐過來倒了杯酥茶給她：「我的婚事，何時輪得到妳把關了？妳這關若是沒過，難不成這門親事就不成了？」

雖是玩笑的語氣，卻也道出了無可奈何的辛酸。

林非鹿嘬了下嘴，接過他遞來的酥茶喝了兩口才道：「嫂嫂長得很好看，性格也跟傳言無二，應該會是一個好妻子的。太子哥哥以後也要對嫂嫂真心相待哦！」

林傾用扇柄敲了下她不安分的膝蓋，「管好妳自己的事就行。前些時日父皇跟我提起妳的婚事，妳可有心儀的男子？」

林非鹿一口酥茶噴了出來。

還好林傾身形靈活，一下子躲開了，不過還是濺到他的衣袖上，旁邊的宮人趕忙來收拾。林傾從袖口掏出帕子遞給她擦嘴，甚是無語：「妳看妳像什麼樣子，小時候明明那麼乖巧，現在越發隨性而為。」

林非鹿擦乾淨嘴，有點崩潰：「父皇真說要幫我訂親啊？」

林傾道：「豈能有假？妳若是有心儀的人便告訴我，我容不得選擇便罷了，妳得選一個喜歡的，別委屈自己。」

林非鹿再一次瘋狂搖頭：「沒有沒有，我還不想嫁人！」

林傾說：「沒有讓妳現在嫁，只是先定下來，萬一被別人搶了先怎麼辦？」

林非鹿：「能搶走說明本就不屬於我。」她往前蹭蹭，去扯林傾的袖口，可憐兮兮的：「太子哥哥，我還不想這麼早說親，妳幫我跟父皇說說情吧。」

林傾不爭氣地看著她：「妳就是跟老四混久了，才染上他的放浪形骸！」

林非鹿：「你凶我！」

林傾：「……」

他拿這個從小寵到大的妹妹沒辦法，在她可憐兮兮的眼神下只能點頭：「罷了，妳還未及笄，婚事往後推推也無妨。」

林非鹿美滋滋地從袖口掏出一個圓溜溜的東西：「太子哥哥對我最好啦，這個送你！」

林傾已經習慣她總是拿出一些稀奇古怪的玩意，接過來研究了半天：「這是何物？」

林非鹿熱情地解釋：「這個叫溜溜球，是這樣玩的，我示範給你看！」

於是兩人在東宮玩了一下午的溜溜球。

有了林傾的說情，加上林非鹿去林帝面前撒了幾回嬌，說自己捨不得離開父皇，又落了幾滴淚，總算讓林帝打消了給她訂親的念頭。

雖然林非鹿自己也清楚，躲得過初一躲不過十五，兩年之後等她及笄，恐怕就沒那麼容易糊弄過去了。

不過能逍遙一分鐘是一分鐘，以後的事以後再說，等到了那一天再想辦法吧。

她回到明玥宮的時候，林蔚正陪著林瞻遠餵兔子。

林廷那隻兔子前幾年就壽終正寢了，現在宮內的兔子都是新養的。林蔚早已不是當年那個哭著鬧著要摸兔兔摸狗狗的小奶娃了，她變成了一個活潑爛漫的小姑娘，卻依舊對林瞻遠親暱有加。

這麼多年過去，她當然發現了林瞻遠異於常人的地方，可她一點也沒有嫌棄這個傻子哥哥。

林瞻遠是她整個童年唯一的玩伴，當她長大，她依舊願意當他的玩伴。

林非鹿回來的路上去內務府的冰庫取了冰棒，回來之後一人分了一根，然後提著冰盒往外走。

林蔚歪歪扭扭坐在藤椅上，一邊舔冰棒一邊呲溜著問：「五姐，妳又要去翠竹居啊？」

林非鹿隨口應了一聲。

林蔚悠悠說：「我聽說父皇打算替妳說親，五姐心儀的人難道是那位質子嗎？這可有點難辦啊，父皇是不會同意的。」

林非鹿扭頭就把她從藤椅上拎下來，然後把她拎上了院牆。

林蔚嚇得哇哇大哭，動都不敢動：「五姐我錯了！快放我下來！妳怎麼每次都這樣啊！」

唉，畢竟師從奚貴妃，她的拿手絕活自然要掌握。

林非鹿環胸抱臂站在牆下，懶洋洋打量站在牆垣瑟瑟發抖的小丫頭：「下次還胡說嗎？」

林蔚有點拗，頓時不幹了：「我哪裡胡說啦？妳難道不喜歡那位質子嗎？妳去翠竹居的次數比來找我的次數都多！」

林非鹿指指她：「妳在這裡給我站著。」

說完，抱著冰盒走了。

走出去沒多遠，便聽見林蔚大呼小叫地指揮林瞻遠搬梯子過來。

翠竹林的竹子這些年長得越發挺拔，根根參天，將底下的竹園掩蓋。林非鹿走到院外，看了曾經攔住自己的院牆一眼，腳尖一點，輕輕鬆鬆飛了上去。

她一提裙擺，乾脆的在牆垣坐下來，垂在半空的腿微微交叉，露出輕紗裙擺下一雙白色繡鞋。

院中天冬還在專心致志地劈柴，根本沒發現牆上坐了個人。

宋驚瀾翻了兩頁書，也沒等到人進來，只好走出門去。

少女一身青衣坐在牆上，被耀眼的陽光籠罩，好像也變得耀眼起來。

她看見他出來，也不說話，只是笑著搖了搖手中的冰棒。

宋驚瀾失笑搖頭，輕飄飄飛落在她身邊坐下。

林非鹿熱情地遞上自己的新作品：「蘆薈口味的！嚐嚐看。」

哪怕她如今已經長高了很多，可坐在她旁邊的宋驚瀾還是比她高很多。

六年時間，小漂亮長成了大漂亮，好看的五官完全褪去了稚色，少年的英氣和溫柔的俊美在他身上完美融合，舉手投足帶著讓人賞心悅目的清貴，就像曾經大學校園裡令無數女生暗戀仰慕的溫柔學長，簡直是人間絕色。

看帥哥可以延年益壽，看極品帥哥可以長生不老，林非鹿覺得自己多看他一眼，就能多活十年。

嗯！這就是為什麼她喜歡往翠竹居跑的原因！

連咬冰棒的動作都那麼優雅好看，林非鹿滿足地欣賞了一會兒才問：「好吃嗎？」

宋驚瀾點頭：「好吃。」

她笑起來：「不管我送什麼過來，殿下從未說過不好吃。」

他偏過頭，微微笑著：「公主不管做什麼都很好吃。」

被那雙清柔的眼睛認真地看著，林非鹿的心跳突然加快，她一下子扭過頭咬了一口冰棒，冰渣碎在口中，嗓音也有些含糊不清：「殿下這麼會哄女孩子，今後也不知道會便宜了誰。」

說完之後，覺得自己這句話怪怪，聽起來怎麼一股酸酸的語氣？

林非鹿立刻用開玩笑的語氣接話道：「殿下何時回國？若是一直待在這裡，恐怕連妻子都娶不上啦。」

風拂起他白色的衣擺，宋驚瀾微微垂了垂眼睫：「我若回國，公主會忘記我嗎？」

林非鹿驚訝地看了他一眼：「怎麼會？對自己的長相自信點！我才不會忘記這麼好看的殿下！」

宋驚瀾垂眸笑了下。

他說：「那就好。」

他抬眸看過來，若無其事問：「聽聞陛下在為公主擇婿？」

林非鹿無語了：「怎麼連你都知道了？」她頓了頓又說，「不過，你不知道才奇怪呢。」

有時候她都懷疑這個人是不是在宮裡各處裝了竊聽器。

宋驚瀾還是微笑著：「那公主可有心儀之人？」

林非鹿不是第一次被問到這個問題，可當這句話是從他口中問出來時，她莫名其妙有些心慌，趕緊咬了一口冰棒冷靜冷靜，然後才小聲說：「才沒有呢。」

不對啊！雖然如今小漂亮長成了大漂亮，她的心理年齡還是比他大啊！

怎麼能在他面前害羞呢！在這具身體裡住得太久入戲太深了吧！

想到這裡，她轉頭看向他，插著腰超大聲說：「沒有！」

宋驚瀾被她理直氣壯的樣子逗笑了，伸出手掌輕輕在她頭頂摸了摸：「好，我知道了。」

天冬聽到動靜轉過身來，這才看見牆上坐了兩個人。

他把劈好的柴抱起來往旁邊走去，邊走邊嘟囔：「吃個冰棒還換那麼多地方，這院子都不夠你們換的。」

林非鹿把吃完的冰棒木籤當做飛鏢扔過去，「我聽到了！」

天冬一溜煙跑遠了。

她哼了一聲，拽起宋驚瀾的衣角擦手，擦完還是覺得黏黏的。看她小臉皺成一團的樣子，宋驚瀾便躍下牆去，用水打濕了帕子，拿過來讓她擦手。

林非鹿這才滿意了。

她問他：「不過殿下，你到底什麼時候回國啊？」

總不能在這裡待一輩子吧。

宋鷺瀾瞇眼看著浮動的竹林，語氣裡有股莫名的笑意：「快了。」

林非鹿點點頭。

也不知道交還質子需要什麼手續，到時候若是林帝不放人，她還要想辦法幫幫他。

第二十二章 燈火璀璨

因著要準備太子大婚之事，今年的行宮避暑之行便取消了。林非鹿受不住熱，聽說宮外有處莊園專做避暑之用，只開放給達官貴人，便常常溜出去玩，在那裡一待就是一天。

避暑莊園叫做紫玉林，地板玉石鋪就，滿院栽滿紫竹，十分奢華。林非鹿去了幾次就發現，冷氣是從玉石地面底下散發出來的。一打聽才知道，這整個庭院是建在一座冰窖之上的，類似於地暖的原理，難怪如此涼快。

林非鹿聽完心裡只有一個想法：古代有錢人真是為所欲為啊。

一開始園主不知她的身分，只以為是哪家富貴人家的千金，雖客氣招待，但也沒過分上心。直到有一次林非鹿撞上也在這避暑的都御史之子冉燁。

冉燁曾在太學上過一段時間的學，自然認識五公主，便朝她行禮，跟著冉燁一起的那群公子哥們都一一行禮。自那之後，園主便知道這位常來的小姐竟是皇室公主，趕緊將園中最好的房間作為公主專用，恭敬伺候。

冉燁自知道五公主常來此避暑，每次來了紫玉林都先來問禮。林非鹿一個人閒著也是閒著，有時候冉燁問她要不要一起擲骰投壺，她也會參與參與。

這一日她剛來紫竹林，坐下才吃了一串冰葡萄，外面便又傳來冉燁笑吟吟的聲音：「五公主，前些時日他們得了一隻鸚鵡，會十多種口語，妳要不要過來瞧個新鮮？」

林非鹿說：「行吧。」

她剛慢騰騰爬起來，把水果盤端在手上，打算過去一邊吃一邊看，就聽外面砰一聲，隨即傳出冉燁的慘叫。

林非鹿一愣，趕緊快走幾步拉開玉門。

外頭是一方天井，天井中間豎著一扇白玉翠屏，但此時這座玉屏已經倒在地面摔得四分五裂，冉燁躺在這碎玉之上，抱頭慘叫。他身前站著的人一身黑衣，墨髮高束，正提著拳頭暴揍他。

林非鹿一下子沒認出那個背影，厲聲道：「住手！」

冉燁聽見她聲音頓時大叫：「公主救我！啊——」

那人並沒有因為林非鹿的話停下動作，反而揍得更狠了。

林非鹿把水果盤往地上一放，縱步衝過去想把人拉開。跑至跟前，看見打人者的側臉，頓時驚住了：「奚行疆？怎麼是你？」

冉燁是被人從後面直接拎起來摔到了院中，根本沒看見打人的是誰，此時聽見「奚行疆」三個字，慘叫聲頓時卡在喉嚨，緊緊抿住唇，不敢叫了。

奚行疆拽著他的衣領，將人往上提了提，頭轉過來看向林非鹿，嬉笑著：「小豆丁，好久不見啊。」

林非鹿無語了：「你什麼時候回京的？你幹什麼打人啊！」

奚行疆還是那副嬉皮笑臉的樣子：「昨夜剛到。」

冉燁在他手下瑟瑟發抖，林非鹿看不下去了：「你先把人放開，你打他幹什麼啊？」

奚行疆這才低頭看了看被自己打得鼻青臉腫的冉燁，冷笑一聲，抬手在他臉上拍了拍：「就憑你，也想癩蛤蟆吃天鵝肉？」

冉燁瞳孔放大一下，轉瞬又心虛地移開視線。

奚行疆狠狠把他往地上一放，站起身彈彈手指，居高臨下地打量他：「有多遠滾多遠，再讓我看見你……」

話沒說完，冉燁已經爬起來一溜煙跑走了。

林非鹿感覺頭有點疼，奚行疆嬉皮笑臉地湊過來，上上下下將她打量一番，挑眉道：「妳怎麼還是這麼矮？」

林非鹿：？？？

她跳腳了：「我長高了！」

奚行疆抄著手：「可我看妳還是跟以前一樣的角度啊。」

林非鹿氣得想踩他腳：「那是因為你也長高了啊混蛋！」

他嗤地笑了一聲，趁她沒反應過來飛快伸手在她頭頂摸了一把，摸完又不無遺憾地說：

「沒有小揪揪，手感不好了。」

林非鹿啪一下把他的手打開，指著滿地碎裂的玉石：「這些你賠！」

奚行疆吊兒郎當的：「我賠就我賠，小爺有錢。」

林非鹿簡直痛心疾首：「你怎麼去邊疆歷練了三年還是這個樣子啊！」

他吹了個口哨，走到門口的臺階邊坐下，把她放在地上的那盤水果抱起來，往嘴裡扔幾顆葡萄：「哪個樣子？是不是覺得妳的世子哥哥一如既往的帥氣？」

林非鹿：「……」

別的沒見長進，臉皮倒是越來越厚了。

紫玉林的管事匆匆來遲，毀了人家的小院，林非鹿挺不好意思，管事卻連連說沒關係，不用賠。公主駕到令他們蓬蓽生輝，小小玉屏不值一提！

這些人還怪會做生意的。

很快就有人過來把碎玉清理走了，又幫她換了一座小院，說那邊會立刻重裝，等她下次過來就可以使用了。

林非鹿送走管事，進去的時候看見奚行疆一手枕頭躺在地上，翹著二郎腿，另一隻手往空中拋葡萄，又拿嘴去接，反正要多不正經就有多不正經。

瞧見她進來，斜眼看了片刻：「從這個角度看，好像是長高了不少。」

林非鹿往他對面一坐：「你什麼時候回邊疆？」

「不是吧？」他坐起來想拍她頭，「我才剛回來妳就盼著我走？」

被林非鹿眼疾手快地躲開：「你也知道你剛回來啊？你剛回來就行凶打人。」

奚行疆又躺回去：「誰叫他欠打，下次見著我還打。」

他吃了一串葡萄，側了下身子，用手撐著太陽穴，變成了貴妃躺的姿勢，倒有幾分風流公子的韻味，擠眉弄眼地問她：「小豆丁，我走之前送妳的那枚玉佩還在嗎？」

林非鹿倒了杯冰茶，面無表情地說：「不見了。」

奚行疆急了，蹭的一下坐起來，「怎麼不見了？不是讓妳好好保管的嗎！」

林非鹿說：「你叫我好好保管我就要好好保管？我那麼多玉佩，又不缺你這一塊。」

奚行疆快氣死了：「那能一樣嗎？那是我娘給我的！要給我將來妻子的！」

林非鹿：？

她瞇著眼，十分危險又冷漠地看過去。

奚行疆察覺自己失言，猛地抿住唇，若無其事看看房頂，又看看窗外藍天白雲。

半晌，聽見林非鹿幽幽說：「你想的還挺美。」

他梗著脖子轉過來吼她：「想想都不行啊？」

總是飛揚跋扈無往不利的少年，脖頸處紅了一片。

林非鹿伸出食指朝他搖了搖：「不行，你沒戲。」

奚行疆：！！！

他發脾氣似的又躺回去，唇角往下抿，看著頭頂玉石雕砌的懸梁，小聲嘟囔：「妳說沒戲就沒戲？走著瞧。」

林非鹿沒聽清楚，用橘子砸他：「你又在說什麼？」

奚行疆頭都不偏一下，猛地伸出手，在半空中將那顆橘子抓住，然後剝開皮扔了一瓣橘子到嘴裡：「謝了。」

林非鹿簡直不想理他。

臨近傍晚，炙熱的太陽才終於落山，將山邊那片雲燒得火紅。林非鹿離開紫玉林打道回宮，馬車候在外面。奚行疆跟她一起走到門外，趁她爬馬車的時候又不要臉地伸手在她頭頂擼了一把。

林非鹿轉頭惡聲惡氣：「遲早有一天我要把你的手砍掉！」

他嬉皮笑臉的：「再過三日便是乞巧節，夜晚十分熱鬧，還有花燈賞，要不要出宮啊？世子哥哥帶妳玩。」

林非鹿：「不去！不玩！滾！」

事實證明，熊孩子長大了只會變成熊少年，變不成翩翩公子！

不過話是這麼說，到了乞巧節那一天，林非鹿還是有點心動。

去年乞巧節因為林瞻遠生病了，她一直陪著他，沒能出宮去玩，聽說今年乞巧夜會放祈天燈，也就是孔明燈。無數盞祈天燈飛到天空的景象一定很美。

但她又擔心一出宮就被奚行疆蹲個正著，奚行疆輕功比她好，到時候想跑都跑不掉。真是煩死了。

林非鹿只能自己做了兩盞花燈，趁著夜色跑到翠竹居去，找宋驚瀾陪她一起放。

她現在已經習慣不走正門，飛身躍上牆時，卻見翠竹居內一點燭光也沒有，黑漆漆沐浴在月光之下。

小漂亮睡得這麼早？難道這就是傳說中的美容覺？

她跳下牆，遲疑著走到院中，摸了摸放在懷裡的花燈，想了想，還是打算走上前敲門。人還沒走近，就感覺到一陣尖銳的劍意從裡至外散發出來，像一張冷冰冰的鐵網將她緊緊包裹住。

她雖說學了這麼些年武功，自認為還挺很厲害的，沒想到卻在這陣劍意之下寸步難行，不僅動不了，連話都說不出來。

像是整個人陷入水泥之中，將她死死禁錮，除了沉淪等死，什麼都做不了。

林非鹿一時之間心慌無比，冷汗直冒，正不知所措，卻聽身後傳來一聲疾呼：「紀叔！不可！」

束縛她的劍意頓時消失，林非鹿像虛脫了一般，渾身乏力雙腿發軟，往地上一倒。只是身子還沒倒下去，就在半空中被人接住了。

熟悉的清淺竹香將她包裹，林非鹿慢慢轉了下腦袋，看到一身夜行衣的宋驚瀾。

還沒來得及開口，他已經俯身將她打橫抱起，大步朝屋內走去。

從她這個角度，剛好看見他緊繃的下巴，還有微沉的側臉。

走進屋內，借著清幽的月光，林非鹿才看到屋內的牆角處站著一個人，像鬼魅似的，一點聲響都沒有。身後的房門無風自動，「砰」一聲關上，宋驚瀾把她抱到榻上放下，握住她的手腕探了探脈象，在她吶吶的神情中終於挽唇一笑，溫聲說：「沒事了。」

林非鹿身體還虛著，雙腿發軟，不由得看向角落那個沉默的黑影。

這……就是高手的威力嗎！

宋驚瀾轉過身，有些無奈的語氣：「紀叔，她還是個小姑娘。」

紀涼面無表情道：「深更半夜，不懷好意。」

林非鹿忍不住反駁：「哪裡深更半夜啦？才剛過戌時好不好！」

紀涼冷冷看過來，幽月之下視線跟刀子似的，冷冰冰的一點溫度都沒有，林非鹿閉嘴了，還慫慫地埋下了頭。

大佬你說得都對！

宋驚瀾無奈笑了下：「紀叔，你不要嚇她。」

說完，在她身前半蹲下，將她冰涼的手指握在掌心，林非鹿便感覺有道源源不斷的熱氣從指尖往她體內竄去，漸漸驅散了剛才在劍意威逼之下的虛軟，四肢終於逐漸恢復力氣。

她看著面前微微垂眸認真專注的少年，有些不開心地問：「你去哪裡了？」

宋驚瀾抬眼，眸色被月色映出幾分清幽：「有點事出去了一趟。」

她又問：「出去哪裡？宮外嗎？」

其實她只是隨口一問，想也知道他不會告訴她，也不該告訴她。

沒想到宋驚瀾卻點了點頭：「嗯，出宮去見了個人。」

林非鹿驚呆了：「你可以出宮啦？沒人發現你嗎？」

宋驚瀾笑了下沒說話，將她軟軟的手指捧在掌心，低聲問：「好些了嗎？」

她把手指從他掌心抽出來，悶聲回答：「嗯——」

他伸手替她理了理掠在唇角的碎髮，這才站起身來，「怎麼這時候過來了？」

林非鹿抬頭看了一眼，剛才角落的黑影不知道什麼時候消失了，一點動靜都沒有的！她徹底被這位高手折服了，恍神了一會兒才掏出懷裡的花燈：「不是乞巧節嘛，找你來放這個。」

宋驚瀾看著那兩盞花燈，像想起什麼似的笑開：「我就說，宮外如何那樣熱鬧，原是乞巧到了。」

林非鹿悵然道：「是啊，聽說今晚還有祁天燈呢。」

她語氣裡難掩羨慕，宋驚瀾挑了下眉：「那為何不出宮？」

因為有人蹲我！

林非鹿暗自吐槽，宋驚瀾看了她幾眼，突然說：「我陪公主出宮去賞祁天燈吧。」

她愣住，好半天才反應過來：「啊？真的嗎？你可以帶我飛出去嗎？」

宋驚瀾笑著搖了下頭：「我可以自由出入，但帶著公主恐怕不行。」

林非鹿噘起嘴。

他溫柔的語氣裡帶著低哄：「公主自行出宮，然後在東街那顆木荷樹下等我可好？」

林非鹿想了想，都這個時辰了，奚行疆應該不會在宮外蹲著吧？何況她都說了不會去，說不定他早就跟著他那些紈褲哥們縱情歌酒去了。

可以跟小漂亮一起逛夜市耶！

想想就令人興奮，於是林非鹿高興地點頭：「好啊！」

宋驚瀾也笑起來，將那兩盞花燈收起來放入自己懷中，溫聲說：「那一會兒見。」

近兩年來林非鹿老往宮外跑，每次都要去求離宮的聖旨，把林帝煩得不行，乾脆賜了她一道玉牌，可以自由出行。回到明玥宮換了件不起眼但依舊美美的裙子，就坐上馬車美滋滋出宮了。

臨近宮外，她有點緊張，生怕奚行疆蹲在這裡。不過好在奚行疆沒這麼無聊，馬車平穩地駛出皇宮，朝著東街而去。

她每次出宮都有侍衛跟著，這次自然不能讓他們看到。到停靠的庭院後，就讓松雨幫她打著掩護，偷偷從窗戶溜了。

一路直奔東街那顆木荷樹。

今夜的長街果然十分熱鬧，還不到主街，就已見人來人往。飛簷之下花燈連串，將夜色照得透亮。

那顆枝葉扶疏的木荷樹上綁滿了紅繩，團團簇簇的花盞擠在枝頭，在夜裡浮動幽香。

宋驚瀾已經在了。

穿了身白衣，臉上戴了面具，雖看不見臉，但周身氣質清冷出塵，長身玉立，那滿樹木荷成了點綴，引得路過少女頻頻側目。

林非鹿突然瘋狂心動。

啊啊啊這感覺好像約會啊！這個人為什麼越長大越有魅力？

以前都是她撩別人，現在居然被一個比自己還小的少年撩成這樣？

不可！非常不可！

林非鹿深呼吸兩下，穩了穩心神，才提著裙擺朝他飛奔過去。

宋驚瀾意有所感，偏頭看來，因隔著面具，看不見他的表情，但林非鹿覺得他應該在笑。

花燈浮影落滿他髮間。

他手上還拿著一個一模一樣的面具，等她跑近，抬手幫她戴上面具。站在他身前時，林非鹿仰頭才能看他，面具有些大了，微微往下滑。

宋驚瀾於是彎下腰，手指伸到她腦後，重新幫她調整了高度。

林非鹿不掩興奮地問：「我們先去哪？」

他笑意溫柔：「小鹿想去哪？」

他頭一次沒叫她公主，林非鹿被一聲小鹿喊得小鹿亂撞，看著前方敷衍道：「先去前面逛逛吧。」

長街通明，人來人往，比白日還要熱鬧，除了平日那些小吃玩耍，還多了猜燈謎、繪花燈、賣面具的。

許多人手上提著一盞花燈，林非鹿也湊到攤販前，選了一盞繪著嫦娥奔月的提燈。那小販笑道：「姑娘若是能猜中這燈面上的字謎，這盞燈便送與姑娘。若是猜不中，就要出錢買了。」

只見燈罩上寫的是「南望孤星眉月升」。

林非鹿雖然聰明，但以前沒玩過這種文字遊戲，一時半會兒摸不清套路，那小販見她半天猜不出來，便道：「姑娘若是猜不出來，可就要出錢買了。」

林非鹿說：「誰說我猜不出來啦！」

她朝旁邊的宋驚瀾求助。

宋驚瀾正若無其事打量四周，接收到她求助的訊號，轉頭笑道：「莊。」

那小販喜道：「公子真是厲害，這盞花燈今夜難倒了不少人呢！既猜中，便送給你們了！」

林非鹿美滋滋地接過花燈，突然想到什麼，又指著另一盞繪著戲蝶圖的花燈說：「我還想要這個。」

宋驚瀾掃了一眼：「夜。」

小販：「哇！公子真是好生厲害！又猜中一字！」

林非鹿頓時愛上這個遊戲，把攤販掛著的所有花燈指了一遍：「我還想要這個、這個、這個、這個！」

宋驚瀾只要一眼便能說出正確字謎。

小販起先還誇他，最後直接哭出來了：「這位公子、這位姑娘，求求你們手下留情吧！小的上有老下有小，只想混口飯吃啊！」

林非鹿笑得肚子疼，最後只要了那盞嫦娥奔月。周圍比肩疊跡，她轉身時下意識去拉他的手，當手指觸到他骨節分明的手腕，才恍然想起這地方講究男女授受不親。

但拉都拉了，她確實擔心擠來擠去地把兩人擠散，於是轉頭一本正經地問：「殿……小宋，你不介意我拉拉你的手吧？」

宋驚瀾面具下的眉尾挑了一下：「小宋？」

林非鹿：「哦，看來比起我拉你的手，你更介意我喊你小宋。」

宋驚瀾說：「嗯。」

林非鹿：「小宋小宋小宋！」

透過面具上的眼孔看去，那雙眼睛似乎比往日要幽深得多，對視片刻，他笑起來：「小鹿想怎麼喊都可以。」

林非鹿又不行了。

對不起，實在是對溫柔沒有抵抗力！

穿過長街，前面就是護城河內河，河邊楊柳依依，還有小拱橋，此時河面飄滿了荷花燈，不少男男女女蹲在河邊放花燈。

林非鹿拉著宋驚瀾湊過去，催他把她做的那兩個花燈拿出來。

跟專業手藝人相比，她做的那兩盞荷花燈顯得十分粗劣。林非鹿總覺得一放下去就會沉燈，本來想買兩個新的算了，但宋驚瀾已經從旁邊的攤販借來了紙筆，寫好心願放進了燈芯裡。

林非鹿只好照做，宋驚瀾放完花燈，轉頭就看見少女閉著眼睛雙手合十許願。

等她睜開眼，他才低聲問：「小鹿許了什麼願？」

林非鹿說：「乞巧節還能許什麼願？」

宋驚瀾靜靜看著她，好半天，微微一笑：「是嗎。」

雖是問句，卻沒有疑問的語氣。

旁邊的人群開始朝前湧去：「祁天燈要開始放啦！」

林非鹿一把拉住他的手腕，「快快快，我們去占個好位置！」

宋驚瀾垂下眼眸，被她拉著往前走。但人實在太多，四面八方湧了過來，等他們順著人群走過去的時候，四周已經被擠得水泄不通。

林非鹿不小心踩了旁邊的壯漢一腳，那人轉頭凶神惡煞地吼她：「沒長眼睛！找死啊！」

她還沒罵回去，人就被一隻手臂圈到了懷裡，她的個頭只到他胸口的位置，被他圈起來時，周圍的擁擠好像都被隔開了。凶她的壯漢正隨著人群往前擠，突然雙腿膝窩一疼，像有刀子刺進去的似的，疼得他慘叫一聲，登時跪下去了。

前面這點小插曲林非鹿並沒有發現，她已經被宋驚瀾帶離了人群，往末尾走去。

林非鹿還有點不開心：「我想去前排嘛——」

宋驚瀾的聲音響在她頭頂：「我們從另一邊上。」

走到人群末尾，擁擠終於散去，他卻沒鬆開手，而是將她往懷裡攬了攬，低聲說：「公主，抓緊我。」

林非鹿下意識抱住他的腰。

下一刻，身子凌空而起，朝著不遠處高聳的樓塔而去。

那樓塔與城樓呼應，是平日守城將士放哨的地方，光是順著樓梯爬都要爬一炷香時間。以林非鹿的輕功，是萬萬不敢往這上面飛的。但宋驚瀾抱著她輕輕鬆鬆飛了上來。

飛到環形的頂蓋上，人群在下面變得渺小，整個皇城盡收眼底，夜風裹挾清香，星辰都變得觸手可及。

林非鹿說：「哇——」

哇完之後，抱著他不敢鬆手。

這頂蓋是傾斜的，她生怕自己一鬆手就滑下去了。

學了這麼久輕功，頭一次發現自己可能有點恐高……

宋驚瀾笑了聲，牽著她的手坐下來，溫聲說：「公主別怕。」

下面的祈天燈開始一盞一盞地升上來。

從這個角度往下看，像零落的忽明忽閃的星星，漸漸的，祈天燈越飛越高，開始飛到他們身邊、眼前。風吹過，燈罩裡的火苗發出呼呼的聲響。他們就坐在這片天燈之中，好像星星墜落在凡間。

林非鹿看到從眼前飛過的燈罩上寫著祈福的心願，她伸出手去，想摸一摸明亮的燈罩，夜風拂過，又將它吹開。

她有點開心，轉頭跟他說：「好漂亮啊！」

他便看著她笑：「嗯，很漂亮。」

地面賞燈的人群也抬著頭往上看，模模糊糊看到樓塔頂上好像坐著兩個人，不可思議地問旁邊：「你看那上面是不是有人吶？」

便有人嗤笑：「怎麼可能！誰能飛那麼高，神仙嗎？」

隔得這麼遠，天又黑，只有祁天燈飛到他們身邊時，才能讓地上抬頭的人一觀身形。

坐在酒樓窗邊賞燈的奚行疆也聽到有人在說這話，端著酒杯一哂，心道，那我豈不就是神仙？

他慢悠悠往高塔上看去，恰有一盞祁天燈從旁邊飛過，映出塔頂的身影。他自小習武，耳目較常人靈敏，看得比他們更清楚，那上面的確是坐了兩人。

雖只能看到兩個模模糊糊的身影，但奚行疆總覺得，其中那個較為纖弱的身影怎麼有點眼熟啊。

不會吧？

他一口喝完杯中酒，走到窗邊再定睛一看，卻什麼也看不到了。

這麼一眼，奚行疆便失了神，酒也喝得不盡興，乾脆起身離開。身後同伴喊道：「世子，怎麼這就走了啊？」

奚行疆沒回頭，往後擺了下手。

他從酒樓離開，一路去了皇宮。此刻宮門已閉，侍衛見有人站在那，警惕地走過來，看到是他才鬆了口氣，遲疑問：「這麼晚了，世子殿下要進宮嗎？」

奚行疆斜倚著牆：「不進去，等個人。」

侍衛不好再問什麼，又走回去站崗。

他其實覺得自己多半是看錯了，但總有那麼一小撮念頭唆使他過來求證。奚行疆抬頭看看夜空明月，覺得自己實在是有些無聊。

等了約莫半個時辰，他打了個哈欠，自嘲一笑，抬步準備離開。

剛走出去沒幾步遠，就聽見馬車碾壓過石板的聲響漸行漸近，奚行疆在原地停住，直到馬車行至跟前也沒停下來的意思，才咬牙切齒道：「妳不是說乞巧節不出宮嗎！」

他習武耳力厲害，聽到車內林非鹿用小氣音催促：「快走快走別理他！」

奚行疆：「……」

他快氣死了，腳尖一點縱身從車窗躍了進去。

把裡頭的林非鹿和松雨嚇了一跳。

反應過來，林非鹿罵他：「奚行疆你是不是有病！」

奚行疆陰森森盯著她：「剛才樓塔頂上的人是妳吧？」

林非鹿面不改色：「什麼樓塔？你在說什麼，聽不懂。趕緊下去，我要回宮了！」

奚行疆盯了她半天，也沒能從民間奧斯卡影后臉上看出半點端倪來，不由得有些洩氣。

林非鹿凶他：「再不下去我喊侍衛了！」

奚行疆氣得伸手戳她的腦袋，被林非鹿靈活避開了。他獨自咬牙切齒了一會兒，悶悶地從懷中掏出一盞折起來的紙花燈遞給她：「這是我今晚猜燈謎得來的花燈，好不容易才猜中的，拿去。」

林非鹿說：「我不要，我有了。」

奚行疆不由分說把紙花燈塞她手裡：「必須要！」

說完，又伸手在她頭頂薅了一把，才從車窗躍了出去。

林非鹿看著手裡的紙花燈，回想他那句「好不容易猜中」，覺得怪心酸的……

乞巧之後，氣溫漸漸降了下來，沒之前那麼熾熱了，林非鹿不再時常出宮。加之臨近暮秋，太子的婚事越來越近，宮中每天進出的人太多，林非鹿就自覺不去讓守門侍衛增加盤查任務了。

作為皇室中第一個娶妻的皇子，林傾顯得十分平靜，這場婚姻對他而言，只是穩固他地位的籌碼。他對娶的是司妙然還是師妙然都不在意。

但林非鹿覺得，既然要結婚了，那起碼要對婚姻和對象抱有一絲期待和欣喜嘛，不然婚姻澈底淪為政治手段，實在太可憐了，於是每天都跑去東宮對林傾洗腦。

林傾被她煩得頭疼，故意嚇她：「早知妳這麼熱衷婚事，上次都御史向父皇為他嫡子求娶妳，就該應允！」

林非鹿果然被嚇住了，眼睛瞪大：「什麼都御史？什麼求娶？」她想起什麼，驚訝道：

「你說冉燁？」

林傾挑眉：「妳知道是誰，看來也有這個意思？」

林非鹿差點把腦袋搖飛。

她算是知道為什麼上次在紫玉林冉燁會挨打了。

但奚行疆那裡也是一個問題，她想到就頭疼，湊到林傾身邊使出自己的撒嬌之術：「太子哥哥，如果奚行疆來跟父皇求娶我，你們可千萬不要答應啊。」

林傾好笑地看著她：「妳不喜歡行疆？他如今可是年少有為的少將軍，京中無數女子仰慕，將軍府的門檻都要被說親的人踏平了。」

小五這種時候總是很有道理，她說：「既然這麼多人喜歡，我又何必當個壞人橫插一腳，請給京中廣大少女一個機會吧，好事總不能被我們皇室中人占完了呀。」

林傾：「……」

林非鹿求了半天，得到林傾的保證，心裡一塊石頭總算落下，又開開心心說起他的婚事：「我聽說過幾日嫂嫂要進宮來跟皇祖母和皇后娘娘請安，到時候我去看一看，太子哥哥有什麼想問嫂嫂的嗎？我幫你問。」

林傾只是笑著搖搖頭：「不必，妳別過分熱情嚇著人就好。」

問來問去，問好問壞，也改變不了什麼，何必多此一舉。

夏去秋來，當皇宮的樹葉飄落，秋日的氣息逐漸濃郁起來，舉國關注的太子的婚事終於逼近了。

林非鹿卻在這時聽聞了宋國國君病重的消息。

消息能從宋國傳到這裡，可見不是近兩日的事，恐怕已經病重一段時間了。

林非鹿聽到消息的第一刻就預感小漂亮恐怕是要回國了，按規矩來說，質子回國，是要宋國那邊先派人過來協商，再經由林帝批准。

但等來等去，等到距離林傾的婚事都只剩兩日了，宋國那邊仍不見人來，林帝這邊也沒有放宋驚瀾離開的意思。

林非鹿覺得，宋國那邊恐怕早已忘記這裡還有個皇子了。

國君病重，宋國朝政又那麼混亂，怕是已經內鬥起來了。

第二十三章 風雨如晦

太子的大婚儀式十分繁瑣，宮內宮外每一個環節務必保證不出差錯，搞得這麼嚴陣以待，林非鹿都有點緊張了。

這時候當然沒有什麼伴郎伴娘鬧洞房，整個婚禮過程透著莊嚴肅穆的氣氛，太子妃八抬大轎入宮後還要跟太子一起拜天祭祖。

林非鹿遠遠看著，只覺得新娘的鳳冠霞帔看起來超重，穿著這麼重的衣服還要爬那麼高的階梯，三跪九拜，姿態端莊走來走去，真是太累了。

一直到中午儀式才算結束，太子妃被送入東宮，宮中則大宴群臣，宮外設宴六十席，犒勞天下百姓，與君同樂。

按照大林的習俗，婚宴要一直持續到晚上方算結束，屆時太子才可入東宮見新娘，坐帳挑蓋喝合巹酒。

林非鹿聽完只有一個想法：新娘子這麼累，還要從早上餓到晚上，太慘了吧！

這一日的皇宮比舉辦任何國宴團圓宴的時候都要熱鬧，總是森嚴的宮殿也多了幾分平日難見的喜氣洋洋。無論皇親國戚還是朝中重臣都受邀參加，然後呈上賀喜之禮，全國各地的地方官早就將禮物運送到京，恭賀太子大婚之喜。

林非鹿在宴席上看見了冉燁，一對上她的目光，冉燁趕緊小心翼翼地移開了視線，多看一眼都不敢，看來上次奚行疆的威懾力不小。

林非鹿吃飽喝足，趁著休息的空檔，跑去奚貴妃身邊問她：「娘娘，我現在可以去看看太子妃嗎？」

奚貴妃專心致志剝著手中的荔枝，眼皮都沒抬一下：「想去便去。」

旁邊的阮貴妃聽見這話，端著酒杯涼悠悠道：「恐怕不合規矩。」

奚貴妃這才偏頭看了阮貴妃一眼，很淡地笑了下：「倒是頭一次聽說妹妹還知道守規矩。」

阮貴妃被她噎了一下，當即就想甩臉色，但這是在太子的大婚之宴上，太子黨本就對阮氏一族十分敵視，若是她此刻黑臉，難免留下話柄。

只能忍了，垂眸冷笑了一聲。

林非鹿眼觀鼻鼻觀嘴，袖下的手指卻悄悄朝奚貴妃豎大拇指，她不知道是不是看到了，淺淡眉眼間的笑意柔和了些，淡聲道：「去吧，別鬧出大動靜就好。」

林非鹿應了一聲，高興地跑走了。

走到殿外時，奚行疆正跟平日關係好的那群公子哥坐在不遠處的池閣裡玩投壺。那壺擺的十分巧，居然在一隻烏龜背上。烏龜浮在水面，慢騰騰地游動，岸上的人爭先恐後往牠背上的木筒扔箭頭。

林非鹿看了兩眼，覺得奚家如今著實是沒落了，這個奚行疆渾身上下，實在是看不出一點屬於少年將軍的英氣和沉著啊！

跟那些聲色犬馬的紈褲子弟有什麼差別！

她痛心地搖搖頭，無視他們繼續朝前走去。奚行疆有一下沒一下地往壺裡扔箭，有些心不在焉，卻箭箭必中，毫不費力投完手中的箭，覺得沒意思極了，轉頭隨意一瞟，枯燥的神情頓時變得鮮活起來。

林非鹿走了沒幾步就被追上了，奚行疆照常隨手在她頭頂揉了一把，笑咪咪問：「小豆丁，去哪呀？不好好參加妳太子哥哥的大婚之宴，居然膽敢偷溜出來。」

林非鹿氣憤地把被他揉亂的頭髮摸順，凶他：「走遠點！別挨老子！」

奚行疆：？

他頓時捧腹大笑：「妳剛才說什麼？好哇，小豆丁也學會說髒言了，看我告訴妳太子哥哥。」

林非鹿說：「你是小學雞嗎！還告狀？」

奚行疆疑惑道：「小學雞是什麼？」

林非鹿超大聲：「奚行疆就是小學雞！小學雞就是奚行疆！」

奚行疆：「……雖然不知道是什麼意思，但我感覺妳在罵我。」

林非鹿加快腳步：「你明白就好！走開，別跟著我啦！」

可不管她走多快，最後甚至用上輕功了，奚行疆還是閒庭信步地跟在她身邊，甚至誇她：「輕功進步很大嘛。」

林非鹿沒脾氣了，深深地看了他一眼：「奚行疆，你知道你這個樣子，以後是娶不到妻子的嗎？」

奚行疆抄著手斜眼看她：「胡說。」

林非鹿語重心長：「你看看同你玩得好的那群公子哥們，哪個還沒娶妻？就算沒娶正妻，妾侍也收了好幾房了。太子哥哥還比你小一歲，如今也娶妻了。你再看看你自己，不覺得丟人嗎？」

奚行疆耳後頓時紅了一大片，氣急敗壞道：「我哪裡丟人了？我還不是為了等……」

卻沒把話說完，抿住唇，惡狠狠地看著她。

林非鹿等了半天沒下文，轉頭淡聲問：「等什麼？等我？」

他脖頸更紅，牙根咬緊，在她氣定神閒的打量中憋出三個字：「不行嗎？」

林非鹿說：「別等我，沒結果。」

奚行疆：？

他抓狂了，英氣的五官被氣得有些扭曲，梗著脖子道：「那妳把我的玉佩還給我！現在！」

林非鹿說：「現在不行，不在我……」

奚行疆咬牙切齒打斷她：「必須現在還！過了這個時候，妳就再也不准還了！」

林非鹿神情淡淡的：「玉佩在奚貴妃娘娘那裡，你現在可以去找她要。」

奚行疆漲紅的臉一下子白了。

屬於少年的胡攪蠻纏迅速褪去，只留下無措的蒼白。

林非鹿看了他一會兒，心中還是有些不忍的。這簡直就像撩了個高中生又對他始亂終棄，良心這一關實在是過不去啊。

她嘆了聲氣，放輕聲音：「就這樣吧，以後別鬧了啊。」

奚行疆抿著唇，定定地看著她。

林非鹿打算走了，才聽到他低聲問：「小鹿，妳心裡是不是有喜歡的人了？」

林非鹿腦子裡瞬間閃過一抹身影，又被自己飛快否決。

都是高中生，妳在想什麼！

她說：「沒有。」

奚行疆受傷地問：「那為何拒絕我？」

林非鹿看著他，心中微微一嘆，不得不拿出綠茶終極武器。

她眨眨眼，無辜地說：「一直以來，我只把你當哥哥呀。」

奚行疆：？

林非鹿補上一刀：「世子哥哥跟太子哥哥、景淵哥哥、林廷哥哥一樣，都是我的哥哥呀。」

奚行疆：「……」

妳到底有幾個好哥哥？

兩人對視幾秒，在林非鹿無辜又無害的眼神中，奚行疆失魂落魄地離開了。

他一直想聽她喊一句世子哥哥，現在這一聲世子哥哥，恐怕要成為他終生的噩夢了。

林非鹿確定他不會再跟上來，才鬆了口氣，繼續朝東宮走去。

此時的東宮裡外都守著人，她現在跑來看新娘子確實有些不合規矩，為了避免不必要的麻煩，林非鹿從後牆飛了進去。

候在太子妃門外的都是老嬤嬤和丫鬟，她輕而易舉避開她們，又往殿門的位置扔了兩塊石頭，趁著她們走過去查看時，飛快跳下來推門鑽進屋。

太子妃的寢殿又大又華麗，房間裡一應擺設全是大紅色，看起來十分喜慶。只是屋內靜悄悄的，桌上兩根很長的喜燭靜靜燃燒。珠簾之後，鳳冠霞帔的太子妃蓋著鴛鴦戲水的紅蓋頭端端正正坐在床邊，一動也不動。

聽見聲響，她還以為是進屋來照看喜燭的嬤嬤。這喜燭要從現在燃到明早，寓意著白頭偕老。

林非鹿輕手輕腳走過去，走到床邊時，側著彎腰往上看了看，只看見新娘子露在外面一截雪白的脖頸。

她小聲喊：「嫂嫂。」

司妙然嚇了一跳，下意識想掀蓋頭，手伸到一半又放了下來，有些拘謹地放在身前，遲疑道：「五公主？」

之前她進宮來請安，只有五公主會喊她「嫂嫂」。

林非鹿笑道：「是我。」

司妙然跟她接觸了兩次，覺得這位五公主的性格十分討人喜歡，對自己很是親暱喜歡的樣子，對她的印象也很好。聽見是她，拘束的坐姿才終於放鬆了一些，但還是坐得端正，輕聲細語問：「五公主怎麼過來了？」

林非鹿從懷裡掏出用帕子包好的點心：「我擔心嫂嫂餓，拿吃的過來給妳。」

司妙然連連說：「多謝公主掛念，但妙然不能進食，這不合規矩。」

林非鹿在床邊的腳蹬上坐下來，「是太子哥哥讓我送來給嫂嫂的。」

司妙然驚訝道：「太……太子殿下？」

林非鹿說：「對呀，太子哥哥擔心嫂嫂餓著了，特地交代我送來的！」

司妙然有一會兒沒說話，林非鹿覺得她是害羞了。

她拉過她的手，把包著點心的帕子放在她掌心，笑咪咪道：「嫂嫂快吃吧，不揭開蓋頭就好啦！還想吃什麼，我再去拿來給妳，要不要肘子？」

司妙然被她逗笑了，柔聲說：「不用，點心就夠了。」說罷，拿著點心伸進蓋頭裡，小口吃起來。

林非鹿又倒了杯茶水過來給她。

司妙然細嚼慢嚥地把三塊點心全部吃完了，可見的確餓得不輕。喝完水，又接過林非鹿遞來的手帕擦擦嘴，十分不好意思道：「辛苦五公主跑這一趟，妙然不勝感激。」

林非鹿說：「嫂嫂今日與太子哥哥成婚，今後就是小五的家人，家人之間不必言謝！」

司妙然沒說話，只是輕輕地點了下頭，喜帕在燭光下輕輕搖晃，如她此時的心情一樣。

她自被選做太子妃，一邊期待著，一邊惶然著。都說皇家無情，一入宮門深似海，她已做好不得帝王愛，守心過一生的準備。

可沒想太子卻會在大婚這日關心她餓肚子，雖還未見過太子，也曾聽聞他少年老成，此刻心裡卻對這位夫君生出幾分情意來。

皇家似乎並不如她想像中那麼嚴肅冷漠，五公主就很可愛。

司妙然這些時日以來的惶惶然終於消減了不少。

林非鹿又陪她說了會兒話，告訴她很多林傾的喜好厭惡，趕在嬤嬤進來之前溜走了。

傍晚時分，婚宴終於接近尾聲，天黑之時，林傾也在宮人的陪伴下回到東宮。

他今日喝了些酒，雖不至於醉，但還是有些暈。進入寢宮之後，一眼就看見端坐在床邊的太子妃。老嬤嬤候在一旁，引導著兩人完成最後的儀式。林傾實在有些疲憊，見那老嬤嬤還有話說，忍不住動怒：「出去，剩下的本宮自己來。」

屋內的人同時一抖，老嬤嬤趕緊告退，房中便只剩下林傾和司妙然兩人。

林傾看了看自己的太子妃，直接把喜帕掀開了。

露出一張溫婉動人的臉來。

他早就見過司妙然，此刻很淡然，端了酒杯與她喝完合巹酒，看她一直垂眸安靜的模樣，想了想問道：「餓嗎？」

司妙然這才抬眸看了他一眼，眸色裡盡是嬌羞與溫柔，輕聲回答：「下午吃過殿下讓五公主送來的點心，不餓。」

林傾愣了一下。

反應過來後，沒解釋什麼，只是笑了笑：「那便好。」

他一笑，本就俊朗的五官便顯出幾分溫柔來，沒有之前看起來那麼刻板嚴肅了。司妙然第一次見到太子，才知自己的夫君是這樣一個容貌出色的人。

她抿唇垂下眸去，轉而又鼓起勇氣看過來，臉頰緋紅道：「臣妾服侍殿下寬衣吧，夜深了。」

喜燭在屋中搖晃，映進彼此眼中，暈染出一抹暖色。

小媒人林非鹿一蹦一跳地回了明玥宮。

今日婚宴上的點心十分豐盛，除去帶了幾個給司妙然，她還揣了幾個回來，等夜色降下來後，便拿著點心往翠竹居跑去。

照例躍上牆垣，院中又是漆黑一片。

林非鹿還記著上次被高手劍意束縛的事，這下不敢魯莽了，蹲在牆頭用小氣音喊：「殿下、殿下——」

等了一會兒，沒人應答。

她又小聲說：「紀……紀叔，紀大俠，我可進來啦？」

還是沒人理她。

林非鹿跳下牆，警惕著朝房中走去。

這次果然沒有逼死人的劍意，她輕鬆走到門口，輕輕一推，門就開了。

房間內空無一人，連天冬都不見蹤影。

林非鹿心中突然生出一種不妙的感覺。

她的心臟重重跳了兩下，借著月光衝進屋。屋內的擺設沒動過，但細看，又有一些東西不見了。比如，她送給宋驚瀾的那個手爐。他不用的時候，總是放在案几上，和硯臺擺在一起。

此刻那裡空空的，硯臺裡的墨乾了，只有幾張白紙被夜風吹得飛開。

他走了。

林非鹿意識到這件事，手腳突然有些發涼。

她早知他會走，可當這件事突然發生時，她才後知後覺地感到難過。

陪伴她長大的那個溫柔少年，就這麼悄無聲息地離開了，甚至沒有留下隻言片語。

林非鹿在屋中呆立了一會兒，覺得眼睛有些酸，又覺得自己公主當久了，還當出了幾分矯情來。

他是該走的。

宋國不見使者來，林帝也沒有放他離開的意思，宋國國君一旦過世，朝代更迭，跟大林維持的表面上的和穩必然被打破。屆時宋驚瀾不管是成為棄子還是人質，他的下場都不會好。

今日是太子大婚，宮內宮外的注意力都在這上面，這是他離開的最好時機。

林非鹿說服了自己。

她悵然地嘆了聲氣，收起那些七零八落的情緒，最後環視這間屋子一圈，轉身走了出去。

剛踏出門，夜裡突然傳來一陣破風聲。

一道黑影躍過牆頭，輕飄飄落了下來。

林非鹿瞪大眼睛看著院中一身黑衣的少年，以為自己看錯了。

直到他扯下面罩朝她走來，林非鹿才倒吸一口氣，失聲道：「殿下？你沒走？」

宋驚瀾走到她跟前，沒說話，而是牽起她的手，將她拉到屋內。

身後的房門無聲關上，屋內漆黑一片，只有半縷清幽月光。

宋驚瀾就在這一縷月光之下抱住了她。

很溫柔卻又占有欲很強的姿勢，林非鹿被他按在懷裡，感覺自己有點喘不過氣。

她趴在他胸口，聞到他身上一股奇異的香味。

這香味有些熟悉，林非鹿聞了兩下，一開始沒想起是什麼，直到他鬆開她，她才猛然反應過來，「冷鸞花香？殿下，你身上為何會有冷鸞花香的味道？這花不是只有冷宮才有嗎？」

宋驚瀾雖鬆開她，手卻還放在她後頸的位置，指腹捏住她後頸輕輕摩擦著，鼻尖「嗯」了一聲。

林非鹿莫名其妙起了一身雞皮疙瘩，「你……你去冷宮做什麼？」

月光下，宋驚瀾勾唇笑了下。

那笑還是如往常一樣，帶著溫柔的弧度，卻又透著令她陌生且心悸的幽冷。

他湊近一些，低聲說：「公主，這是我走之前為妳做的最後一件事。」

他的氣息噴在她耳邊，林非鹿結結巴巴地問：「什……什麼事？」

他卻沒說，捏著她後頸的手掌一點點往上，撫住她的後腦，將她往前帶了帶。

林非鹿下意識扯住他的衣角，感覺有點腿軟。

他卻笑起來，溫聲細語的：「我走之後，公主要保重自己。」

林非鹿仰著頭看他。

那雙總是含笑的眸子，盡是她不曾見過的幽深之意。

此時的宋鷩瀾，是她從未見過的樣子。

林非鹿一時間說不出話來。也不知道該做出什麼樣的表情。

一邊難過他是真的要走了。

一邊開心原來他並沒有悄無聲息地離開。

好半天，宋鷩瀾抬眸看了窗外天色一眼，將面前的小姑娘帶到懷裡。

他彎下腰，伏在她耳邊，輕笑著說：「公主，我們還會再見的。」

林非鹿忘了自己是怎麼走回明玥宮的了。

只是回去的時候，看見林瞻遠蹲在院子裡跟長耳和短耳玩，她也蹲過去，吸了一會兒貓貓狗狗。

林瞻遠已經長成俊俏的少年，但眼中還是童真又清澈，察覺妹妹不高興，蹭過來摸摸她的腦袋，哄她：「妹妹乖嗷。」

他跟林蔚混了這麼多年，把林蔚的說話方式學會了。

林非鹿悵然地嘆了聲氣，覺得心裡空落落的，想到剛才那個擁抱和最後臨別時令她陌生的眼神，又忍不住顫慄。

林瞻遠歪著腦袋看了她一會兒，問：「妹妹為什麼嘆氣？」

林非鹿說：「因為妹妹心裡有些難過。」

林瞻遠知道「難過」的意思，立刻緊張兮兮地湊過來拉住她的手：「妹妹不要難過，哥哥在！哥哥翻跟頭給妹妹看！」

說完就往地上一蹲，身子滾成一個球，在地上翻了個滾。

林非鹿差點笑死了。

看到妹妹笑了，他也笑起來，露出小小的虎牙，又再接再厲地翻了兩個。

林非鹿越笑越大聲，最後把眼淚都笑出來了。

林瞻遠爬到她身邊，拽著自己的袖子幫她擦眼淚，「妹妹開心了嗎？」

林非鹿吸吸鼻子，抱住他親了一口：「開心啦！」

林瞻遠小臉紅撲撲的，還知道害羞了，別過腦袋小聲說：「那……那今天就給妹妹親一下吧。」

裡頭傳來蕭嵐輕柔的嗓音：「鹿兒、遠兒，該就寢了。」

林非鹿應了一聲，拉著哥哥起身往屋內走去。她回頭看了翠竹居的方向一眼，看見明月當頭，滿空清輝。她在心裡默默說：再見啦，小殿下。

回國之路，道阻且長，他的回去，並不是回家，而是回到龍潭虎穴。

那裡恐怕早已佈滿刀槍陷阱。

希望他一切安好。

這一夜林非鹿註定要失眠了，天快亮時才終於睡著。

這一覺就睡到日上三竿，蕭嵐寵溺她，她平日睡懶覺從不催促。林非鹿一跟頭從床上翻坐起來，先喚來松雨問：「今日宮中可發生大事了？」

松雨奇怪道：「沒有，公主為何這樣問？」

林非鹿回想昨夜那抹冷鳶花香，搖了搖頭，慢騰騰起床。

今日是太子妃入宮的第二天，按照規矩，她要去跟皇后和兩位貴妃請安。林非鹿覺得司妙然初入宮，年齡才十五，還是個小姑娘，人生地不熟恐怕會很拘謹，用過午膳就熟門熟路跑去東宮了。

林傾不在，司妙然果然一個人坐在寢宮中看書，聽說五公主來了，很高興，忙叫她進來。

自從林念知出嫁後，林非鹿就沒有能聊天的姐妹了。林蔚比男孩子還煩，林琢玉又太木訥，女孩子還是需要一個能聊聊胭脂裙子的朋友，司妙然跟她很聊得來。

高門貴女，琴棋書畫樣樣精通，林非鹿跟她聊會兒天，還下了一盤棋。

她的棋藝綜合了林帝氣吞山河的霸道和蕭嵐抽刀斷水的柔韌，把從小學棋的司妙然殺了個片甲不留。

俗話說，棋品見人品，司妙然輸了棋，輸得還挺慘，眼中卻無惱意，溫溫婉婉又不失大方道：「五公主棋藝精湛，妙然自愧不如。」

林非鹿跳下軟榻拉她的手：「嫂嫂，我帶妳出去逛逛，近來菊桂開得可好啦。」

司妙然沒逛過皇宮，很期待地點了點頭。

林非鹿這些年把皇宮所有犄角旮旯都竄遍了的，哪裡花開得好，哪裡的湖最清，哪顆樹上結的果子最甜，她都如數家珍。

司相府雖也華麗，但比起皇宮依舊遜色，司妙然一路行來，默默記下林非鹿介紹的宮殿和道路。

行至一個路口時，她突然聞見一股奇異的花香，不同於她以往聞過的任何香味，便有些好奇地看過去，指著前方問：「那是何處？」

林非鹿看了一眼，若無其事說：「冷宮。」

司妙然手指顫了一下，趕緊收回來，催促林非鹿：「快走吧。」

林非鹿熱情介紹道：「雖是冷宮，但裡頭種了一種花，叫冷鳶花，其他地方都沒有的。嫂嫂聞到香味了嗎？就是這花的味道。」

司妙然有些好奇，但更忌諱冷宮，林非鹿便自告奮勇：「我去摘一枝給嫂嫂！」

司妙然忙道：「不必！那地方……」

話沒說完，就看見林非鹿縱步一躍，凌空而起，飛上了樹梢。

松雨在旁邊說：「太子妃見諒，我們公主沒別的愛好，就是喜歡飛……」

司妙然噗的一聲被逗笑了，便站在原地等著。

只見林非鹿兩三下躍上冷宮牆頭，飛了進去。

冷宮不算大，但四處透著陰冷。宮內一個伺候的下人都沒有，每日只有宮人固定送飯來，也不進去，就放在門口的那個檯子上，被打入冷宮的妃子便在這裡自生自滅。

如今冷宮唯一住著的便是梅嬪。

林非鹿跳下牆時，看見那石檯子上已經放著兩個食盒了，是今日的早膳和午膳。

她朝後看了一眼，住人的房間房門緊閉，一點動靜都沒有。

冷宮的妃嬪非瘋即傻，不會有人進來查探情況。

冷鳶花的味道漂浮在鼻尖，林非鹿又想起昨晚那個擁抱。她拔出腰間的匕首握在手中，一步一步朝房間走去。

輕輕一推，吱呀一聲，門就開了。

入目是一雙吊在半空的腳。

那一瞬間，林非鹿的心臟彷彿停止了。

她奪門而出，跑到院中時，猛地吸了兩口氣，又回頭看了一眼。

是梅嬪。

懸梁自縊了。

不，不是……是被人勒死，做成了自縊的假像。

那個人是誰，不言而喻。

林非鹿忍住渾身戰慄，摘了兩株冷鳶花，匆匆跳出冷宮。

司妙然正在同松雨說什麼，見她回來，看著她手中紫色的花笑道：「這花倒是好看，可惜種在那種地方。」

林非鹿把自己奧斯卡影后的演技發揮到極致才沒露出端倪：「嫂嫂，我再帶妳去看看其他花。」

兩人逛了半個時辰，林非鹿便藉口要去太后宮裡請安離開了。

一路匆匆回到明玥宮，回到房間往床上一倒，她才有力氣思考這件事的來龍去脈。

自梅惠兩人互咬之後，梅嬪被打入冷宮，惠嬪搬至悔省堂，兩人中間也搞出過一些小動靜，但都被林非鹿全盤化解了。後來林念知訂親出嫁，出宮之前與惠嬪徹夜長談了一次，那之後，惠嬪就安分很多了。

這些年一直安安穩穩的，恐怕也沒了再爭什麼的心思。

梅嬪那邊更是安靜如雞，似乎只要活著就可以。

而宋驚瀾走之前，卻專程去殺了梅嬪。

可見她並不是真的安靜，她一定是暗地裡在謀劃什麼，可惜被在宮中各處裝了竊聽器的宋驚瀾知道了。

所以他出手徹底幫自己解決了這個後患。

昨夜他剛殺完人回來，就用那雙無聲勒死一個人的手，擁抱她。

可他身上半點異常都看不出來，還是那樣自在從容。

林非鹿突然發現，她這些年對小漂亮的認知可能有些誤差。

他走之前為她做的最後一件事竟然是幫她殺人……

林非鹿有點崩潰。

千不該萬不該，不該因為好奇心而去冷宮一探究竟，現在好了，被他送給自己的禮物嚇到了……

林非鹿跑去把蕭嵐的佛珠拿過來放在懷裡，又在菩薩像前念了半個小時的經，才稍微驅趕了心中的害怕。直至傍晚時分，梅氏自縊的消息才傳遍宮中。

沒有一個人懷疑是他殺，她在冷宮待了這麼多年，大概早就瘋了，自縊也不意外。

用過晚膳，東宮那邊來了人，送了一疊手抄的佛經給林非鹿。

是司妙然聽聞此事後，想起她今天下午去過那地方，趕緊抄下來送予她安心的。

林非鹿確實有點害怕，晚上不敢一個人睡，跑去要跟蕭嵐睡。

結果林帝翻了蕭嵐的牌子。

林非鹿：「……」

就很氣！

最後還是松雨和青煙一左一右陪著，林非鹿才堪堪入睡。睡覺前，松雨聽到自家公主小聲嘟囔著什麼，她湊過去一聽，發現每個字她都聽過，但連在一起她就不知道是什麼意思了。

林非鹿背著社會主義核心價值觀睡著了。

大概真的有效，她完全沒夢見死人，而是夢見自己又穿了回去，穿到了高中的考試場上，正在進行社會科考試。

這麼多年，她早就把背過的內容忘了，卷子上的題目她一題都寫不出來，急得她快哭了。

翌日醒來的林非鹿搥床：這簡直比噩夢還恐怖好嗎！

半月之後，宋國質子逃離的事情才被發現。

從這個時長也可看出，宋驚瀾在大林皇宮是真的沒有存在感。主要是往日他經常閉門不出，在那個小院子裡一關就是很久，他在宮中沒有朋友，也無人在意他是否安好。冷宮還有人一日三餐送飯呢，翠竹居才是真正被人遺忘和忽視的地方。

被發現翠竹居裡人去樓空，是因為一位妃嬪的貓跑了進去，小太監不得已去敲門要貓，敲了很久都無人應門。他以為是裡頭故意捉弄，便找來宮人破門，進去之後才發現裡頭沒人了，房中早已積了灰。

小太監把這事回稟給妃嬪，妃嬪請安的時候又跟皇后說起，皇后才將此事稟告給了林帝。若不是這樣，恐怕還不會有人發現宋國質子偷偷跑了。

林帝得知此事大為震怒，立刻傳旨全國追捕。他不在意這個質子，但他在意自己的皇威。宋國小兒竟敢偷跑，而且還偷跑成功了！簡直是藐視大林皇權，不把他放在眼裡！

但半月過去，以宋鷩瀾縝密的安排和出色的輕功，說不定此時人已經在宋國了。

林帝追了一段時間一點消息都沒有，又向宋國遞了一封問罪書。一個被選做質子的皇子能有什麼地位，必須讓宋國把人送回來，他定要嚴厲責罰，挽回自己的面子！

結果一向對大林戰戰兢兢的宋國這一次挺直了腰杆，回信表示，國君病重，指名要七皇子床前侍疾。七皇子一片孝心，才不遠萬里回國侍奉父君。百善孝為先，你大林陛下平日最是推崇孝道，想必做不出分離父子的殘忍行徑。

林帝確實做不出來……

他在天下人眼中可是標準的孝子仁君。宋帝病重是真的，宋鷩瀾掛念父君回國侍疾也是值得讚揚的，只要他還要臉要名要名垂青史不留汙點，他就幹不出把人叫回來這事。

宋國不僅回了信，還補上了請求接回質子的文書以及給大林的賠罪禮，這件事就算這麼揭過去了。

林非鹿聽聞之後，倒是暗自驚訝。

小漂亮在大林這麼多年，宋國那邊應該早就放棄了他，沒想到一回國，宋國居然願意為他駁回林帝的問罪書，還找了這麼多冠冕堂皇的理由，可見小漂亮回國之後地位不減反增，不知道他是怎麼做到的。

不過得知他平安無事，她也算放心了。

太子大婚之後，接連發生妃嬪自縊和質子出逃兩件事，不知從哪裡有流言傳出來，說是太子這場婚事不吉，衝撞了皇家氣運，恐怕今後還會有不順之事發生。

似是為了坐實這個傳言，之後宮中又發生了妃嬪流產和一名太監突然發瘋襲擊人的邪事。流產的那名妃嬪懷有身孕才三個月，只是白日去逛了逛御花園，晚上回來就腹痛難耐，見紅流產了。

而那位太監更是怪異，先前還好好在宮中伺候著，突然狂叫一聲，猶如被邪祟附身一般撲向旁邊的宮女，張口便朝她脖頸咬去。宮女被活活撕下一塊皮肉來，那太監被侍衛拉開亂棍打死了。

宮中一時人人自危。

雖然皇后嚴令後宮不准議論此事，但流言卻越傳越凶，最後傳進林帝的耳中。他雖然什麼也沒說，卻將護國寺的高僧召進宮來做了一場大法事，又宣了欽天監的人重新卜算太子大婚之時的吉日是否有誤。

林非鹿一聽到這個流言就知道多半是阮貴妃搞的鬼，前兩件事雖是巧合，後兩件她怎麼想都覺得是人為。但古人迷信，信奉凶吉，被有心人這麼故意散播，假的也成真的了。

這些年來嫡長兩派的爭鬥，阮氏一族其實並未討到什麼實際好處，反而讓司相一派趁機壯大，如今還跟太子結親綁在了一根繩子上。從這場婚事上下手，動搖人心，確實不失為一個好法子。

眼見皇后為這件事憔悴不少，太子與太子妃更是減少了露面時間，阮貴妃總算感覺出了口惡氣，交代進宮來明為請安實則帶信的阮氏內親：「回去告訴父親，江南水利的事一定要幫廷兒拿下來，辦成這件事，功績和民間聲望都會大增。」

林廷去年已經開始上朝議政，只是一直沒什麼功績，江南水利這件事林帝籌畫了很久，各派都想掌握在自己手上。

阮氏內親應了，又道：「以前江南水利的事都是劉尹平在負責，這次本想借他的聲勢和經驗，誰料會發生那樣的事。」

阮貴妃冷笑一聲：「梅氏真是個無用的東西，半點事都辦不成，死了也好。她父親那邊不必再理。」

兩人聊了會兒，阮氏內親告退時又道：「開春之後，齊王殿下的婚事也該定下來了。相爺的意思是，武安侯的條件可以先應允下來。」

阮貴妃點點頭：「本宮心裡有數。」

武安侯韋鴻琅當年因為軍功和護駕有功封侯，掌京都巡防和十六衛，嫡子也在大理寺擔任要職，在軍中威望僅次於奚大將軍。但奚家常年駐守邊疆，鮮少回京，反到是武安侯在京中守備軍中更有話語權。

他人過中年得一女，名喚韋洛春，視作掌上明珠，阮貴妃便是看中了此女作為林廷的正妻。但武安侯也不是傻子，他知道阮家是什麼意思，提了兩個要求。一是在太子澈底倒臺之前，他不會動用任何軍中勢力出手相助。二是在結親之後，林廷先寫一封和離書，一旦阮家出事，韋洛春必須立即摘出來，不受牽連。

這兩個要求把阮貴妃氣得不輕，所以遲遲沒有應下婚事。但如今滿朝上下再也找不出比武安侯更合適的拉攏勢力，阮相既然如此說，阮貴妃也不好再拖著，打算過段時間就去跟林帝提及此事。

不過為了避免林帝猜疑，這件事不能直接提，而是要以兩個孩子情投意合郎情妾意作為鋪墊。

因此阮貴妃早就去了信給林廷，讓他務必參加下月舉辦的雪詩宴，屆時武安侯那邊會安排韋洛春與他「偶遇」。

林廷雖被封為齊王，但在京中素有「玉王」的美稱，可見其人如玉，冰壑玉壺，又因性情溫雅滿腹才情，一向被京中貴女愛慕。只要他願意，打動一個韋洛春不是什麼難事。

雪詩宴是京中高門貴族近兩年來搞出來的風雅詩會，在每年冬天飄雪之際，賞雪煮酒作詩。上京之中幾乎所有少爺貴女都會參加，一來二去，就成了身分的象徵，若誰沒有受邀，就是沒落了。

且每年都有佳作流出，倒是成了才子才女們名滿盛京的途徑，所以每年都有人想方設法混進詩會中。

林非鹿早些年也去過一次，她又不會作詩，就去看個熱鬧，吃點東西，欣賞欣賞帥哥美女，覺得就那樣吧，後來也沒興趣去了。

她趁著今日天晴出宮去齊王府看望林廷的時候，恰好遇到阮貴妃宮中來的人從府中走出來。宮人看見她不意外，行禮之後便離去了。她一路走進府中，看見林廷披了件白裘站在梅樹下走神。

林非鹿高興地喊他：「大皇兄！我來啦！」

他緩緩回過頭，半張臉隱在白裘絨領之下，目光落在她身上時，才緩緩聚焦，沒什麼血色的薄唇也起一個溫柔的弧度來，柔聲說：「小鹿來了。」

林非鹿跑到他身邊，打量他幾眼，「大皇兄，你怎麼又瘦啦？下巴都尖了！」她搓搓自己的臉：「比我的臉還小！」

林廷笑起來，將揣在手中的手爐遞給她：「冷嗎？暖暖手。」

林非鹿自從習武之後，身體好了很多，也不畏寒了，到了冬天手腳暖烘烘的，伸出紅彤彤的手掌給他看：「不冷，還熱呢。」

她回頭指了指府門，若無其事地問：「大皇兄，剛剛那是宮裡的人吧？他來做什麼呀？」

林廷不瞞她：「是母妃派來的，提醒我參加不日後的雪詩宴。」

林非鹿覺得奇怪：「以大皇兄的身分，沒必要去那種詩會吧？」

林廷笑了下沒說話，看向她掛在臂彎的小籃子，溫聲問：「這是何物？」

林非鹿的表情生動起來，獻寶似的捧著籃子遞到他眼前，笑咪咪地說：「你掀開看一看！」

籃子上蒙著一層黑布，林廷看了她一眼，伸出手慢慢掀開黑布。

籃子裡是三隻雪白的小白兔，湊在一堆，只有手掌那麼大，像三個雪團子，可愛極了。

她在林廷愣怔的神情中高興道：「我養的小兔子生寶寶啦！送給大皇兄！」

林廷看著那三隻小白兔半天沒動靜，像看入迷了似的，神情怔怔的。林非鹿伸手在他眼前晃了晃：「大皇兄？」

他反應過來，抿唇笑了下，慢慢抬起手掌摸了摸兔子。三隻小奶兔雖然怕生，卻一點也不怕他，爭先恐後往他手心裡蹭。

林廷黯然的眼眸終於有了些柔軟光彩。

只可惜他摸了一會兒便對林非鹿說：「帶回去吧，我照顧不好牠們。」

林非鹿不幹：「沒人比你更會養兔子了！我宮裡還有三隻呢，太多了反而照顧不好，大皇兄就當幫我養好不好啦？」

林廷動了動唇，還想說什麼，林非鹿噘嘴道：「以前我都幫大皇兄養兔子，現在輪到大皇兄幫我就不願意了嗎，哼！」

他無奈地搖頭笑了笑，像拿她沒辦法似的，終於接過籃子：「好吧，我養著便是。」

林非鹿這才滿意了，立刻拉著他開始幫兔子作窩。兩人忙碌一下午，在林廷的庭院裡做了一個超大超舒適的窩給三隻小奶兔。

林非鹿挽著袖子興高采烈地說：「大皇兄，長耳很快也要當爹爹啦，到時候我再送兩隻小狗給你。」

林廷看著在窩裡慢騰騰挪動的小奶兔，輕笑著點了點頭：「好。」

臨近傍晚，林非鹿打道回宮。在齊王府裡她一直開開心心笑著，一直到出府坐到馬車上，她的臉上露出一絲沉悶的擔憂。

林廷的狀態似乎不太好。

這麼多年過去，她早已猜不出他心中所想，可她能感受到他越來越疲憊黯淡的目光。

他一個人住在宮外偌大的府中，除了伺候的下人，連個說話的人也沒有。之前阮家要給他納妾都被他拒絕了，好像沒有任何喜好，連小動物都不養了。

林非鹿又擔心又難過。

回宮之後，松雨便回稟，說太子妃遣人來過了，讓五公主若無事就去東宮陪她說說話。

因為那些流言，司妙然在宮中謹言慎行，除了例行的請安，平時都把自己關在東宮，以免再生變故。她才剛入宮就發生這樣的事，對方又是拿她的婚事做文章，心裡恐怕不好受。

林非鹿這氣真是嘆了又嘆。

嫡長兩派的爭鬥啊，到底什麼時候才是個頭啊。

阮貴妃這次讓太子吃了個大虧，導致太子的聲望受到影響，太子一派自然不會坐視不理。太子黨的反撲來得快又狠。

某個早晨醒來，林非鹿就聽聞皇家宗祠坍塌的事。

皇家宗祠修在宮外佛光山上，裡頭供的是大林的列祖列宗以及聖儒。去年供守宗祠的官員上報，說大殿屋頂漏雨，聖儒像也有些斑駁。

這宗祠有些年頭了，每年修繕，林帝想了想，便直接從國庫撥了一大筆錢給工部，讓他們在佛光山上重修宗祠大殿，之前的那個舊宗祠不要了。

工部立刻動工，在年前修好了宗祠，當時林帝還帶著皇家子弟們過去祭祖拜香了。

誰料這才多久，新修的宗祠居然塌了。

林非鹿聽聞之後驚呆了，就更別說林帝。這件事的嚴重性，不亞於聽說敵軍壓境。

宗祠是夜裡突然塌的，將供守宗祠的五名官員以及十幾個伺候的宮人全部砸死了。林帝收到消息是深夜，瞌睡直接嚇沒了，一開始還以為是祖宗降怒，連夜召了朝中重臣以及欽天監的人到養心殿商議。

結果查來查去，居然查出是負責修繕宗祠的工部尚書貪汙了銀款，用了劣質木材，才導致宗祠坍塌。

林帝震怒，當即下令抄家，工部尚書滿門三十多口人全部下獄，凡涉嫌此事的官員全部革職下獄，主謀斬首，子弟刺配流放，妻女貶為奴籍。

而工部尚書是堅定的阮相派，不僅如此，他還是阮相的得意門生，兩家更有聯姻之實，因此這次的抄家連坐之中也有阮家子弟。

這一場禍事，加上被宗祠坍塌砸死的那些人，死了足二十多人。

林非鹿不知道宗祠是真的用了劣質材料才會不堪重負倒塌，還是太子一派的人暗中做了手腳。事到如今，真相已經不重要了。

阮相一派因此受到重創，甚至在早朝上被林帝怒斥居心不良，霍亂國本。

阮貴妃幾次求見，都被林帝駁回。

朝中局勢瞬間重重偏向了太子黨。

皇后總算揚眉吐氣，林非鹿跟著蕭嵐去請安的時候，見她面色紅潤容光煥發，可見心情十分好了。

林非鹿說不上開心，也說不上難過，只是覺得供守宗祠的那些人實在有點無辜，成為這場奪嫡之爭的犧牲品。

在皇后宮中時又遇上來請安的司妙然，太子妃如今對五公主十分喜愛，從長春宮出來後便拉著林非鹿去東宮，說叫廚子研究了她最愛吃的肉酥點心，今日去嚐嚐味道。

林非鹿從東宮離開的時候已近傍晚，她摸著小肚子打著嗝回到明玥宮時，一眼就看見滿院亂竄的小兔子。

一共有六隻。

林非鹿愣了一下，問青煙：「怎麼多了三隻？」

青煙笑道：「是下午時分齊王殿下將公主之前送去的那三隻小兔子還了回來。」

林非鹿感覺腦子裡炸了一下。

沒來由的，她心中生出濃濃的不安。

她著急問：「下午大皇兄來的時候，可有什麼異樣？留下什麼話沒？」

青煙想了想：「齊王殿下還是如往常一樣，十分溫和，並未說什麼，只是抱著長耳在花田邊坐了很久才離開。」

林非鹿扭頭就跑。

青煙追了兩步，急聲問：「公主怎麼了？發生何事了？」

林非鹿顧不上回答。

她感覺自己已將這些年學的輕功發揮到了極致，一路直衝太醫院。此時不住宮的太醫都要下班了，剛跑到門口，就遇到跟同僚說說笑笑的孟扶疾。

林非鹿直衝進來，不等他說話便道：「帶上你的傢伙，跟我走！快點！」

孟扶疾一愣，沒多問，急急同她朝外走去。

林非鹿帶著孟扶疾趕到齊王府時，夕陽涼薄的餘暉正將這座府邸籠罩。

林非鹿匆匆說了句「你敲門我翻牆」，直接從高聳的院牆翻了進去。在來的路上五公主已簡單說了兩句齊王殿下可能有自盡的打算，孟扶疾此時不敢耽擱，立刻衝上前去砸門。

很快有小廝來開門，一臉疑惑地看著門外的年輕男子：「你是哪位？」

孟扶疾推開他便往裡走：「我是宮裡的太醫，聽說齊王殿下出事了，他在哪裡？快帶我過去！」

小廝傻了：「殿下出事了？可……可方才殿下從宮中回來還好好的呢，用過飯之後說有些睏意便歇下了。」

話是這麼說，見孟扶疾揹著藥箱火急火燎的樣子，還是趕緊將他帶往林廷的庭院。

林非鹿翻牆進來後，一路直奔而去。林廷藉口要歇息，遣退了所有伺候的下人，此時整座庭院十分安靜，林非鹿衝到門口推門，發現門從裡面鎖死了。

她一邊試圖破門一邊大喊：「大皇兄！你在嗎？大皇兄你別亂來啊，你開開門！」

沒人應她。

林非鹿急得眼淚快出來了，後退到院中，然後驟然發力，身形又快又狠地往前一撞。骨頭彷彿撞散了，但好歹門被她撞開了，林非鹿顧不上疼，衝進屋內。

林廷躺在床上。

穿著一身藍色的衣衫，和衣而躺，臉色青白，唇角卻有笑。

床邊落著一個白色的瓷瓶。

林非鹿彷彿被掐住了喉嚨了一樣，一個字都說不出來。她衝到床邊握林廷的手，發現還有一點點溫度，沒有完全冰涼。她又忍著顫抖趴到他胸口去聽心跳。

很微弱很微弱，似乎下一刻就要停止了。

林非鹿崩潰地大哭起來：「孟扶疾！孟扶疾——」

孟扶疾此時終於跑到院外，聽到裡頭的哭喊，就知不妙，一邊跑一邊吩咐張惶失措的小廝：「去準備熱水和鹽水來！」

小廝趕緊去了。

孟扶疾衝進屋內，看見林非鹿已經把林廷從床上扶住起來，邊哭邊道：「他服毒了！藥瓶在床邊，你快看看是什麼毒，你快想想辦法，孟扶疾，你快想想辦法……」

孟扶疾撿起床邊的小瓷瓶一聞，頓時道：「是風璃草。」

他趕緊探林廷脈象，「還有體溫，服毒不久，公主妳扶好他！」

林非鹿立刻照做，孟扶疾從藥箱裡翻出幾個藥瓶出來，用最快的速度調配藥物，然後捏住林廷的下巴，將一整瓶藥物灌了下去。

林廷已經失去意識，無法正常吞咽，孟扶疾費了好大功夫才讓他喝下去。

林非鹿邊哭邊問：「是解藥嗎？」

孟扶疾搖搖頭：「只是催吐的藥，讓他先把服下的東西吐出來。」

說罷，又從藥箱裡拿出一排銀針，分別扎在林廷的穴位上，一邊滯緩毒性蔓延，一邊刺激穴位加重催吐。

在藥物和針灸刺激之下，無意識的林廷果然渾身一抽，吐了出來。

林非鹿跪坐在他身邊，被吐了一身也不嫌髒，急忙問孟扶疾：「好了嗎？沒事了嗎？」

孟扶疾沉著地搖搖頭，繼續以銀針刺他的穴位。林非鹿瞪著眼睛看著，大氣都不敢出。小廝很快端了熱水和鹽水進來，孟扶疾又往水里加了些藥物，再次給林廷灌了下去，又逼使他吐出來。

林非鹿看了半天，覺得這大概就是古代版的洗胃。

林廷來來回回吐了足有五次，最後孟扶疾才讓林非鹿扶著他躺下，解開他衣襟，在他各個穴位上扎滿銀針。

此時府中下人終於知道發生了何事，齊王殿下在他們的照看之下居然發生這樣的事，每個人嚇得臉色慘白。孟扶疾扎完銀針，又走到桌邊寫下一劑藥方，交代他們立刻去熬藥來。

林非鹿坐在床邊，隔個幾秒就伸出手指探林廷的鼻息。雖然微弱，但好歹還有，她這才感覺自己能正常喘息了。孟扶疾走過來換針，對她道：「公主，去換身衣衫吧。齊王殿下暫時無礙了。」

林非鹿滿含期望地問：「他沒事了吧？會醒過來的吧？」

孟扶疾卻搖了搖頭：「說不好，風璃草毒性太重，我們若遲來片刻，齊王殿下可能就沒救了。我現在也只能保住他的脈象，毒性已侵入體內，能不能醒來微臣也不知道。」

林非鹿看著床上面色慘白的少年，想到剛才衝進來時他嘴邊那抹解脫的笑，心裡跟針扎似的難受。

難受之後，就是憤怒。

她起身走出門，院外下人跪了一地，林非鹿面無表情對管家道：「派人進宮將此事告訴父皇和阮貴妃娘娘。」

管家趕緊應了。

她跟著一個丫鬟去換了身衣裳，又回到床邊守著。

半個時辰後，院外傳來喧鬧的人聲。是林帝帶著阮貴妃以及一眾太醫趕來了。

一進屋，看見床上的林廷，阮貴妃大呼一聲撲了過來，握住他的手泣不成聲。

林帝的臉色十分難看，進宮的下人已經將整件事如實稟告，他自然知道發生了什麼，走過去看了看昏迷的林廷便轉身問孟扶疾：「齊王的毒可解了？」

孟扶疾還是說了跟林非鹿說的那番話。

跟來的太醫聽說是風璃草，都議論紛紛，看過孟扶疾開過的藥方後，又加了幾味藥進去，湊在一堆研究如何解毒。

林帝喟嘆地拍了拍林非鹿的手，「今日，多虧了小五。」

她沉默地搖搖頭。

旁邊阮貴妃大哭不止，林帝手背青筋暴起，突然轉身，抬手就是一巴掌搧在她臉上，怒道：「如今知道哭了？妳之前是怎麼當母親的？」

阮貴妃被這一巴掌打愣了，連哭都忘了，怔怔地看著他。

林非鹿突然開口，幽幽問一旁的孟扶疾：「孟太醫，何為鬱疾？」

孟扶疾回道：「醫書有記載，病在體，用藥可治，病在心，藥石無醫。鬱疾由心而起，多思多憂，人體便如油盡燈枯，摧殘致死。」

林帝皺眉道：「什麼意思？小五妳是說齊王患有鬱疾？」

林非鹿嗓音有點啞：「是啊。如果沒有鬱疾，為何會服毒自盡？」

她早知林廷的狀態不對。

太像她在現代看過的有關憂鬱症的跡象。

她早該想到的，這樣溫柔善良的一個人，在面對的母族逼迫而自身又無法反抗的情況下，很容易出現心理疾病。越是善良的人，越容易受傷。

阮貴妃怔怔的，好半天才喃喃道：「怎……怎會……」

林非鹿冷冷看向她：「大皇兄為何會得鬱疾，貴妃娘娘難道不知道嗎？」

阮貴妃渾身一顫，竟一時說不出話來。

之前去買藥的小廝此時終於回來，匆匆將熬好的藥端了進來。孟扶疾和幾位太醫便一道給林廷餵藥，他因昏迷著，藥喝了一半，另一半全灑在衣領上，流了滿臉滿頸都是。

阮貴妃看著這幅景象，又哭了起來。但這次不敢大哭了，只用手帕捂著臉小聲抽泣。

幾位太醫研究出新的解毒藥方，回稟之後立刻去配藥了。林帝一直在這裡待到深夜才回宮，林非鹿要在這守著，阮貴妃也不願意走，孟扶疾自然也留了下來，以便徹夜觀察情況。

整個齊王府染上一層濃濃的陰鬱。

林帝一走，阮貴妃拉著林廷的手哭了會兒，最後像抓住一根救命稻草似的問守在一旁的孟扶疾：「本宮的廷兒會醒來的吧？」

這個時候，她才終於像個母親了。

孟扶疾正色道：「微臣會盡力解毒，但心病難醫，齊王殿下尋死之意堅決，能否醒來，還要看他自己的意願。微臣說句不當說的話，就算這一次醒來，也難保殿下今後不再尋死。」

阮貴妃臉色慘白，看著床上躺著的少年，腦子裡閃過他小時候的模樣。

那麼小那麼乖的一個孩子，撿到什麼小動物時都會抱回來給她看，軟軟地喊她「娘親」。

那時候，他是笑得那麼開心。

阮貴妃恍然想起，她已經很久沒有見過林廷的笑了。

越長大，越沉默。

她坐在床邊，握住林廷沒有溫度的手，怔了好久好久。

林非鹿朝孟扶疾使了個眼色，孟扶疾便退下了。房中只剩下她們兩人，林非鹿走到阮貴妃身邊，低聲喊了句：「貴妃娘娘。」

阮貴妃受驚一般，回過頭來。

她定定看著身邊的少女。

她一直以來厭惡的人，甚至想下殺手的人，卻是如今救了自己的兒子，乃至救了整個阮家的人。

阮貴妃一時之間不知該用什麼態度面對她。

她也知道林非鹿不喜歡自己，她以為她此時會出聲譏諷。她想，任由她罵，她也受了。

孰料林非鹿只是看著她，一字一句問：「娘娘愛過自己的孩子嗎？」

阮貴妃動了動唇，想說自然，哪有當娘的不愛自己的孩子，可話到嘴邊，想起這些年她和阮家的所作所為，想到林廷眼中漸漸失去的光亮，她一個字也說不出來了。

林非鹿的聲音很淺，不帶情緒，卻字字如刀，扎進她心裡，「這個孩子，他在妳腹中孕育，由妳的血肉而成，是妳身體的一部分。娘娘懷胎十月，受盡痛苦，冒著風險將他生出來，就只是將他當做權勢的棋子嗎？」

阮貴妃渾身一顫。

林非鹿看著她的眼睛，語氣輕得像嘆息：「但凡娘娘對皇長兄還有一絲屬於母親的愛，這個時候，也該放手了。」

第二十四章 綠茶公主

也該放手了。

這些年，林廷無數次對她說：「母妃，放手吧。」

每當他說出這句話，都會受到自己的斥責與教訓。每訓斥一次，他眼中的光亮就會暗上一分，至如今，全然晦暗。

他不再讓她放手了，而是選擇用了結自己的方式，了結一切。

她親手逼死了自己的孩子。

阮貴妃已不記得今日哭過幾回，只有這一回，哭聲裡全是悔意。她一邊哭一邊握著林廷冰涼無力的手：「可是已然來不及了……」

林非鹿冷笑一聲，「娘娘可知今夜為何會挨父皇那一巴掌？」

阮貴妃一愣，淚流滿臉地看著她。

林非鹿不無譏諷：「娘娘當真以為，這些年來阮家的所作所為父皇都一無所知嗎？」她不等她回答，冷聲道：「歷來君王最忌外戚專權，阮家這些年把持朝政，在權力巔峰待久了，就算知道父皇忌憚，也不願意下來吧？」

阮貴妃臉色一白，匆匆反駁：「不……」

林非鹿無情打斷他：「娘娘不如好好想想，這些年長嫡兩派的交鋒中，父皇的態度是什麼？他不阻止，難道就是默許阮氏一族爭儲嗎？當真如此的話，為何阮氏這些年越爭越式微？」

阮貴妃的臉色越來越白。

在這場長達六年的奪嫡之爭中，林帝從不是全無所聞。

他只不過是冷眼旁觀，想借由太子一派打壓阮氏罷了。

阮氏當年扶持林帝登基，得林帝重用，的確為朝廷做出過大貢獻。阮家子弟乃至阮相門生遍布朝中各處，成為連林帝也很難瓦解的一股力量。

林帝不可能留下這樣一個外戚隱患給未來的繼承人。

這天下姓林，不姓阮。

林廷從一開始就註定了不可能是儲君，林帝培養他，看重他，只不過是給阮家一個癡心妄想的假像罷了。

當阮氏一族開始踏上奪嫡之路，就落入了林帝早已布下的圈套。他根本不用親自動手解決阮氏勢力，他只需默許兩派相鬥，縱容太子黨對阮氏的撕咬，就可將阮氏羽翼一一摘除。

就像這一次的宗祠倒塌事件。

哪怕他知道這其中可能有蹊蹺，也氣太子一派竟敢在宗祠上動手腳，但在處理起工部尚書以及阮相派的那群官員時，卻絲毫沒有手軟。

林非鹿看著床上仍無意識的林廷，頭一次覺得，皇家是真的無情。

林帝難道不知道自己這個兒子這些年來的無助和無奈嗎？他定然是知道的，不然不會打阮貴妃那一巴掌，說出那樣的話。可他什麼也沒干涉，他冷眼旁觀兩派的鬥爭，也冷眼旁觀了林廷日趨一日的絕望。

親情，有時候真的比不過權勢欲望。

林非鹿覺得可笑，語氣帶上譏諷：「娘娘覺得，是太子想對你們阮家趕盡殺絕嗎？如今的大林，難道是太子說了算嗎？如果沒有父皇的縱容和默許，單憑太子一派，如何撼動阮氏這顆扎根多年的大樹？」

這些道理，阮貴妃豈能不知。

否則，她怎會情願答應武安侯那樣無理的要求，也要將他拉攏過來。

只是從來沒有一個人，這樣當面直白的點出來罷了。

這一次的宗祠事件，阮相一派遭受重創，朝中好幾處要職官員都因此事牽連下獄，太子黨趁機在這些職位上安插了自己的人手，任職書呈到林帝面前時，當天就批了應允，完全沒給阮相反應的時間。

武安侯也因為這件事拒絕了和阮家聯姻的提議，雪詩宴還未開始，已經連夜將女兒韋洛春送出京去，送回了元洲老家，擺明了是擔心阮家動手腳強行讓韋洛春與林廷結合。

不是她該放手了，是她不得不放手了。

阮貴妃呆坐在床邊，不知過去多久，突然朝林非鹿跪了下來。

林非鹿躲了一下，她撲上來抓她裙角，痛哭道：「小五！小五我知道妳跟廷兒關係好，妳救救他，妳救救我的廷兒……」

眼前的女子再也沒了往日的高傲矜貴，多年來的奪嫡之爭對她又何嘗不是一種折磨，而如今，林廷的自殺終於成為壓垮她的最後一根稻草。

「就算我現在放手了，阮家放手了，太子也不會放過他的。阮家能退，阮相能告老歸鄉，可廷兒退不了，他是齊王，他是大林的皇長子，有他在的一日，太子就不會安心，一旦太子登基，他不會留他……」

兩派相爭，結下的豈止是生死之仇。

林廷都知道他的死是唯一阻止這場奪嫡之爭的辦法，太子又豈能不知。

有他在的一日，皇長子一派就永遠不會死心。

林非鹿不知道在如今的林傾心中，是否還有一絲對於這位長兄的情誼。

但……

她將自己的裙擺從阮貴妃手中拽回來，看向床上的林廷，像是說給她聽，也像在給自己保證：「有我在一日，絕不會讓大皇兄出事。」

林廷服毒自殺的事沒有傳出去，對外只說是他病重，阮相一派本就萎靡不振，聽聞這個消息，更如雪上加霜，有些人甚至私底下偷偷投向太子派。

林非鹿沒回宮，直接在齊王府住了下來。

最先來探望的是林念知，她住在宮外，翌日一早就來了，剛好跟阮貴妃打了個照面。看著妝髮凌亂憔悴不堪的阮貴妃，第一時間竟沒認出來。

下午時分林景淵和林濟文也來了，兩人看太醫面色凝重的樣子，沒去跟前打擾，只在門外遠遠看了一眼，之後就一直在院外沉默坐著。

林景淵悶悶道：「前日我才來齊王府找過大哥呢，那時候他都好好的，怎麼說病就病了。」

林濟文抓抓腦袋：「大哥自出宮後身體好像就不如以前好了，是不是在宮外吃的沒宮內好啊？」

林景淵：「……」

各宮聽聞齊王病重，都派了人來探望。東宮也派人送了兩根百年血參過來，但林傾一直沒來過。

有各位太醫每天會診，林廷體內的風璃草毒總算一點一點排乾淨了，但他還是昏迷著，每日靠水和流食進補，本就消瘦的身子越來越虛弱。

林非鹿急得不行，可又叫不醒他，後來想了想，打算試試現代「話療」的辦法。

她每天什麼都不做，就坐在床邊講故事。

一開始講一千零一夜，後來講童話故事，最後又講起自己看過的武俠劇。

這一日，正講到郭靖的七位師父不允許他跟黃蓉在一起，非要把他跟穆念慈湊成一對。

林非鹿盤腿坐在腳凳上，手裡還拿了把說書用的醒木，說到精彩處便在床上拍一下：「那郭靖當然不幹啦，他只喜歡他的蓉妹妹。他的七位師父就說，混帳！東邪黃藥師是個殺人不眨眼的狂魔，從今以後，我不允許你再見這個小妖女！郭靖急了，說蓉兒不是小妖女，蓉兒是很好很好的姑娘！」

她嘆了聲氣，不禁撐著腦袋開始幻想，如果自己一開始穿越的是武俠副本，說不定現在也擁有自己靖哥哥了吧？

床上突然傳出一道虛弱的聲音：「那最後郭靖和他的蓉妹妹在一起了嗎？」

林非鹿一瞬間沒反應過來。

意識到是誰在說話後，猛地從凳子上蹦了起來。

林廷睜開了眼，正含笑看著她。

林非鹿轉頭就往外跑：「孟扶疾！孟扶疾！大皇兄醒了！」

候在齊王府的太醫全部跑了進來，又是一番望聞問切，終於肯定林廷確實是沒事了。他體內餘毒已清，今後只要注意調養身體，就不會再出問題。

太醫又開了新的藥方，等他喝完藥，廚房端來了清淡的白粥。

林非鹿看著他漸漸恢復的臉色，有點想哭，又有點想笑，等房間內的人都離開，林廷半躺在床上，伸手摸了摸她的腦袋：「對不起，讓小鹿擔心了。」

她搖搖頭，想說點什麼，卻發現自己什麼都說不出來。

林廷似乎意有所感，虛弱笑道：「那之後呢？郭靖是怎麼說服他的七位師父跟黃蓉在一起的？」

林非鹿吸吸鼻子，忍住眼中酸意，又將剩下的劇情粗略講了一遍：「後來他們生了兩個女兒，一個叫郭襄，一個叫郭芙，這就又是另外兩個故事了。以後再講給大皇兄聽！」

他眼睛彎彎的：「好啊。」

林非鹿看了他一會兒，慢慢伸出自己的手指勾住他的小指頭，聲音甕甕地說：「大皇兄，我們約好了，以後不要再傷害自己了好不好？」

林廷臉上的笑意漸漸淡下去。

他垂了下眸，長長的睫毛搭在眼瞼，投下一片濃郁的陰影。

過了好一會兒，林非鹿才聽到他沙啞的聲音，他說：「小鹿，死了太多人了。」

夕陽的餘暉透過半開的窗戶透進來，恰好將他籠罩。可那樣溫暖的光芒，卻再也照不亮他的眼睛。

林非鹿不是第一次看到林廷哭。

他們第一次遇見的時候，他就抱著兔子躲在草叢裡哭。

他其實一直愛哭，他的心腸是那樣柔軟，總容易為了這個世界落淚。

此刻眼淚從他眼裡流出來，一點聲響都沒有，滑過他蒼白的臉頰，一滴一滴落在他布滿細弱青筋的手背上。

他輕聲說：「那麼多人因我而死，何其無辜。我早該結束這一切的，哪怕是死了，也要在地獄背負這罪孽。」

林非鹿眼眶紅了，緊緊抓著他顫抖的手指：「不是你的錯，跟你沒關係。」

他抬頭看過來，很絕望地笑了下：「那麼多條人命，我永遠無法原諒自己。」

一個連小動物都不忍心傷害的人，看到那麼多人因他而死，該是何其痛苦。他陷在憂鬱的情緒裡，負罪感只會越來越深，直至被黑暗吞沒。

林非鹿握住他的手，像想努力給他溫暖和力量似的，語氣卻放得輕輕的，問他：「大皇兄，你以為沒有你，就不會死那麼多人嗎？」

林廷還流著淚，濕著睫毛看著她。

林非鹿說：「沒有你，也會有別人的。總有一個人，會站在你如今這個位置，成為這場權勢之爭中最重要的那顆棋子。反而因為如今站在這個位置的人是你，才讓很多事免於發生，很多無辜之人免受牽連。」

林廷怔怔地望著她。

林非鹿認真地說：「換成任何人，甚至是我，都做不到像你這樣善良。我不會為了別人傷害自己，為了自保，為了活得更好，很多我們不願意做的事，到最後都會試著去做。可是你一直沒有，廷哥哥，你直到現在，都守住了自己內心的原則與善良。因為你的存在，這場奪嫡之爭中，很多人免受其難。」

沒有人因你而死，反而因為你的存在，救了很多人。

林非鹿的這一番話，其實有點偷換概念，卻是事實。

換成任何人，可能早就跟阮家站在統一戰線上，為了儲君之位大打出手了。爭得越厲害，波及越廣，死的人就會更多。

而這一切因為林廷無聲的反抗和阻止，都控制在最小的範圍內。

林非鹿伸出手，輕輕揩了下他眼角的淚。

她的手指還是跟小時候一樣，軟軟的，暖暖的，就像她此刻的聲音：「你可以為那些死去的人感到難過，但不必因此愧疚。因為愧疚並不能改變什麼，也不能讓一切變得更好。哪怕你想贖罪，也得活著才能贖對不對？」

林廷看著她漂亮又溫柔的眼睛，好像回到了小時候。

每次當他被母妃逼得不知道該怎麼辦的時候，急得只知道抹眼淚的時候，小鹿總會聰明地幫他找出解決的辦法。

她從小就是這麼無所不能，他不僅寵愛她，更信賴她。

就像現在她這麼說，他好像真的沒那麼難受了。好像黑暗裡透了一縷光進來，讓他得以喘息。

院外傳來一陣匆匆的腳步聲，在裡頭時就聽見外面火急火燎的聲音：「我的廷兒可是醒了？廷兒！」

緊接著房門被推開，阮貴妃腳步匆匆地走了進來。一進屋看見林廷坐在床上，哭著朝他撲過來，將人摟進懷裡。

林廷很久沒有被母親這麼抱過，一時之間愣住了。

阮貴妃邊哭邊道：「廷兒，是母妃對不起你，母妃不該逼你，母妃以後再也不逼你了，你想做什麼母妃都不攔著你了，我的廷兒，我的孩子啊……」

林廷竟有些手足無措，求助似的看向一旁的林非鹿。

林非鹿不得不開口：「娘娘，大皇兄才剛醒，身子還虛著。」

阮貴妃一聽趕緊將他鬆開，但還是拉著他的手哭泣不止，一直到林帝進屋，才堪堪收住了。

林廷見父皇進來，想起身行禮，被林帝止住了。他眸色複雜地看著自己的長子，關心了幾句他的身體，最後才又嘆又痛道：「做什麼這樣作踐自己？尋常百姓都知好死不如賴活著，你堂堂大林皇子，有什麼事非要用死來解決？」

林廷垂下眸去，沒有說話。

太醫進來回稟病情，得知林廷無恙，林帝和阮貴妃又交代幾句，才終於回宮了。

林廷得知自己昏睡多久小鹿便在這裡守了多久，一時之間又感動又愧疚，對她道：「妳也回宮去吧。」

林非鹿插著腰大聲說：「我不！我就要在這看著你！萬一你又喝那個什麼什麼草怎麼辦，哦對了，那東西你從哪搞來的？我要去把給你藥的人抽筋扒皮亂棍打死！」

林廷忍不住笑起來。

他一笑，她也笑了。

兩個人對視著笑了一會兒，林非鹿突然問他：「大皇兄，現在貴妃娘娘不逼你了，你可以過自己的人生了，你有什麼想做的事嗎？」

林廷愣了愣，認真地想了想，最後只是搖頭：「我也不知道，好像沒有什麼想做的。」

哪怕因為林非鹿偷換概念的開解，他不如之前有那麼重的負罪感了，但憂鬱的情緒不是三言兩語就能化解的。

這麼多年的逼迫和折磨，那些黑暗早已如蛛絲一般纏住他的心臟，讓他無時無刻不感到壓抑和厭倦。除非澈底將那些蛛絲連根拔淨，否則他永遠變不回曾經那個林廷。

林非鹿有過身患憂鬱症的朋友。

前一天晚上她們還在酒吧一起快樂狂歡，那個女生笑得比誰都大聲，跳得比誰都猛，第二天早上，林非鹿收到了她跳樓自殺的消息。

那些情緒無孔不入，哪怕前一刻笑著，下一刻也能讓你哭出來。

然後在夜深人靜的時候，要你的命。

林非鹿袖下的手指捏成了拳頭，指腹貼在掌心時，能感覺到自己的脈搏。她抿了下唇，眼睛彎起來：「大皇兄，你今天聽我講了郭靖和黃蓉的故事，覺得好不好聽？」

林廷點點頭：「好聽。」

林非鹿問：「那你想不想去體驗一下刀光劍影快意恩仇的江湖生活？」

林廷愣了愣：「嗯？」

林非鹿瞇了瞇眼，做出一副遙想的表情，語氣突然變得深沉起來：「唉，你不知道，其實我最大的夢想就是當一個行俠仗義的俠女，我從小跟著奚貴妃娘娘習武，打雷下雨都不放棄練功，不就是為了有一天仗劍天涯嗎！」

林廷順著她的話問下去：「所以？」

林非鹿非常開心地拉住他的手：「所以大皇兄要不要跟我一起去行走江湖啊？」

林廷半天沒說話。

林非鹿已經開始美滋滋的暢想了：「我們可以取一個藝名叫沒頭腦和不高興！路見不平便拔刀相助，劫富濟貧，懲惡揚善！從京都走到江南，再從江南遊至塞北，看遍大好河山，踏遍黃沙綠水。渴了喝酒餓了吃肉，睏了便以地為席以天為被！紅塵作伴，瀟瀟灑灑，策馬奔騰，共享人世繁華！」

不妙，差點唱出來。

林非鹿及時閉嘴。

但眼睛卻還是閃閃發光，比天上的星星還亮，充滿期待和熱情地看著林廷，等待著他的答覆。

過了好半天，林廷終於噗哧一聲笑了出來，邊笑邊說：「其他我都同意，但沒頭腦和不高興是什麼？」

林非鹿：「欸，你要是不喜歡，我還有別的。」她眨眨眼睛，特別認真地問：「奧特曼和小怪獸怎麼樣？」

她總是愛說一些別人聽不懂卻又十分有趣的話。

他的五妹，是這個世界上最漂亮最善良最有趣的女孩子。

林非鹿也笑起來，然後伸出自己的小手指晃了晃：「那我們說好啦？打勾勾！」

林廷垂了下眸，半晌，慢慢將自己的手指伸出來，認真地同她勾住，輕聲說：「嗯，說好了。」

事不宜遲，林廷醒來後，林非鹿又在齊王府待了兩天，看著他好好吃藥好好吃飯，氣色一點點好轉過來，才終於放心回宮。回宮之後，就直奔養心殿而去。

林帝剛睡完午覺起來，懶洋洋坐在軟榻上看奏摺，看到她跑進來，便笑吟吟坐直身子，拍了拍身邊的位子：「到這裡坐。」

又吩咐彭滿去拿她愛吃的點心和愛喝的酥茶。

總說小五是皇宮的小福星，這話真的沒錯，以前救了太子，現在又救了齊王，林帝真是越看越喜歡，對她道：「等開春之後，朕打算賜妳一個封號。」

按照大林的規矩，有大功的公主才能賜封號，否則就是以排行來論，比如長公主、三公主、五公主。

林非鹿這一輩，甚至往上一輩，都沒有哪位公主被賜過封號，這可是莫大的殊榮。林非鹿雖未做出過什麼功績，但就憑她於生死之際救了兩位皇子的性命來說，也該論大功的，不算違背祖制。

但是林非鹿對這個不是很瞭解，還以為賜封號是一件很尋常的事，便點了點頭：「好呀，父皇要賜什麼封號給我？」

林帝沉吟道：「妳素來愛花，朕見妳這兩年來尤愛種茶花，妳那花田之中綠色山茶長得最好，便賜妳封號『綠茶』如何？」

林非鹿：？？？？？

林帝獨自沉吟：「綠茶公主，此名甚是莞爾動聽，似有茶香。」

林非鹿：「……」

我懷疑你在諷刺我。

林帝完全沒察覺自己女兒呆若木雞的神情，他越念越覺得這個封號真是太動聽了，韻味十足，唇齒留香，簡直絕美！

不愧是朕！

林非鹿眼睜睜看著林帝就要提筆擬旨了，嚇得一把抱住他的胳膊，「父皇等等！」

林帝笑呵呵說：「不必拒絕，這是妳應得的殊榮。」

林非鹿：「……」

她擠出一個十分真摯的假笑，狀似疑惑地問：「父皇，這個封號雖然動聽，可會不會寓意不太好呀？」

林帝說：「此話何解？」

林非鹿深沉道：「綠茶雖美，卻易逝易謝，花不常在，朝榮暮落……」

林帝一聽，對啊！小五正值花季，若用此封號，未免太不吉利了。

思及此，他只能忍痛放棄，拿筆的手也收回來了，思忖道：「改日朕叫禮部的人擬幾個封號上來，妳自己選吧。」

林非鹿總算鬆了口氣。

兩人又隨口聊了幾句，林帝便問道：「妳可是剛從齊王府回來？妳大皇兄的身體如何了？」

林非鹿的眼神暗下去，語氣變得沉悶：「大皇兄雖然醒了，身體也在日益好轉，但精神狀態始終不見好。孟太醫說，鬱疾在心，很難靠藥物醫治。」說著，眼眶漸漸紅了，哽咽道：「孟太醫還說，若長此以往下去，大皇兄可能會陷入昏睡，再也醒不來了。」

林帝本來以為人醒了就沒事了，哪裡想到情況居然如此嚴重，神情頓時凝重起來。

林非鹿坐過來一點，抱住他的胳膊，把小腦袋枕在他的肩上，就像小時候依賴他一樣。

林帝嘆著氣摸摸她的頭，聽她輕聲道：「父皇，我想帶大皇兄出去走一走。」

不等他說話，她便繼續道：「我這幾天翻看了幾本醫術，上面記載說，鬱疾雖不能靠藥物治療，卻可以用改變生活環境，放鬆身心自由的方式來排解。大皇兄自出生便一直常居京中，若換個地方，看看其他風景，對他而言可能會好很多。」

林帝是眼睜睜看著自己這個長子走到今天這個地步的。

他曾讚賞他的溫柔與善良。

最後卻利用了這份溫柔與善良。

偶爾回想起那一日在齊王府看到那孩子生死未知的模樣，心頭也會閃過一絲愧疚。

如今聽林非鹿這麼說，便順著她的話問道：「那妳想帶他去哪？」

林非鹿早就想好了，抬頭道：「五臺山！我們從京中出發，一路遊山玩水，行至五臺山，剛好去探望皇祖母。大皇兄心中難過，五臺山修佛聖地正好解他憂慮。」

這倒不失為一個好辦法。

林帝沉思了一會兒，又道：「可妳二人出京，若遇危險……」

林非鹿說：「屆時我們隱了身分便是，父皇可安排護衛暗中保護我們呀。」她又甜甜笑起來，抱住他的胳膊撒嬌：「何況父皇治理下的大林，夜不閉戶路不拾遺，哪裡會有危險？」

林帝被這句馬屁拍得渾身舒暢。

太后自太子大婚之後就離宮回五臺山了，若這兩個孩子前去探望，想必她老人家也會很高興。

林帝心中已有了決斷，但沒立即答應。等林非鹿走後，又宣了孟扶疾和那幾名替林廷會診的太醫過來詢問病情。幾位太醫的說法跟林非鹿講的大體一致，都建議齊王多出去走走，越是閉門不出，越會沉鬱憂悶。

於是等到第二日，林帝便將禁衛統領叫來，言明五公主和大皇子將出宮前往五臺山，讓他在禁衛軍中挑兩個身手好的侍衛，一路護送。再派一對人馬暗中保護，萬不可出差池。

禁衛統領領旨之後，很快將人挑了出來。

這兩人是一對雙胞胎，出身京都十六衛，拳腳功夫十分好。因各自姓名中一個有「白」字，一個有「黑」字，往日在軍中大家都戲稱他們為無常兄弟。

這頭林帝在安排護衛，林非鹿那邊也開始為這趟江湖之旅做準備了。

奚貴妃當年送她的那把據說斬過雍國三千兵馬的寶劍一直被擱置在雜物間，現在被她找了出來。平平無奇的劍鞘上蒙了一層灰，但劍身依舊削鐵如泥，林非鹿在院子裡舞了兩下，感覺還挺順手的。

她拍拍寶劍笑咪咪道：「既然你長得如此平平無奇，那我便幫你取名為古仔吧。」

既要行走江湖，之前那些宮裝就再穿不得了。織錦坊到了一批春絲錦緞，蕭嵐連夜縫了幾套衣裙，輕便又好看。

林瞻遠不知道行走江湖是什麼意思，只知道妹妹要出去玩了，要去玩很久才回來，一直哭鬧著要一起去。林非鹿哄了好幾天，最後答應會帶一隻猴子回來給他，他才勉強同意了。

五公主和大皇子要出宮的事並沒有大肆宣揚，只有親近的幾個人知道。

最近因為阮氏一族後撤，前朝風雲變幻，林傾一心撲在上面，一直到林非鹿離宮前一天，才知道這件事。

一向都是林非鹿去東宮找他，他很少來明玥宮。小太監一見到太子立刻下跪便要通報，被他伸手止住了。

進去的時候，林非鹿正在院子裡練劍，用奚貴妃那把劍。

她一邊練，林瞻遠在一邊賣力地拍手鼓掌，叫人忍俊不禁。

林傾在廊下站了一會兒，林非鹿才發現他，收了劍朝他跑過來時，鼻尖還有汗珠。少女輕靈秀美，明媚燦漫，是他一歲一歲看著長大的。這麼多年過去，每個人都變了，包括自己。只有在她身上，他還能找到少時熟悉的純真與溫情。

林非鹿抬手擦了下汗，笑著問他：「太子哥哥怎麼過來了？」

林傾也笑了下，「聽說妳要離京？」

她的神情有一瞬間慌張，身子不自覺顫了一下，但轉瞬又掩蓋下去，努力保持語氣輕快：「對呀，我打算去五臺山探望皇祖母。」

林傾比她高出很多，站在她面前俯視她時，有種居高臨下的壓迫感，語氣顯得沉：「小五，妳剛才在怕我？」

少女臉上的笑有點繃不住了，眼神也心虛地往旁邊挪了挪，不敢跟他對視。

林傾不知道自己是憤怒還是可笑：「妳以前從來沒怕過我。」

她有好一會兒沒說話，垂在身側的手指絞著衣服，那是緊張不安的表現。

林傾拳頭捏了又捏，最後只是沉聲說：「妳不必害怕，我不會對妳和長兄做什麼。」

林非鹿這才一點點移回眸子，她鼻尖有點紅，看起來委委屈屈的，很小聲地問：「真的嗎？」

林傾知道她從小就聰明。

她看似天真無憂，其實心裡對他和林廷之間的爭鬥跟明鏡似的。有一次他聽到她偷偷跟老四感嘆，為什麼皇長兄和太子哥哥不可以像以前一樣和和睦睦啊，皇位真的有那麼好嗎？

他不知道皇位有多好，但屬於他的東西，誰都不能奪走。

如今因為林廷病重，阮家明顯打算放棄奪權了，但他不可能讓他們全身而退，這些年來的仇怨，一樁樁一件件，他都要跟他們清算清楚。

但這個清算裡，不包括林廷。

他就算要對他做什麼，也不是現在。

林傾點了點頭：「真的。」

她很開心，唇角彎了起來，但不知道為什麼眼眶卻越來越紅，眼淚猝不及防掉下來。她用手背捂住眼，卻越哭越凶，像難過得不能自已。

林傾很少見她哭，如今殺伐果斷的太子，一時之間不知道該怎麼辦。

正手足無措的時候，聽到她一邊抽泣一邊說：「大皇兄差一點、差一點就死了……他服了毒，他差一點就死了嗚嗚嗚……」

林傾僵住。

他根本不知道。

這件事瞞得很嚴，對外稱病重。畢竟皇子服毒自盡這種事，傳出去不知會引起多大的波瀾，又會給後世留下怎樣的非議，林帝下了旨封了口，誰都不敢亂說。

林傾也一直以為是他病重，畢竟這兩年來林廷確實日漸消瘦，透出幾分孱弱之象。

他跟林廷已經生疏很多年了。

他不知道他現在變成了什麼樣的人，他一直把他當做敵人。哪怕知道林廷可能沒有奪位的心思，可身處這個位子，誰不是身不由己。

他沒想到林廷會做到這個地步。

林非鹿的哭聲漸漸小了下來，兩人兀自沉默著。

過了好久好久，林傾才低聲說：「出門在外，一切小心。」又將自己隨身的玉佩摘下給她：「拿著這個以防萬一。」

那玉佩上刻著儲君的印，若真遇到什麼事，比她的公主身分好使多了。

林非鹿伸手接過來，吸吸鼻子，蹭過去扯他袖口：「太子哥哥最好最好了。」

林傾笑起來，摸摸她的腦袋：「這話可不能再讓老四聽到。否則又該跟他鬧了。」

他又囑咐了林非鹿幾句才離開，林傾一走，躲起來的林瞻遠才從屋內跑出來。他跟林傾交集不多，比起林帝，他反而更怕這個嚴肅老成的少年。

看到林非鹿眼角的淚還沒乾，頓時緊張兮兮地問：「妹妹哭了？妹妹受欺負了？」

林非鹿看著掌中的玉佩，挽唇笑了笑：「妹妹用一場哭戲換了一道護身符，厲不厲害？」

林瞻遠聽不懂她在說什麼，但還是啪啪鼓掌：「妹妹厲害！妹妹最厲害了！」

這次離京遠行，相比於江湖，其實更大的危險是來自太子一派。

只要他們存了心要大皇子的命，林廷一旦離京，一路上危機四伏。就算林傾不做什麼，也難保證手底下的人不「為主分憂」。

但今日之後，林傾必然會傳下令去，不准他們動手。

這個離京後最大的威脅，算是解除了。

——《滿級綠茶穿成小可憐》未完待續——

高寶書版 致青春
美好故事
觸手可及
蝦皮商城同步上架中！
https://shopee.tw/gobooks.tw

高寶書版集團
gobooks.com.tw

YE 028
滿級綠茶穿成小可憐（中）

作　　者　春刀寒
責任編輯　吳培禎
封面設計　虫羊氏
內頁排版　賴姵均
企　　劃　何嘉雯

發 行 人　朱凱蕾
出　　版　英屬維京群島商高寶國際有限公司台灣分公司
　　　　　Global Group Holdings, Ltd.
地　　址　台北市內湖區洲子街88號3樓
網　　址　gobooks.com.tw
電　　話　(02) 27992788
電　　郵　readers@gobooks.com.tw（讀者服務部）
傳　　真　出版部(02)27990909　行銷部(02)27993088
郵政劃撥　19394552
戶　　名　英屬維京群島商高寶國際有限公司台灣分公司
發　　行　英屬維京群島商高寶國際有限公司台灣分公司
初　　版　2023年01月

本著作物《滿級綠茶穿成小可憐》，作者：春刀寒，由北京晉江原創網絡科技有限公司授權出版。

國家圖書館出版品預行編目(CIP)資料

滿級綠茶穿成小可憐/春刀寒著. -- 初版. -- 臺北市
: 英屬維京群島商高寶國際有限公司臺灣分公司,
2023.01
　　冊；　公分. --

ISBN 978-986-506-629-1(上冊：平裝). --
ISBN 978-986-506-630-7(中冊：平裝). --
ISBN 978-986-506-631-4(下冊：平裝). --
ISBN 978-986-506-632-1(全套：平裝)

857.7　　　　111021627